Maï[illegible] écrivain. Actuellem[illegible] des questions de sédu[illegible] ans. Après des étude[illegible]nce sa carrière comm[illegible], en 2001. Elle collabo[illegible]sculins, notamment *Newlook* et *Playb*[illegible] chez *GQ*. Pendant deux ans, elle a été la chron[illegible]euse sexo de France Inter. Côté bande dessinée, on la retrouvera chez Fluide glacial ou Dupuis. Elle a publié cinq romans, huit nouvelles et une dizaine de guides, mais c'est sur Internet qu'elle trouvera la notoriété grâce à un des tout premiers blogs français, « La Coureuse », jusqu'en janvier 2005. De site en site, « La Coureuse » devient « Sexactu », abrité actuellement chez *GQ*. Elle a travaillé pour de nombreux projets web : le magazine culturel Fluctuat.net, les féminins LadiesRoom.fr et Madmoizelle.com, le newsmag Nofrag.com entre autres. Aujourd'hui, Maïa Mazaurette se consacre à l'écriture de ses prochains ouvrages tout en continuant son travail de chroniqueuse pour *GQ*.

LE [illegible] AU CŒUR

Maïa Mazaurette est journaliste, blogueuse et [illegible]. Récemment installée à New York, elle est spécialiste des questions de séduction, couple et sexualité depuis plus de dix ans. [illegible] études de lettres et de journalisme, elle commence sa carrière comme journaliste reporter d'images sur France [illegible] collabore à plusieurs magazines masculins [illegible] (GQ, [illegible]) mais surtout [illegible] [illegible] [illegible] [illegible] [illegible] [illegible] [illegible] [illegible] [illegible] [illegible]

[illegible] [illegible] [illegible]

[illegible]

MAÏA MAZAURETTE

Le Doute au cœur

KERO

Cet ouvrage a été précédemment publié
sous le titre *La Coureuse* aux éditions Kero.

ISBN : 978-2-253-19477-4 – 1re publication LGF

Berlin-Schönefeld, atterrissage en sandales. Ivre. Six cent cinquante kilomètres, deux bouteilles et cent dix minutes, ç'aurait dû suffire pour effacer les événements des dernières semaines. En cent dix minutes on a le temps de se recomposer, de prendre figure humaine, de bâtir une architecture de mensonges.

Je pousse ma valise dans l'aéroport, de couloirs en détours, sans effort : elle roule à la perfection. Contrairement au reste.

La température d'octobre ne me laisse aucune chance. À force de transiter je connais par cœur les portes d'embarquement, les motifs du lino, les boîtiers citron des bornes automatiques, l'affichage électronique toujours en panne. Je connais aussi par cœur ce qui m'attend.

Mon petit ami va et vient dans le hall des arrivées, armé de l'obligatoire bouquet de fleurs et des obligatoires chocolats. Large silhouette au menton carré, tout sourire, plus pour longtemps. Je respire, souffle, avance dans sa direction. Il a mis un costume. Il sait que ça lui va bien. Je transpire la tension, mains crispées autour de mes affaires. Mon côté sombre répond à sa bouille pâle, j'ai la sensation de m'enfoncer dans le lino.

Je vais devoir être méchante, maintenant. J'ai mes raisons, heureusement.

Alexander soulève ma valise en ignorant les roulettes, comme à chaque fois : démonstration de force. Il aime se rendre utile, il apprécie ces moments où il peut m'embarquer dans sa voiture allemande – quarante-cinq minutes jusqu'au centre-ville, juste assez pour se raconter l'essentiel et embrayer sur le futile.

Troublée j'attrape les fleurs et les chocolats, lui me prend par le bras, je le laisse s'embarrasser de moi. Mes pieds touchent à peine le sol quand il m'embrasse. Je me suis brossé les dents pour masquer le parfum des alcools enchaînés dans l'avion – ça ne trompe personne.

— Bienvenue à la maison, mon ange.

Mais de quelle maison il parle ? Je viens de passer deux mois sur les routes, ces quatre années berlinoises sont oubliées, dissolues dans le déplacement.

D'habitude le rire d'Alexander me rassure. D'habitude je ne reviens pas tout endolorie d'un autre homme.

Je me demande comment faire, à quel moment massacrer le *statu quo*. J'imagine l'article-décryptage que je pourrais écrire pour mes magazines : « Votre copine affiche un regard d'évadée de prison, elle cherche ses mots et se comporte comme un mollusque, vous la sentez à moitié présente, attention ! Ces signes précurseurs n'augurent rien de bon. Préparez-vous à une discussion sérieuse qui durera, selon l'université de Yale, entre cinquante-huit et cent vingt-trois minutes. »

Alexander le capte sur mon visage en trois secondes. Un homme solide et intelligent, qui a la grâce de faire comme si.

En attendant le déluge je joue ma comédie préférée : celle qui consiste à prétendre que tout est sous contrôle.

Alexander et moi venons de fêter nos deux années de relation. Ce n'est pas beaucoup mais ce n'est pas rien. Je suis tombée dans ses bras pour oublier un fiasco français, pour valider mon expatriation en Allemagne, pour me changer les idées, parce qu'on s'entend bien, parce que ses gros muscles et son goût pour les armes à feu me font rire. Une affection tranquille et reposante. Une affection-canapé.

On a partagé tellement de projets de présent qu'on a oublié les projets d'avenir : c'est ce prétexte qui me sert à le quitter ce soir, dans ce restaurant vietnamien du quartier de Prenzlauer Berg – Berlin-Est, côté bourgeois.

On mange notre soupe de vermicelles en pleurant un peu. Ce sont des choses qui se font.

— Tu aurais pu me prévenir avant.
— Alexander. Je n'allais pas te larguer par e-mail.

Dans ma bouche la salive de Morten – la salive de *l'autre*, celui que j'ai rencontré lors de mon séjour en Norvège. Dans mes pensées les yeux de Morten, bleus comme une matinée d'avril après la pluie – ses mains sur mon bassin m'ont amollie et rendue kitsch, je pourrais écrire des chansons pour Pascal Obispo.

Je regarde ma soupe comme si ma vie dépendait de l'ordonnancement des morceaux de poulet. Alexander, lui, ne me lâche pas une seconde.

— Je ne comprends même pas pourquoi tu me quittes.

— Tu dis ça alors qu'en deux ans, tu n'as même pas voulu que j'emménage dans ton appartement.

— Je ne savais pas que c'était important pour toi.

— J'ai trente-deux ans, Alexander. Il faut bien que je me case.

J'ai quitté Oslo sans demander à Morten son numéro de téléphone. Je préfère habiter seule. Mais l'alternative est indicible : « Désolée chéri, mais pendant mon passage en Norvège j'ai pécho un Danois à l'arrière d'une bagnole. » Il y a des choses qui doivent rester couvertes, des mensonges à force de saints sacrements.

Je ne crois pas qu'on doive la vérité à l'autre. Ni à soi-même. La vérité me terrorise. De toute façon je quitte Alexander pour rien : potentiellement, pour tout.

Une des facettes de la vérité, c'est que cette rupture m'agace. Plus qu'elle ne me blesse. Malgré la présence de mon enveloppe physique à Berlin je suis restée en Norvège : j'ai réappris la frustration et l'incertitude, je recommence à exiger d'être regardée.

Je veux redevenir une chasseuse. Une priorité égoïste, certes, mais maintenant que je suis pleine de Morten, maintenant que je suis remplie de vie, alors il faut que cette vitalité s'exprime.

Je ne balance pas cette relation avec Alexander aux orties : je la mets sous verre. Dans mon musée personnel. Certaines pièces sont scellées, d'autres glorieuses, des corps y prennent la poussière. J'aime plutôt bien ce musée. Il n'y a pas de honte à terminer dans ma galerie taxidermique – la foire aux ex.

Alexander comprend très bien la possibilité du Danois, il fait son chemin entre les lignes et les explications fragmentées. En deux années on perçoit quand même quelques fondamentaux : mon mode de fonctionnement c'est que je ne reste pas. Il le sait d'autant mieux que j'ai oublié une rupture sur son oreiller.

Je ne suis ni assez brave ni assez cruelle pour lui avouer que je me suis considérée comme célibataire dès la première seconde du camp d'entrepreneurs. Il ne posera jamais la question. Trop bien élevé. Mais la messe était prédite.

« Ce qui arrive à Oslo reste à Oslo. » C'était mon programme alors que je suis nulle en respect des programmes, d'ailleurs j'ai échoué, ce qui est arrivé reste avec moi, tapi dans mon épuisement. Une chose est sûre : mon couple est resté en Allemagne et y crève ce soir d'octobre entre deux paravents de bambou, dans ce décor aux couleurs chaudes. De toutes mes ruptures, c'est celle qui a le meilleur goût. Poulet et coriandre. J'y brûle ma langue.

Alexander et moi nous comportons en adultes. On n'a jamais envisagé de compte joint. On ne va pas commencer à se rendre nos brosses à dents.

Deux années. Une autre facette de la vérité, c'est qu'on était périmés avant même mon départ. Je ne l'aurais jamais trompé s'il était resté quoi que ce soit à sauver.

On s'est bien télescopés, au moment de notre rencontre. On avait à nous deux sept décennies d'expériences à se faire partager – des passions, des névroses, des univers. Sans lui, sans ceux d'avant, ma vie serait minuscule et familiale, dénuée de sport, d'avions, de code HTML, de plongée sous-marine, d'anglais, d'allemand. Je ne boirais même pas de vin rouge – autant dire que je retournerais en enfer. Les hommes je les éponge, je suce leur encre.

Pour éviter de ressentir quelque chose devant Alexander qui pleure, je me projette. Dans un article imaginaire. Rubrique *lifestyle*. Magazine féminin. « Témoignage : j'ai toujours su qu'on allait rompre. » J'écrirais que la fin était comprise dans la première seconde : à un moment le circuit serait bouclé. J'affirmerais qu'on ne peut pas atteindre l'infini avec une personne finie, que si je veux du changement je dois partir. Je dirais qu'Alexander et moi sommes arrivés au moment où on n'a plus rien à dire, ou alors des choses domestiques, qui appartiennent à la gestion – as-tu rempli le lave-vaisselle ?

Je suis beaucoup trop jeune pour apprécier la poésie du quotidien. Je peux seulement jouer au couple comme on joue à la marelle – comme si.

La rencontre est terminée. On s'est appris, peut-être qu'on emportera quelques compétences dans nos bagages avant d'aller construire notre forteresse ailleurs. Je n'ai jamais rencontré quelqu'un qui reste passionnant : non qu'on ne se renouvelle pas, mais on s'*upgrade* trop lentement. Alors, toute la tendresse du monde ne suffit pas à rester. Il n'y a plus de raison de rester.

Pour acidifier la situation je choisis des hommes qui aiment l'idée d'engagement. Systématiquement. Peut-être qu'une part de moi aime faire souffrir. Les dates de péremption ne me réveillent pas la nuit, mes relations durent deux ans avant de s'estomper – maximum. Et ça me va. À l'échelle d'une vie, deux années constituent un investissement énorme, un don trop précieux pour être prolongé. On peut racler les fonds de relation mais à un moment la boîte de Pandore est vide. Reste le musée. Restent les soldats morts entassés au bord de ma route amoureuse.

« Témoignage : je pensais que ça ne ferait pas mal mais ça faisait mal quand même, tout en restant satisfaisant et nécessaire. » Une histoire pareille ne passerait jamais entre deux publicités pour des crèmes anticellulite. Les magazines réclament des faits construits comme des temples grecs : des capitons qui meurent, des morales bien dégagées derrière les oreilles. Les sentiments de papier filent en trajectoires nettes, les miens se contredisent en permanence.

Je passerai deux jours, peut-être deux semaines, à digérer cette rupture avec Alexander, mais si c'est le prix à payer pour connaître une nouvelle personne, pour s'engouffrer dans une nouvelle frénésie, je suis prête à toutes les conversations embarrassantes du monde. En amour les gueules de bois sont courtes. J'appréhende nettement plus quand je dois aller chez le dentiste.

— On aurait pu construire une relation plus engagée ensemble, dit Alexander en finissant sa soupe.

Le blanc de ses yeux est rouge pâle, nervuré, on peut y lire des deltas et le dessin des feuilles de chêne en automne. Ou alors, j'ai trop bu.

Je soupèse la possibilité encore une fois : rendre les clefs du vaste monde en échange de ce mec intérieur cuir, musclé et crâne rasé, quelques années de plus que moi, avocat devenu musicien rock. Il a du prestige, un immense loft saupoudré de meubles bancals, une peau de mouton devant la cheminée, une voiture qui chauffe les fesses pendant l'hiver. Il n'a jamais oublié de me récupérer à l'aéroport. On pourrait vieillir en regardant passer les mouettes. On pourrait passer à la vitesse supérieure au moment même où l'enthousiasme retombe. Je vois parfaitement le tableau : l'horizon réduit à l'indifférence, une éternité d'exaspération tapie sous un sourire appris. On blâmerait le manque d'ambition, le temps, le quotidien, les gamins, le ménage, le boulot, l'autre, le chien, le crédit. On s'accuserait mutuellement.

De toute façon je n'ai pas le choix : Morten a existé, existe encore quelque part. Partage-t-il son dîner avec une autre femme ? Est-ce qu'il dort, et dans quelle position ? L'évocation de son sourire m'en arrache un.

— C'est trop tard, Alexander.
— Je sais.

Avant lui, quatre années massacrées dans les bras d'un adorable garçon – trop adorable, trop adoré, la première fois que j'ai ressenti l'appel de la chasse on enterrait nos quatorze mois. J'ai perdu trop de temps. J'ai été fidèle, lâche et malheureuse – le cocktail qu'on se devrait tous d'avaler, et en disant merci. Pendant cette éclipse j'ai pensé pouvoir me changer en bonne petite femme, je me suis oubliée, j'ai failli me perdre, ça n'arrivera plus. Il y a déjà trop d'amertume dans cette histoire. Mais j'ai appris la différence entre la compassion et le sacrifice : je suis désolée pour Alexander, et je ne reviendrai pas. J'ai mal pour lui, mais je ne me blesserai pas.

C'est un homme trop généreux pour finir détesté, et j'ai trop l'instinct de conservation pour me détester moi-même. Donc cette haine je l'asphyxie, elle n'aura pas lieu. Mais comme cette rupture reste dissymétrique, comme je la désire et qu'Alexander aurait bien rempilé, elle flotte quelque part au-dessus de notre conversation. La haine se concentre sur ces moments inconfortables, elle macule les vermicelles qui refroidissent.

Pourtant Alexander et moi, on devrait passer cette dernière soirée à se rappeler les bons souvenirs et à parler de l'avenir. On devrait se réjouir de ce qu'on s'est apporté mutuellement, de ce qui va rester de notre relation, de ce qui nous accompagnera sur la route – de ce qu'on a gagné l'un avec l'autre, et pas des miettes qu'on est en train de perdre.

Évidemment ça n'arrivera pas. On n'a pas le droit d'être heureux quand on rompt.

— J'avais rangé mon appartement pour que tu restes dormir ce soir, dit-il en me regardant touiller piteusement ma soupe.

— Une bonne chose de faite.

— Ça va me paraître encore plus vide.

La haine réapparaît et cette fois je m'exaspère. Mais qu'est-ce que tu croyais, Alexander ? Qu'on allait s'aimer toujours, que le grand frisson durerait alors qu'il disparaît chez les autres ? Qu'on était différents ? Qu'on accepterait de se passer de la passion ? Toi d'accord. Toi tu pourrais parce que tu as bouffé à assez de râteliers, parce que renoncer n'est pas grave quand on approche la quarantaine, tu as vécu, tu peux passer au stade final, te mettre sous perfusion. Mais pas moi. Il reste tellement de possibilités, en aucun cas ce n'est terminé, j'ai presque l'éternité.

Et qu'est-ce que je croyais, moi ? Qu'on a le droit de partir et de s'épargner les sourires gênés ? Qu'on peut quitter quelqu'un et rentrer prendre un bain ? Bien sûr que non. Je suis censée m'autoflageller, prétendre que les fins ne sont pas, avant tout, des commencements. Je suis censée oublier que renoncer au *happy end* avec option chambre double en maison de retraite, ça ouvre la porte à de multiples *happy ends*.

Ce n'est pas un échec que nous sommes en train de vivre. Et pourtant, flingue sur la tempe, je dois faire semblant de souffrir, par politesse et par convenance. À tel point que je pourrais finir par y croire et par souffrir vraiment. Il n'y a même pas de spectateurs : c'est une comédie qu'on se joue à nous-mêmes, peut-être à la serveuse qui n'ose plus débarrasser notre table.

J'imagine que je dois cette comédie à Alexander. Alors OK. Je veux bien essayer.

— Tu me manqueras, je dis avec la voix qui se brise au moment adéquat.

— Tu dois vraiment partir ? Maïa, tu es sûre ?

— Je crois que je voudrais un enfant.

Le point Enfant balancé comme un point Godwin : après ça tu ne peux plus répondre, la conversation atteint le non-retour, tout a été expliqué, le rationnel est reconduit à la frontière. Euthanasie de sens.

— On pourrait en discuter ensemble...

— Arrête, Alexander. Tu n'as jamais voulu d'enfant, je ne veux pas d'un père par obligation.
— Mais toi non plus tu n'en voulais pas.
— On grandit, tu sais.

Nos répliques comme dans un film parce qu'on n'a pas d'autres références. Nos répliques préécrites et prépensées. Combien de mecs pourrai-je encore larguer en prétendant vouloir des enfants ? C'est le quatrième d'affilée. Pourquoi ils me croient avec autant de facilité ? Ils pensent vraiment que les femmes, ça se réveille un matin avec un utérus qui parle ?

Je mens pour le protéger, un château de cartes entre les hommes et moi, une incarnation prévisible de femelle animale. Et ça marche. Déjà, Alexander a admis.

Dans deux semaines il blaguera comme avant, dans deux mois il me racontera comment cette joueuse de poker l'a dragué à Las Vegas, parce qu'on était amis avant cette relation et qu'on le sera toujours après.

Au moment de diviser l'addition mes épaules pèsent trois tonnes d'avoir envisagé qu'on puisse rester ensemble : je suis fatiguée des fausses solutions, des emboîtements impossibles, des coachs de couple, des pilules du désir, de la culpabilisation, des psys qui remportent le jackpot émotionnel, de la glorification d'un système qui ne fonctionne pas, de la victimisation permanente, de l'indépendance confondue avec l'abandon, du masochisme organisé.

Alexander reprend sa voiture, je rentre à pied avec mes sandales couleur océan. Pas fière mais pas malheureuse. Contente d'avoir été radicale. Comme à chaque fois.

Les rues de Prenzlauer Berg s'effacent sous une pluie légère, enfilade joyeuse de restaurants et de crèches. Je rentre en raclant les pavés sous ma valise remplie de robes trop courtes. Je récapitule : cinquante-six heures sans dormir. Je n'ai toujours pas sommeil. Morten paraît proche, je serre mon manteau contre moi. Les prochains jours seront compliqués.

Dans les rues bordées de platanes, les publicités vendent du sexe et de l'amour sous forme de frigos, de cigarettes, de yaourts, de voyages, de T-shirts, de chaussures, de saucisses, de valeurs, de santé, de bières, d'assurances vie, de soirées hip-hop, de bagnoles, de projets immobiliers, de partis politiques. Qu'ils aillent se faire foutre avec leur libido et leurs sentiments positifs. Je réponds en marmonnant aux pubs – je suis positive, moi : il y a quelques heures j'avais un petit ami et un nouvel amant, maintenant je n'ai rien, et ça va, je vous rends le cocon-couple à durée indéterminée, je n'essaierai pas de trouver une illusion de puissance dans la tentative de « faire tenir quand même ». Je ne ferai pas d'efforts. S'il faut faire des efforts, c'est qu'on a déjà tout perdu, et surtout, qu'on n'a jamais rien possédé.

La ville croule sous les comédies romantiques, grosses typos rouges, un homme une femme des vêtements chic, la vie que je n'aurai jamais. C'est Photoshop qui critique mes choix, c'est deux dimensions qui m'accusent d'exiger de la profondeur, je voudrais dégommer cette histoire-cadre obligatoire – les contes de fées, les sentiments gluants, ma haine se dépose sur toute notre culture amoureuse, les coups de foudre qui ne se terminent pas, les désespoirs sentimentaux réglés à coups de suicide, les dramatisations à deux balles d'auteurs qui me ressemblent un peu trop, putain, on pourrait faire autrement, on pourrait produire des rêves modernes, j'aimerais *updater* nos fantasmes, mettre à jour notre imaginaire collectif – pour Alexander, pour tous les hommes que j'ai amochés et qui m'accusent, congelés, du fond de mon musée personnel. On gère sa culpabilité comme on peut.

Je voudrais rentrer chez moi. Balancer mes fringues par terre, couler dans un bain parfumé, bouffer les chocolats d'Alexander, engloutir la boîte entière de pralinés, lécher les emballages, pour finir attraper un polar. Rouvrir les yeux dans une semaine. Bon programme.

Je ne suis pas repassée dans mon appartement depuis plusieurs mois. Tout le nécessaire tient dans un rectangle, quinze kilos autorisés en soute, la permission du déplacement, voilà, cette nuit je me sens très déplacée, ça fait du bien. Après deux années d'Alexander, il était temps que je rencontre Morten.

Je poste un statut cryptique sur Facebook, mes amis balancent quelques vannes, tout va bien, j'ai du réseau : quand un maillon tombe tout se resserre d'un cran.

Les histoires d'amour ne se terminent pas mal. Elles se terminent. Je peux être heureuse comme ça. Je n'ai pas vraiment le choix.

Au commencement fut la masturbation, aussi appelée : l'autoroute de la rupture. Masturbation d'autant plus incontournable que mon inspiration se love hors d'atteinte, à Oslo, enchaînant les sessions d'aide en productivité et les business-plans. Je pense à la Norvège, à la communauté des start-up que j'ai appris à connaître, aux Danois venus en groupe partager leurs compétences – parmi eux, le blond qui m'a mis un râteau, le brun qui a cédé à mes avances.

Le brun. Morten. Je voudrais sauter dans un avion, le rejoindre et m'écrouler à ses pieds. Comme ça n'arrivera pas j'invoque mon Fairy, ce vibrateur qui vient à bout de toutes mes peines – une sorte de perceuse électrique aux couleurs blanches et roses, motifs papillon, revêtement plastique, moche, irrésistible. Il suffit de tourner la molette. La puissance de cet engin a résolu tellement de doutes, de questionnements et de chagrins que je me suis mise à croire en un Fairy omniscient et omnipotent, capable de réduire en pièces les problèmes mathématiques ou les conflits sociaux. Je peux l'utiliser cinquante fois par jour, poussant mon corps aux limites, par jeu et par défi, devenant moi-même le périphérique de la machine.

De ma cuisine je vois la Fernsehturm de Berlin, grosse asperge grise précédée de toits gris, c'est comme si j'avais laissé la couleur en Norvège. Mon appartement réplique par une bonne humeur de combat : des tonalités joyeuses, trois paysages ukrainiens disposés autour d'un chandelier, de grosses tentures autour du lit, un frigo anorexique renfermant en tout et pour tout deux bouteilles de champagne. Pas mal d'autoconditionnement au bonheur.

Normalement mes cuites amoureuses durent cinq jours, comme mes règles. Cette fois pourtant le manque s'est prolongé. Avec une pointe d'obsession, un soupçon de compulsion. Pendant une semaine j'ai vécu Morten avec le désespoir des occasions ratées. Je l'ai bu, dévoré, dormi, je l'ai bossé, cuisiné, dessiné, je l'ai planqué dans le lave-linge, je l'ai téléphoné à mes parents, je l'ai douché et enduit de crème, je l'ai étendu dans la salle de bains. Impossible de penser à autre chose.

La séparation forcée dramatise une situation à crever de banalité. J'ai baisé un Danois que je n'ai aucune chance de revoir : OK, j'ai aussi baisé d'autres types dans ma vie, auxquels j'ai filé un faux numéro de téléphone, et certains m'ont manqué et je me suis raconté des histoires pendant cinq jours en imaginant – et si ? Et si on avait fait l'effort de se connaître ? Les gueules de bois sentimentales ne se prolongent jamais, à peine comparables à l'arrière-goût acidulé d'un bonbon. Les maxillaires se crispent quelques instants. Puis on passe à autre chose.

Sauf qu'avec Morten je n'arrive pas à passer à autre chose. Ou du moins, ça prend du temps. Je ne guéris pas alors je rouvre la plaie, plonge dans les eaux poissonneuses du fantasme. Ce type m'a bloquée dans ma course, écrasée comme un moustique au mur.

Je rêve de Morten me prenant dans ses bras. Me retournant sur la table de sa cuisine. Me bouffant crue. Me mordant le creux des coudes. Je m'en fais une montagne et des étoiles, des paysages kitsch, des chevaux courant sous la lune, des palmiers en contre-jour, des tempêtes de pétales, des coquillages nacrés, des déclarations à noyer un océan d'eau de rose. Je rembobine mes petits films intérieurs, je les décline, je m'en fais des moments d'oubli et des moments de patience, j'en transcende des attentes de bus et des matinées grasses. Morten remplace Facebook à la poste, au supermarché, devant les publicités, il occupe cet espace de dissociation normalement alloué au picorage sur Internet.

Quand la matière à divagation vient à manquer je poursuis ses avatars, je cherche en ligne quelles chansons il écoute, ce qu'il pense des fonds d'investissement, je dissèque sa page professionnelle sur LinkedIn pour comprendre comme il se donne à voir aux autres. Je remarque les projets grossis, les accomplissements gonflés, les vagues idées affichées comme des processus en cours: découvrir quelqu'un sur Internet, c'est comme accéder directement à son surmoi. Je connais Morten en chair, j'apprends maintenant quel homme il aimerait être et j'aime ce monstre lisse et numérique, arrogance en ligne de front: bonjour, j'ai vingt-six ans, je suis un génie ou du moins un génie en puissance, regardez-moi, suivez-moi, j'ai tout vu et tout compris.

Je souris devant l'écran. Ils ont le beau rôle, ces Danois. Tous bilingues à douze ans, globalisés, objectivement ils resplendissent – des mecs parfaits dans un système parfait, pas de chômage, beaucoup de lien social, en face une Française tient à peine la route. Leur rapport à la modernité devient mon complexe d'infériorité : pour commencer mon boulot consiste à écrire, bienvenue au Moyen Âge. Je fais scribe pour des magazines. Pour le papier, même pas pour les versions iPad. Je pourrais pousser une charrue, aussi – dormir sur de la paille, cultiver des patates, éclairer ma chaumière à la bougie. Les Danois, ils passent leur smartphone sur des bornes pour prendre le métro, tout se clique. Je les considère sans envie mais avec révérence : l'homme futur n'est pas à portée de temps mais à portée d'espace. Environ mille kilomètres.

Pour m'occuper je bosse mes avatars. Peut-être Morten cherche-t-il à en apprendre davantage sur moi, alors je modifie ma page Facebook et j'ajoute des photos pseudo-naturelles, sur lesquelles on me voit très entourée et très formidable. Des photos qui donnent confiance, des promesses d'une vie joyeuse et sexuellement solide. Des photos de plante en pot. Des photos le cul entre deux chaises : belle mais pas trop, intelligente mais moins que les mecs, friquée raisonnablement, élégante sans excentrisme, travailleuse sans ambition. Mère et putain. Rassurante et amante.

Ce n'est pas vrai qu'on doit choisir son camp : au contraire, il faudrait jouer sur tous les tableaux, refuser de prendre parti. Je crèverai de ça : ne pas prendre parti.

Morten ne cherchera jamais ma page Facebook, évidemment.

Je me retourne dans le lit, attrape un autre sex-toy, rose bonbon et douces vibrations. Je boude la vie. Les êtres humains ne m'intéressent pas : je suis en descente d'amour, indisponible, indisposée. J'affronte le glissement avec plaisir, je me considère comme une vraie gourmande, capable de tirer ma satisfaction de plats ingrats ou délaissés, cette fois je prends plaisir de l'homme laissé dans une salle de conférences. Le vide après la rencontre on sait comment ça se passe. C'est au planning. C'est appris. Si la personne ne nous manque pas, si on peut se concentrer sur son travail, c'est qu'on a bâclé le boulot. Je ne parle pas de brûler vive, plutôt d'avoir le cœur qui gratte.

Normalement ça dure cinq jours. Je ne sais pas me jouer la comédie pendant que le dîner refroidit. Mais cette fois, au bout de deux semaines au lit, hostile à tout retour dans le monde réel, je constate que j'ai battu mon record de préoccupation pour un homme. Quelque chose se passe.

Le temps s'accumule sous forme de soupirs et d'emballages de bouffe, sur Facebook j'ai annoncé: «En retraite spirituelle. Je ne sortirai qu'en cas de force majeure ou pénurie de pralinés.» Des amis et des inconnus ont liké.

Je ferme les yeux, les formes du visage de Morten se dissolvent dans un bouillon de fantasme. Je commence à réévaluer la qualité de la came danoise: peut-être ai-je rencontré le shoot du siècle. Peut-être y a-t-il plus à étancher qu'une fringale passagère. Voilà longtemps que j'attends la grosse ivresse, l'homme capable de me retourner le cerveau, voilà longtemps que je ne me suis pas accrochée quelque part. Je savais que le gouffre allait s'ouvrir prochainement parce que j'ai besoin de mon cachet d'extase amoureuse tous les deux ans, et que si on ne me donne rien, je pourrais tomber amoureuse d'une lampe de chevet. Il n'y a rien de plus prévisible qu'une rencontre.

Alexander lâché je me retrouve libre, et apathique, ennuyée, solitaire, crevant la dalle.

Il me faut à bouffer. Pour moi les hommes sont un moyen. Je cherche la décharge hormonale, le crash biologique, légal et brutal, les mecs décisifs ne m'intéressent pas – je les aime efficaces, capables de me secouer assez pour que je survive. Le flash amoureux est mon remède à l'insomnie, à la dépression, au stress, à la flemme, à la maladie, aux transports en commun, à l'administration, aux impôts. Sans ma came je ne tiens pas debout. Sans mec mignon au bureau je ne sors pas de chez moi. La séduction, le jeu du pouvoir et du mensonge, ont toujours été mon unique motivation. Je regrette pour les bébés dauphins à sauver et les champs de recherche à faire avancer mais je préfère être consciente de mes priorités. Moi, ce que je veux, c'est les montagnes russes : qu'on m'étourdisse et qu'on me défonce jusqu'au bord du coma. Si la passion est une drogue, alors la difficulté consiste à trouver un dealer talentueux, en phase avec les désirs du moment. Certains dealers vendent des produits nuls. D'autres vous emportent pour des années.

En bonne junkie j'alterne les effets et j'augmente les doses. Il y a les hommes-coke qui disparaissent en quelques jours, les hommes-cannabis qui servent surtout à regarder des films, les hommes-alcool qui rendent les lendemains difficiles, les hommes-amphétamines qu'il vaut mieux fuir, les hommes-LSD que je laisse aux autres. Et puis les hommes-X. Un rêve doux, durable et lucide, tapissé de chaleur et de bonne humeur.

Bien sûr, l'amour n'est pas obligatoire. Il y a d'autres drogues sur le marché. Mais je n'en connais pas de meilleure.

D'accord, d'accord. Je sais, j'en fais des tonnes.

Parce que Morten ne me semble pas bien pratique – sérieusement, le Danemark ? Pourquoi pas l'Ouzbékistan pendant que j'y suis ? Parce que Morten habite trop loin, donc, je décide de le décomposer dans la masturbation. Pour l'oublier. Pour le tuer. Pour le broyer dans des orgasmes. D'ailleurs ça me convient parfaitement, la masturbation. C'est une activité moderne, à la limite c'est un projet de vie. Tout le monde se masturbe frénétiquement, pas seulement dans le cadre de la sexualité mais tout le temps – se regarder vivre, s'écouter parler. Je tiens un blog tous les jours depuis dix ans, pour vérifier que les gens m'aiment mais qu'ils resteront invisibles. Internet, c'est la fin du monde, la libération par la distance, moins on existe plus on s'apprécie. Il y a quand même une raison pour laquelle ce sont des ermites, retranchés dans des montagnes, qui ont prêché l'amour du prochain. Je suis une ermite retranchée derrière mon ordinateur et j'aime d'autant plus Morten qu'il pourrait être mort. Aucun échange d'e-mail, aucune nouvelle.

On a baisé quoi ? Une dizaine de fois ? Peut-être huit. C'est un tout petit peu, une ébauche de commencement de début de quelque chose, quand même. Il pourrait balancer un smiley sur mon *wall* Facebook, quand même. Je poste en bilingue juste pour lui, quand même.

On sait qu'on perd pied quand on commence à écouter des MP3 motivationnels. À longueur de journée mon ordinateur me répète : « Tout ira bien, tout le monde vous aime, vous allez abattre des montagnes et peut-être votre *to-do list* d'avant-hier. Avenir radieux. Répétez après moi : avenir radieux. Au pire embauchez un assistant. » Je complète avec des livres de développement personnel. On peut donc dire que ça va très très mal.

J'aime le vin, la nourriture, le sommeil, l'art contemporain abscons, être amoureuse, mais surtout j'aime contrôler mes émotions. Alors je tente de surmonter le manque. Je lis le *Happiness Project* en boucle. Je dévore des études qui se contredisent en permanence : avoir des enfants rend malheureux, ou heureux, en tout cas malheureux les vingt premières années mais heureux pendant la retraite, les fruits rouges boostent le moral, vingt minutes de sport par jour suffisent à devenir immortel, le sport tue la dépression, un carreau de chocolat illumine les matinées difficiles, il faut inventer chaque jour trois pensées positives avant de s'endormir, le sexe booste les endorphines, dire merci booste la satisfaction, appeler sa grand-mère booste l'ego, l'Académie française menace de trépaner les journalistes qui emploient encore le mot booster.

— Adrienne ? je demande au téléphone. Hé, ça fait longtemps !

Adrienne : étoile filante et bonne fée penchée sur ma vie, éditrice de magazines, de bandes dessinées, de bouquins, look digne d'un tapis rouge, grosse force de travail, gros talent d'amitié.

— Oh là, Maïa revient parmi nous. J'allais envoyer les secours.
— Oui, bon, ça peut arriver.
— Tu as changé de mec.

Je regarde le téléphone, et au-delà, mes cinquante mètres carrés de bordel.

— Comment tu sais que j'ai quitté Alexander ?
— Tu me fais le coup tous les deux ans.
— Je pourrais avoir la grippe.
— Retraite spirituelle, hein ? Si tu avais la grippe, tu te plaindrais sur Facebook.
— Tu devrais changer de carrière, toi. Tirer le tarot.

À mes pieds la valise couleur pomme, ouverte mais toujours pas défaite. Les vêtements du fond y moisissent doucement, ils sentent les herbes et la Norvège, je répugne encore à lancer une lessive. Cette moisissure c'est tout ce qui me reste.

— Je suppose que tu veux travailler ? demande Adrienne depuis son bureau parisien.

Je peux quasiment l'entendre enrouler son chignon, elle, l'ultraprovinciale devenue boss d'un monde parisien, des talons aiguilles posés sur un petit empire.

— Un dossier sur les petits amis imaginaires, ça t'intéresse ?

— Tu as quitté Alexander pour un mec imaginaire ?

— Je n'écris pas forcément sur ma vie.

— Ouais, bien sûr. Raconte ça à tes autres employeurs.

— D'accord, d'accord. Mais ça t'intéresse ?

Elle prend quatre secondes pour réfléchir. Pas une de plus – pas le temps.

— Deux choses : en tant que rédactrice en chef, il me faudrait un angle sérieusement charpenté. En tant qu'amie, ce serait bien que tu rentres à Paris te bourrer la gueule avec tes potes au lieu de bouffer des pizzas surgelées.

— Ce ne sont pas des pizzas surgelées mais des conserves.

Mon appartement s'organise autour d'espaces de manque : mon lit de princesse vide avec des assiettes empilées sur la table de nuit, mes étagères aux rayonnages troués, des bouquins de sexo entamés, des polars suédois prêtés-jamais-rendus, mon bureau sans connexion Internet parce que j'ai oublié de payer mes factures. Tout ça, parsemé de raviolis industriels.

— Bon alors, pour mon article.

Ma voix est tonique, concentrée, très *working woman*. Je suis en slip.

— Je t'écoute, dit Adrienne.

— C'est tout simple : finalement, les humains, pourquoi faire ? On est dépassés, avec nos relations, nos petits soucis de couple, nos mariages. L'altérité, aussi, pour quoi faire ? Le *significant other* peut parfaitement être absent pour laisser la gestion émotionnelle tourner en autonomie : je propose d'arrêter de tomber amoureuses d'êtres humains.

— Ah bon.

— Pour mieux nous concentrer sur l'amour en général, donc sur les hormones sécrétées dans nos corps, donc sur nous-mêmes. On pourrait décrocher des mecs, décrocher des gens, devenir des mutantes affectives s'injectant directement de l'ocytocine. C'est ça, la vraie libération sexuelle. Quand tu es seule à la maison à manger des pizzas.

— Elle a l'air trop géniale, ta vie, en ce moment.

— Ensuite on fait un truc concret, sur les sex-toys et les avancées médicales, avec un point de vue historique un peu transhumain, du genre, il faut être né avant les années 70 pour penser qu'un objet n'a pas d'existence émotionnelle. On propose un nouvel âge d'or de la sexualité – le plastique et la chair, la combinaison plutôt que l'opposition, le remix.

— Au secours.

— Attends, il s'agit quand même d'une idée anticapitaliste. On arrêterait de consommer ou de posséder les autres, parce qu'on ne les approcherait même pas.

— Toi, ne pas approcher les mecs ? Je vais devoir hurler de rire.

— Adrienne !

— Tu as fini ton pitch ?

— Je voulais nous proposer de devenir, tout simplement, du carburant émotionnel. Du pétrole à masturbation. C'est moderne, non ?

— Personne ne peut se projeter là-dedans.

Adrienne laisse passer un moment alors je tente le tout pour le tout, confiante, déterminée dans mon slip :

— On n'a pas besoin de se projeter. On y est. Regarde Facebook : notre génération invente l'amitié sans corps, l'amour sans corps, évidemment qu'on peut avoir le sexe sans corps.

— Et tu voudrais quatorze pages ?

— Quelque chose comme ça, oui. J'aime participer à la déforestation de l'Amazonie.

Silence dans le téléphone.

— Maïa, personne ne veut lire cet article.

— Bien sûr que si. C'est notre génération, c'est comme ça dans la réalité, ou au moins dans la réalité future... et moi, je veux lire cet article.

— Non, tu veux l'écrire. C'est différent. Les lecteurs, ils veulent de l'espoir et dépenser leur argent, ils ne demandent pas de grandes théories.

— Mais c'est positif, je propose des solutions...

J'entends Adrienne secouer la tête, ses boucles d'oreilles tintent contre le boîtier.

— Tu es tarée. Je t'adore, hein, mais je préférerais que tu me fasses une *update* sur les nouveautés toys.

Autour de moi, entre les boîtes de raviolis, combien – cinquante, soixante sex-toys ? Et peut-être autant de lubrifiants différents, de gels intimes, de poudres chauffantes ou glaçantes, de menottes, de crèmes érogènes, de pilules de l'extase, les « cadeaux » arrivent tous les trois jours environ, le facteur ignore le contenu des boîtes qu'il me tend. Des entreprises américaines, allemandes, suédoises ou françaises, qui m'ont inscrite dans leur fichier presse et qui n'attendent que ça : l'*update* annuelle des produits sexo-conso.

— D'accord ? dit Adrienne.
— Pas de problème, je t'écris ça pour dans trois minutes.
— Et puis viens à Paris.
— Bientôt, promis.

Ma tentative de monétiser Morten a échoué. Journée nulle.

Les heures s'écoulent avec insistance, je ne porte plus de vêtements, j'observe le temps qui passe à la repousse de mes poils – la progression lente, la reconquête du pubis, le corps en vie, mon amour qui pousse comme un gros filament brun. Je me traîne dans mes souvenirs et dans un monde d'embouts, de gélatine, de batteries rechargeables, de touches. Sous contrôle.

Au bout d'un moment, plutôt que de soutenir mes fantasmes par le rechargement en boucle de sa page Facebook, je me représente Morten intérieurement – plus beau, plus souriant. En l'idéalisant je l'instrumentalise une deuxième fois, je le fétichise, mais qu'importe : si la procédure permet d'obtenir une drogue hormonale de meilleure qualité, si j'ai besoin de ça pour récupérer ma dose d'endorphines, je n'hésite pas. Morten devient chanteur de rock ou acteur américain, j'enfonce des portes ouvertes pour mieux les bourrer de clichés, mon cinéma intérieur prend des dimensions ridicules.

Le problème, c'est que je voudrais récupérer ma disponibilité amoureuse pour un homme, justement, plus disponible – habitant au moins dans le même pays que moi. Un autre Allemand ? Je commence à établir ma *shopping list* : un médecin, ce serait pas mal, mais on peut rarement partir en week-end. Un juriste ? Ils bossent trop. Non, il faudrait quelqu'un qui puisse suivre mon rythme de vie, toujours sur la route. Écrivain ? Trop de compétition. Journaliste ? Pas assez différent. Entrepreneur ? Dans un pays proche, de manière à ce qu'on puisse garder nos distances ?

Et voilà, Morten se réincruste dans le champ des possibles. Cette histoire parvient à me fatiguer sans même exister.

Morten à la plage, Morten en maillot sur ses photos de vacances, Morten décidant de me retrouver à Berlin, Morten tombant à genoux sur mon palier au milieu de deux cents roses rouges, Morten défonçant ma porte à coups de barre à mine pour m'emmener à Tachkent. Marée haute sur la guimauve, mon imagination en mode loukoum. Je soupire à fendre des barricades. Je prétends gérer sereinement mes descentes plutôt que d'en être victime, je prétends apprécier la chute, mais la vérité c'est que plus l'homme concerné par le déferlement de passion se montre prometteur, plus on tombe de haut. Morten est d'autant plus prometteur qu'on s'est quittés sans presque s'adresser la parole : c'est facile de devenir une obsession, dans ces conditions. L'imagination s'emballe parce qu'elle n'a rien à se mettre sous la dent. J'ai croisé un ectoplasme, une toile en deux dimensions, et depuis, j'y plaque des idées farfelues. C'est de la triche.

Je ferme les yeux et il apparaît. Constamment. J'en ai assez d'être patiente. Alors plutôt que de faire pousser des fantasmes sur des souvenirs, je décide d'ouvrir les vannes. Adrienne a raison : j'ai construit ma carrière entière sur les hommes, autant arrêter de les tenir à distance.

J'envoie un e-mail faussement désintéressé le soir même, un e-mail qui sauve tout juste la face, et je me demande combien de temps Morten prendra pour me répondre. Le frisson qui parcourt mes cuisses n'a rien de comparable avec celui du Fairy : à l'époque de mes parents, on disait que le meilleur moment consistait à monter les escaliers. Aujourd'hui c'est quand le serveur transmet les données.

Pour patienter j'*update* mon Facebook.

— Tu sors du trou ? demande Adrienne en conversation privée.
— Je n'y suis jamais tombée.
— Toi, tu prépares un sale coup.
— Toi, t'as un magazine à organiser pour mes prochaines chroniques.
— J'aimais bien Alexander. Mais bonne chance pour... ce sex-toy humain que tu sembles avoir rencontré.
— Il s'appelle Morten. Ce n'est pas une question de chance.
— Bien sûr.

Je fais craquer les jointures de mes doigts, balance quelques uppercuts dans le vide, pendant ce temps mon téléphone bipe.

La réponse de Morten n'a pas traîné. Ce n'est pas le genre de mec à traîner.

Copenhague m'attend, et dans le miroir avant de partir, une inconnue plus jolie que moi pose la dernière touche de mensonge sur son visage. Rouge. Sur les lèvres. Cette inconnue a des cheveux blond foncé, nouvelle couleur pour une nouvelle aventure, toute une vie à reconstruire.

L'hiver va commencer, la pire période pour visiter le Danemark, promesse de rafales glacées sur une probable douche froide. J'ai commandé un billet sans retour et empilé des strings dans ma valise. Je déteste les strings. Entre deux vérifications capillaires je tente d'oublier la promesse faite à Adrienne que non, vraiment, Morten restera un coup de quelques soirs.

Quarante jours ont passé depuis ma grande ivresse, emportant dans le brouillard mes souvenirs de Norvège. Ce sas de décompression m'a presque libérée des formes brutes de Morten.

Presque. Je me rappelle la dernière nuit passée ensemble, il m'avait ramenée dans sa chambre après ma fête de départ, des torrents de champagne, on était tellement ivres. Les autres entrepreneurs avaient sombré dans le coma, certains sur la moquette, les plus chanceux en travers des canapés. Mais pour nous, pas de sommeil. On a balancé les draps par terre avec l'urgence des dernières occasions. On a oublié de fermer la porte. Morten m'a attachée avec ses cordes d'escalade. Je distinguais à peine, dans l'ombre, les contours de son corps de grimpeur. On s'est entrebaisés en silence, on s'est bouffés et couverts d'éclats de rire. Pas de couleurs dans cette chambre tiède, pas d'aube montante, juste des éclairs gris enfoncés dans l'opacité. À force de ne rien voir on révèle tout. C'étaient quelques heures d'absolue présence.

Je me rappelle le dernier regard, les clavicules qui dépassent sous les draps, l'odeur du matin : des parasites en surimpression sur ma vie. Qui refusent de me foutre la paix. Je me rappelle avoir enfilé quelques vêtements propres, avoir attendu le taxi dans l'immense salon norvégien parsemé de bouteilles vides, de petits fours, de verres à cocktail et d'assiettes en plastique. Une chaussette pendait sur un lustre.

Morten ne s'est pas réveillé. Ou alors il a fait semblant de ne pas se réveiller, et moi j'ai fait semblant de m'en foutre. On ne s'est jamais dit au revoir. En même temps, on ne s'était jamais vraiment dit bonjour.

Je vais mieux, maintenant. Il est temps de me réexposer au virus, de reboucler ma valise-totem.

Dans l'Inter-City Express qui relie Alexanderplatz et Berlin-Schönefeld, une autre trentenaire porte un autre rouge à lèvres pour se rendre à un autre rendez-vous – une femme-panda, paupières fluo et lèvres surgonflées, mèches multicolores, une créature de strass et d'imprimés en lézard mauve, avec le décolleté en portes ouvertes, la chaîne à dauphins, la gourmette à prénom. Le premier degré de son nombril percé me place en face du mien. Je constate le regard effaré des couples sur son passage, surtout les dames, les ladies, raisonnables et propres sur elles : persuadées d'appartenir à une autre planète et qu'une nuance de rouge vaut mieux qu'une autre, alors qu'on s'est, toutes, ce matin, infligé des modifications corporelles. Pour les hommes. Pour ceux qu'on n'a même pas encore. Juste par anticipation de ce qu'ils pourraient penser. Elle est formidable, cette révolution sexuelle.

Je reprends un chocolat, pour passer le temps je parcours les news sur mon téléphone. Je sais que je ne devrais pas, qu'il n'y a pas la place. Je sais qu'à chaque nouveau micro-événement et chaque nouvelle vidéo de chat j'oublie un souvenir de mon enfance ou une déclinaison latine. Pourtant je continue. Exponentiellement. Je me demande ce que j'essaie si frénétiquement d'oublier en tapant sur ces touches – et puis j'oublie aussi cette question.

Copenhague, enfin. Décembre ne va plus tarder mais au Danemark l'hiver ne s'arrête jamais. La météo annonce l'ambiance des prochains jours dès le hall des arrivées : une neige sale et omniprésente, en couche molle, s'entasse sur les bâtiments éteints, torpille la grisaille de l'aéroport, tiédit les hot dogs vendus en extérieur. Des plaques de glace immenses promettent de me dévisser les chevilles à la moindre inattention.

Je redécouvre le plaisir d'être perdue au milieu de conversations étrangères – le plaisir d'être protégée des autres, vraiment, comme à Berlin à mon arrivée, avant que je ne comprenne l'allemand. Les hommes me semblent incroyablement soyeux, les filles sont trop blondes.

Je sautille d'excitation, je me prends pour la petite sirène, j'envoie des textos où il est question de Smørrebrød – juste par plaisir de trouver les caractères sur mon clavier. Je parcours le guide touristique, de la couverture aux remerciements. La chasse monte en moi. L'odeur des mecs.

Pourtant, comme pays inconsistant, le Danemark remporte la mise : myriade d'îles écrasées par les deux géants de l'étage supérieur, la Norvège et son empire économique, la Suède et ses meubles en kit. Selon Wikipédia les Danois ne peuvent se targuer que de trois apports culturels au monde : les Lego, les contes d'Andersen et les Vikings. Le reste se réduit à des plaisirs élitistes – la cuisine nordique, quelques groupes de musique, Kierkegaard, autant dire que dalle. On se pose au Danemark par défaut ou parce que quelqu'un a posé un flingue sur notre tempe. Un patron, ou un amoureux potentiel. Je suis contente de faire partie de la seconde catégorie.

Comme toujours j'arrive en avance : pour repérer les lieux, pour apprivoiser le contexte. Ça me laisse quelques heures à tuer : le temps de poser ma valise à l'hôtel, près de la gare centrale, le temps d'attendre surtout – je savoure ces moments perdus. Je prends le métro jusque dans son quartier, j'échoue dans un pub islandais encastré entre deux dispensaires de drogue. Bières et cocktails, je fais connaissance avec la population locale, je ne fais pas attention. Au moment de repartir mon sac a disparu. Plus de passeport, de clefs, de carte bleue, de téléphone, d'argent, rien.

Et merde.

Je peux en rire ou en pleurer, je décide qu'aucune solution ne convient : ce qui ne peut pas être posté sur Facebook n'existe pas, et maintenant que je n'ai plus de téléphone, je ne sais plus où déverser mes émotions. Donc j'arrête d'avoir des émotions.

Allez, on verra plus tard. Au moins j'avais payé mes consommations et quelques nuits d'hôtel d'avance – il sera toujours temps demain de contacter mes quelques connaissances danoises. Tant qu'il y a du Wi-Fi il y a de l'espoir.

Je me dis que si le paroxysme amoureux est une expérience chamanique, alors ce premier rendez-vous avec Morten me verra débarquer les mains vides, dépouillée de mes possessions terrestres, avec pour tout bagage l'espoir d'une rencontre du premier type.

Donc je me mets en route pour son appartement, je clopine dans la neige, talons hauts idées courtes. Mes hanches impriment un mouvement latéral étudié pour me mettre en condition. Les hommes préfèrent les femmes qui se dandinent en marchant parce qu'elles sont plus susceptibles de connaître l'orgasme vaginal – j'ai lu ça dans une quelconque publication scientifique, pour le boulot, alors je la joue *catwalk* et c'est comme si mon bassin scintillait d'orgasme vaginal. Ma robe, grise et sobre, envoie le message contraire – juste au cas où je prendrais un râteau, juste au cas où je devrais faire semblant de n'être pas si intéressée que ça. On n'est jamais assez préparée.

Analyse des signes de nervosité : estomac serré, préparation optimale mais anticipation angoissée du match entre fantasme et réalité. Le bruit de mes pas s'absorbe dans vingt centimètres de poudreuse. Les sons disparaissent, les gens disparaissent, on a l'impression de distances stratosphériques et de relations humaines condamnées. L'opacité se scelle par une solide barrière de gel, d'haleine courte et de capuches. On se serre les mains au travers de moufles.

Le Danemark est un pays où on regarde beaucoup ses pieds.

Sur le chemin je dépense mes dernières couronnes danoises : pour un hot dog, qualifié de français par l'affichette, c'est-à-dire noyé sous de la mayonnaise et des oignons. C'est bien, ça réchauffe. Je ramasse les derniers morceaux au fond du papier avec les doigts : je me connais, si j'arrive le ventre vide à un dîner, je démolis les biscuits apéro en trois secondes. Or cette attitude ne serait pas compatible avec ma robe monastique.

À trente-deux ans je n'ai jamais connu de « date » à l'américaine, puisque c'est le nom qu'ici les gens donnent à leurs rendez-vous. Je réalise que je me suis peut-être un peu emballée. D'accord : je me suis totalement emballée. Je ne sais pas comment je suis censée me comporter et je n'ai pas le moindre sujet de conversation en tête – à part le récit pathétique de mes futurs allers-retours au commissariat et à l'ambassade pour récupérer un passeport.

Je voudrais juste sentir à nouveau l'odeur de Morten. Découvrir sa chambre, compter ses vertèbres quand il sera endormi. S'il me laisse rester pour la nuit.

Les souvenirs de Norvège m'accompagnent : l'hôtel impersonnel dans lequel le rassemblement d'entrepreneurs avait lieu, mon invitation à la dernière minute pour remplacer une absente, sous prétexte qu'une free-lance est aussi une entrepreneuse. Je me remémore les autres participants du séminaire, qu'il fallait éviter pour garder notre histoire secrète. Après Morten je retournais dans ma chambre, vers cinq heures du matin, la nuit qui recouvrait tout. Les chasseuses aiment les élans invisibles. Lui dormait pendant que je me rhabillais, le sexe encore brûlant, et je prenais des photographies mentales. Son sourire clair lors de notre première rencontre, son interminable silhouette étendue sous moi. Il rêvait comme une tombe après l'amour, le corps vaincu, vulnérable, parfaitement nu. Pas de marque des activités de la nuit, aucune des empreintes muettes que certaines aiment imprimer. Son coude dessinait dans le sommeil un angle bizarre, cassé. On ne peut pas oublier une pareille forme de coude, il y avait toute la violence du sexe dans cette inflexion.

Je marche, je me réchauffe. Je veux croire que je ne serai pas déçue.

Autour de moi le quartier de Frederiksberg affiche ses façades de brique rouge : maisons de poupée sans rideaux, églises protestantes, hôtels modestes calés entre des immeubles bourgeois. Il suffit de se pencher entre deux arbres gelés pour apercevoir, entre les murs sévères, des centaines de vies moelleuses. De mon côté de la vitre, je ne sens plus mes orteils. Cinq années d'exil berlinois ne m'ont pas habituée au climat nordique.

J'arrive pile à l'heure et l'appartement de Morten sent les herbes de Provence. Je redécouvre son format massif, plus grand que dans mes souvenirs, ses volumes de nageur, son nez pointu qui adoucit sa morphologie carrée. Les cheveux en désordre et les yeux changeants, entre turquoise et pistache.

L'air inexplicablement contrarié, comme toujours, parfois transpercé de ce sourire qui lui a valu d'être placé sur ma *shopping list* personnelle. Un sourire à en oublier son code de carte bleue. Et deux mètres de muscles joliment agencés.

Il s'affaire au-dessus de casseroles bien trop nombreuses pour deux personnes, je me rappelle qu'il ne plaisante pas avec la bouffe. En Norvège c'est comme ça qu'on s'est vraiment rencontrés – un plateau d'huîtres partagé par une soirée orageuse, des bourrasques qui nous avaient jetés l'un contre l'autre, des éléments furieux, et lui plus dangereux encore.

Il cuisine : de toute façon je ne sais pas résister à la nourriture. Un mec qui me nourrit obtient ma gratitude éternelle. S'il me fait boire... je ne réponds plus de rien. Il faut me prendre par le ventre et par l'ivresse.

Je respire difficilement. Oui, peut-être que ce sera le shoot de la décennie. Peut-être que je pourrai me paumer un bon moment sur ce corps interminable, j'y pressens de grands espaces à arpenter... mais le regard reste sans chaleur, sans concession.

J'ai passé les derniers jours à dresser un portrait psychologique complet du personnage, parce qu'il faut connaître son ennemi et plus encore son partenaire. De site en site et surtout par l'intermédiaire des quelques connaissances danoises rencontrées en Norvège, j'ai commencé à mieux apprécier sa personnalité – j'arrive en ayant cartographié le terrain, anticipé les chausse-trappes, balisé quelques routes potentiellement empruntables. Je sais qu'avec Morten on n'a pas le droit à l'erreur.

Alors pour lui j'ai créé sur mesure la créature à qui il s'adresse maintenant. Une fille romantique, gourmande mais naïve. Cette fille raisonnable et moi, on se connaît depuis un bout de temps. Elle n'existe pas mais elle me permet de ramasser des mecs décents. C'est un ectoplasme qui flotte entre mes cibles et moi : un mensonge obèse, une muraille de clichés, à la consistance de voile de mariée. Je reste planquée derrière, c'est tellement confortable. J'empile cette personnalité d'emprunt sur la mienne, comme un château de cartes. Des éléments en deux dimensions, sans profondeur, inventés pour l'occasion, avec de jolis dessins sur la face visible. En un souffle tout s'écroule. En un soupir.

Il faudra que je pense à ne pas trop soupirer.

Son appartement empile tous les signes du *hyggeligt*, cette tradition danoise du confort domestique : des couleurs claires, des matières naturelles, des bougies, des tableaux, deux grands oliviers à l'entrée. Pas une poussière qui dépasse, pas une ombre de désordre. À part moi.

J'observe le territoire comme on fait l'inventaire, je me prépare à la conquête. Si je réussis mon enchaînement, ce ne sera pas seulement un corps que j'accrocherai à mon tableau de chasse mais aussi des murs, un canapé, des assiettes, un pommeau de douche, des mètres carrés. Je suis venue pour confirmer une intuition – et des ambitions. Mes objectifs s'envolent : une âme se dompte au début seulement par les sentiments, ensuite c'est une question de géographie, d'avancée des domaines d'influence. Un jour je rencontrerai la famille de Morten, et sa famille m'aimera. Un jour je laverai les draps, je remplirai le frigo, je poserai mon empreinte, peut-être quelques photos encadrées dans le salon.

Du moins c'est le plan. Mais me connaissant, je vais renverser du vin rouge sur son *laptop*.

Morten cuisine depuis des heures, appliqué, séduisant sous son tablier. En m'invitant chez lui il m'a ouvert son intimité tout entière, pas si dépouillée que ça. Je dresse une liste mentale. Son shampoing, ses draps, ses fleurs préférées.

J'imagine que je dois l'embrasser mais ce serait le considérer comme acquis, alors je m'assois et j'observe l'enchevêtrement de couteaux et de poêles. Il dit que je suis belle. Je souris poliment : quatre heures de préparation. Il dit que blonde ça me va bien. Bon, je ne me suis pas trompée.

— Tu as trouvé facilement ?
— Rien n'est facile, dans ton pays.
— C'est ta première fois au Danemark ?
— Oui. Mais Oslo me manque un peu.
— Tu verras, Copenhague vaut nettement mieux.

Il s'agit maintenant de ne pas commettre d'impair culturel. Au pays des petites sirènes, on peut se faire serrer la main après avoir brassé ses fluides. On peut aussi se faire larguer pour avoir demandé comment la semaine s'est passée – une question trop intrusive. Rester en retrait constitue l'unique stratégie. Celle que je déteste. Mais pour Morten je ferai une exception.

Il porte un T-shirt rayé et un jean. Bienheureux les hommes. Je porte un string.

Je réapprends son visage. Il est mieux en vrai que sur les photos du séjour, il me fixe sans sourire, avec sa grosse tête de chat. Une mâchoire à broyer un bœuf, une incisive bizarrement pointue. Pas parfait mais intéressant. Beaucoup de présence, mais c'est facile quand on est grand.

— Tu es venue juste pour moi ?
— Un bon ami fête ses trente ans dans le coin, c'était l'occasion de combiner.
— Un ami français ?
— Oui. Tu le connais, il était au séminaire, avec l'équipe de développeurs *back-end*.
— Jamais mis les pieds à leurs conférences.
— Moi non plus.

On échange un rire glacé. Tout en scrutant ses mouvements je me demande : combien de temps va-t-il m'emporter, ce Danois ? Six mois ? Trois ans peut-être, si la froideur scandinave me tient à distance de l'overdose ? Après l'avoir tant fantasmé, je me sens comme une midinette qui rencontre sa star préférée. À sept ans c'était le Coyote. À quatorze, Robert Smith. À vingt-cinq, Chuck Palahniuk. À trente-deux,

Morten. Je gagne en réalisme mais si la pente douce se confirme, je terminerai avec un opérateur McDo. Le burger comme projet de vie – pourquoi pas.

— Ça donne faim, je murmure en examinant les casseroles.

— Il faudra encore attendre, au moins une heure. J'aime que tout soit parfait.

Il ne se retourne pas, nous hésitons entre invitation et évitement.

— Je peux attendre. J'ai toute la nuit.

— On verra ça.

Ouch. Je m'attaque à mes ongles en veillant à ne pas écailler le rouge, lui reste penché, concentré sur de périlleuses manipulations. Impossible de voir son visage. Le choc antiromantique a commencé mais j'aime qu'on se défile, ça me donne les crocs, ça me donne envie de tirer la laisse. Je viens poser la main dans son dos :

— D'accord. On peut crever l'abcès. C'est bizarre de se retrouver après tout ce temps, non ?

— Honnêtement, j'avais laissé cette histoire en Norvège. Ton message a été une surprise, mais comme je ne vois personne en ce moment... pourquoi pas.

« Pourquoi pas. » Sans blague. Personne ne nous contraint à l'amour, d'accord, mais ça reste la première aventure quand on devient adolescent, la dernière quand il ne reste plus rien à gagner. Si on compte vivre sans amour, autant se coucher par terre et mourir. Morten peut se rassurer avec son détachement mais tomber amoureux ça sert à ne pas tomber encore plus bas.

Quand il finit par lâcher ses spatules pour m'approcher, c'est qu'il n'a déjà plus le choix. Et moi non plus. On s'est entrepiégés.

Allez, fin de récré. C'est un Danois. Il ne m'embrassera pas, sa culture laisse la conclusion de l'approche aux femmes. Je laisse tomber les banalités et je commence l'embrouille, des petites phrases – des petites frappes – amusantes, les fossettes qui me font passer pour inoffensive, de la tendresse avec des dents, non tu ne m'échapperas pas. Je l'assomme en un compliment bien placé. J'attrape mes clefs de voleuse d'âme, je force la porte, démonte la charpente, savonne la pente, je le sens chuter, chuter sous mes doigts. Relève-toi si tu l'oses. Relève-toi que je puisse jouir encore de te balayer d'un sourire. Mes ongles se perdent de sa gorge à son ventre, un territoire immense à annexer, de la nourriture pour plusieurs mois, du solide à liquéfier en alchimiste. Je veux ce type avec l'entêtement d'une chatte à la foi brûlante, les griffes les plus efficaces sont toujours rétractables, je miaule et joue et tourne autour de lui pour l'emballer dans des fils invisibles. Je coupe méthodiquement chaque issue physique, je le plaque contre la table de la cuisine. Je ne demande pas la permission. Je lance l'assaut et scelle le pacte. D'un soupir je l'immobilise, d'une remarque je l'attire dans le piège, du bout des lèvres je lui arrache son consentement – salut, je t'annonce que je dors ici. Coup de langue et coup de grâce, j'achève la bête. Mes baisers sont des impacts, je l'accroche jusqu'à le laisser K-O et consentant, l'inverse du chaos, l'équilibre rétabli. Après le premier entrechoc les choses sont simples comme un homme qui s'écroule, comme une trajectoire en plongée. Il suffit de me rappeler tous mes articles. La fellation parfaite dont j'ignore les détails, les trente conseils pour affoler votre amoureux, les cent choses à savoir sur le sexe, les bons trucs qu'on pique aux films porno, les dix mouvements qui le feront craquer, les douze clefs du plaisir, les dix-sept moyens qu'il se souvienne de vous pour toujours. On n'a pas dix mille talents. Il faut bien qu'on recycle. Ma sexualité régurgite toujours les mêmes histoires, mon sourire copie les dix mille sourires précédents, je sais comment montrer l'adéquate quantité de gencive. Je n'improvise rien. Surtout quand je veux remporter la partie.

Alors je ne sais pas si je suis un bon coup ou juste une meuf lamentable, mais la bête bouillonne dans mon estomac parce que Morten sent le gel douche parfum mer déchaînée, souvent les hommes se parfument avec de l'aventure en boîte, une odeur un peu chienne qui se mélange bien à la sueur.

Je le bouffe et le ventouse, mes lèvres laissent des spots humides sur son torse, on s'imbrique jusqu'aux grains de la peau, je me sens puissante, vraiment, musclée, je le guide, je l'aplatis sur le matelas, je prends possession des lieux, je prends et lui surprend, à un moment je trébuche dans le plaisir.

Voilà. Je suis bien nourrie, bien protégée, bien payée. Une vraie branleuse. Un tel surinvestissement pour un plan cul, toutes mes tergiversations, ça en dit long sur mon niveau d'ennui, sur ma douceur de classe : tout ça pour un mec plaqué sur un meuble de cuisine.

Mais si l'amour n'existait pas je me demande à quoi ça ressemblerait, la vie. Maintenant au moins ça pique. Je sors de deux millimètres de ma zone de confort – quelques échardes dans les paumes.

— Je suis content que tu sois venue, dit-il finalement.
— Je suis contente d'être là.

Il sourit et nous cherche un verre de sauvignon blanc :

— Alors à nous.

On trinque, on fait briller nos yeux, je respire enfin. Je sais que ça devrait être un moment unique, exceptionnel, mais finalement il n'y a rien de moins unique et exceptionnel qu'un premier rendez-vous : nous sommes des adultes responsables, on s'était emmêlés précédemment donc l'attrait esthétique avait déjà passé la validation. Mais j'aime bien, moi, dramatiser, avoir peur.

Alors qu'on boit doucement notre vin, je peux presque oublier que le premier rendez-vous se résume à une figure obligée, juste le programme technique des compétitions de patin à glace – sans triple loops piqué. Pour un premier rendez-vous on connaît les codes, il s'agit d'être raisonnablement polis et prévisibles, de sourire quand il faut, comme niveau de difficulté on se rapproche de la glissade, au maximum d'une pirouette.

C'est beaucoup d'agitation émotionnelle pour une histoire où on n'a rien à perdre – pour l'instant. C'est beaucoup d'espoir tassé dans un tout petit laps de temps, mais je sais mal arrêter d'espérer. C'est beaucoup de talons aiguilles pour être restée debout deux minutes.

À la place de cette débauche de bonnes intentions j'aurais pu me vautrer sur mon canapé à regarder des séries : un plaisir carré, possiblement en pause, qui ne se vexera pas si on s'endort au milieu. Mais le premier rendez-vous réunit les désavantages de l'effort, parce qu'on voudrait mettre la relation sur de bons rails, et ceux de la fainéantise, parce que les rails sont tellement bien tracés qu'il suffit essentiellement de se laisser aller tout droit pour réussir.

Donc on va l'un vers l'autre, Morten et moi, à chaque respiration supplémentaire, il suffit de ne pas commettre d'erreur, le travail consiste à laisser s'écouler du temps, de préférence dans les bras l'un de l'autre. On a tout sauf la complicité, on n'a pas encore mérité le naturel.

Peut-être qu'on sera intimes, un jour. Mais pour l'instant cette idée me fatigue : tout ce qu'il reste à conquérir entre Morten et moi, les éternels recommencements des débuts, et qu'il faudra répéter quand je l'aurai largué. Dans deux ans il faudra réapprendre l'intimité avec quelqu'un d'autre. Il faudra réapprendre à pisser dans un nouvel appartement, faire coulisser les attentes de l'autre dans ma direction. Me réinvestir.

Peut-être que je partirai par amour pour un autre, peut-être par amour pour moi-même. Peut-être que c'est lui qui me larguera.

Pourtant il est joli ce garçon, vraiment, on pourrait le noyer dans du formol pour le faire tourner dans des expos, je comprends pourquoi j'ai autant fantasmé sur lui, alors j'aimerais me convaincre que voilà, la quête se termine, je peux rester là, dans cet appartement blanc, et tous les soirs on coucherait ensemble avant de rester allongés à regarder le plafond, avec un verre de vin blanc.

Dommage qu'il y ait la règle des deux ans. Dommage que je garde en tête le souvenir tout récent de ma rupture avec Alexander. J'aimerais oublier tout ça, dire des choses bêtes comme : « Épouse-moi, j'ai l'âge. »

Je l'embarquerais bien dans ma valise, ce Danois. Au moins pour une escale. Puisqu'il a vingt-six ans maintenant, il en aura vingt-huit lors de sa libération. Devant lui des milliers de choses à vivre. Avec d'autres femmes.

— Tu as toujours faim ? demande-t-il en finissant son verre.
— Toujours.

— J'ai fait un flan aux dates et à l'avocat. S'il n'est pas brûlé, on peut passer à table.

— Tu aurais préféré qu'on fasse les choses dans l'ordre ? Dîner puis coucher ?

— Non, je m'en remettrai. Mais je refuse de cuisiner pour rien.

On se rhabille, je croise dans le miroir une image éméchée de moi-même, les cheveux en vrac, le rouge à lèvres bouffé, rien de bien raisonnable. Avec un sourire je file m'arranger dans la salle de bains. Rafraîchir, repeindre, recolmater. Mater ma façade.

Pendant que Morten me sert son flan et des spécialités danoises, je lui sers une femme bien préparée, déjà assaisonnée, déjà passée dans la cuisine d'autres hommes. Je reviens à table, tout sauf vierge. Je n'arrive pas à me rappeler avoir été vierge, déjà gamine je m'intéressais au porno.

Je pense à tout ça quand il m'embrasse à nouveau, subitement gênée – du coup on se rate un peu, on a décidément beaucoup trop de dents. J'ai le goût de la fuite et du hot dog aux oignons dans la bouche, sans amertume : peut-être que Morten se révélera exceptionnel, mais le suivant le sera aussi. Et l'homme d'encore après. Je me sens comme un chat, j'ai neuf vies, je voudrais en sacrifier une entre les bras de ce Danois, comprimer une existence entière en deux ans, puis retomber sur mes pattes. *Same player shoot again*.

Je ne suis pas douée pour les choses qui durent, de toute façon : des boulots de free-lance, un appartement expatrié, une famille éparpillée, des envies insatiables d'aller voir ailleurs et plus loin encore. Mon quotidien est un sautillement. Presque une apesanteur. Je ne sais pas faire autrement et je refuse d'être triste – bien sûr que j'ai peur de mourir seule dans une ville chaude du Sud, mais j'espère qu'en phase terminale de mon cancer je me rappellerai que j'ai choisi la voie raisonnable : celle du mouvement.

Je le regarde, lui, qui picore dans son assiette, je vois les efforts qu'il a mis dans ce repas et je voudrais lui hurler de calmer le jeu : ce que j'ai à offrir n'a rien d'extraordinaire, ça passera comme un coup de vent, ça sera fini en un claquement de doigts. Et encore, si on est compatibles.

— Tu as eu le temps de visiter Copenhague ? demande Morten.

— Pas vraiment. Je cherche un guide touristique.

— Raconte-moi ta vie. À Paris et à Berlin.

Je me crispe au-dessus de mes *meatballs*, je voudrais mettre les pieds dans le plat et dire des choses impolies : notamment qu'à Berlin il y a Alexander, mon ex, mon Allemand drôle et consistant, mon soutien sans faille que j'ai laissé tomber, qui probablement pensait à moi pendant que je le trompais. Je voudrais jeter des photos d'Alexander au visage de Morten : hé, regarde mon ex, il n'est pas génial, franchement ? Je l'ai quitté pour toi et pour moi.

Mais je respire par le ventre. Autant que ma robe le permet.

— Tu sais Morten, ma vie ressemble à celle que tu partageais en Norvège. Je dors beaucoup dans des hôtels. Je trouve des connexions Wi-Fi et j'écris des articles. Mais je pourrais te faire visiter, bien sûr. Paris ou Berlin.

— Il y a souvent des hommes, dans ces hôtels ?

— Non. Tu étais une exception.

Il me fixe avec suspicion.

— Vraiment ?

— J'ai tout de suite compris que tu étais spécial.

— Parce qu'il y a une chose que je voudrais préciser tout de suite.

Il tient sa fourchette comme une arme.

— Qu'est-ce que tu veux préciser ?

— Je sais que les circonstances de notre rencontre ont été très légères, mais je ne suis pas un mort de faim.

— Évidemment que non.

Évidemment que si. Et moi aussi. Quand on arrête d'avoir faim on meurt.

— Je ne suis pas intéressé par une amante de passage.

— Je ne suis pas venue pour seulement passer.

— Tu ne donnes pas l'impression d'être sérieuse.

— Tu ne donnes pas l'impression de suivre tes impressions.

Il soupire, exaspéré.

— Combien d'hommes tu as plaqués contre la table de leur cuisine ? Des dizaines ?

— Deux.

Je réponds toujours ça. Deux, c'est bien. Ça rassure. Trop d'expérience met la pression parce que je pourrais comparer, pas assez d'expérience met la pression aussi, parce que le mâle pourrait se sentir responsable. Ils sont fragiles, les garçons. Il faut les ménager en permanence. Pauvres petits chats. Non seulement ils se baladent dans une vie plus facile que la mienne mais je dois leur chanter des berceuses – dans quel monde formidable on vit.

— Pardon ?

— Deux relations longues. Quelques aventures. C'est tout.

Morten massacre le contenu de son assiette, je vois qu'il doute mais qu'il veut se laisser emporter : pour mon passé comme pour mes soudains désirs d'enfant il y a cette formidable facilité à mentir – et ce moment où les hommes décident de me croire. Parce que je donne la réponse qu'ils veulent entendre. Deux relations longues c'est une norme sociale.

Alors voilà. Pour la millième fois je me retrouve à raconter à un homme l'histoire du prince charmant. Ce ne sont pas les femmes qui veulent des contes de fées. Ce sont les hommes. Ils ont besoin de sentiments pour coucher, mais pas les leurs, parce que la vulnérabilité fait mal, alors ils exigent l'amour des femmes comme un laissez-passer.

Je joue le jeu parce que je n'ai pas le choix. S'il faut que je sois une princesse, comme dans les contes de fées, alors je m'inventerais une couronne. S'il faut que je me transforme en guerrière je prendrai les armes, parce que j'aime les hommes jusqu'à l'absurde et que toute mon éducation féministe ne m'empêchera jamais de me conformer à ce qu'ils veulent. Pas pour l'argent ou le pouvoir mais pour le privilège de tomber amoureuse, de ne pas en dormir la nuit. Si l'esthétique en vigueur voulait que je me teigne les pointes des seins en bleu fluo ou que je me tresse les aisselles, je le ferais sans hésiter. Aujourd'hui on me demande de marcher sur des aiguilles ou de m'épiler et le ridicule persiste à ne pas me tuer. Ce qui me reste d'ego après ça, après des bandes de cire sur mes jambes et des conversations de coiffeuses, suffit tout juste à remarquer que les hommes prennent plus que leur part de conformisme.

— Mais comment tu fais pour écrire tes articles, alors ?

— Je discute avec des gens, je lis des livres, je fais mon boulot de journaliste. On n'a pas forcément besoin de passer sa vie en soirée échangiste pour parler de sexe.

Au XXIe siècle il faut encore et toujours rassurer les hommes en se faisant passer pour un être sans défense, ou pire, un être sans attaque. Leur faire croire qu'on ne leur fera jamais de mal. Leur faire avaler qu'on a connu seulement deux amants, et encore, qu'on regrette. « Les autres mecs ne comptaient pas.

Je suis une fille sérieuse, tu sais, ce vagin n'a jamais servi. » Pour la centième fois, pour la millième fois, je fais croire qu'une sexperte n'a pas de corps et qu'une femme n'a pas de passé. Pourtant Morten doit bien être au courant. Que j'ai une vie, que même les pucelles ont déjà fantasmé, qu'on a toutes ouvert un bouquin ou regardé un porno. Morten doit bien le savoir, qu'il n'y a plus de filles innocentes.

En attendant mes deux amoureux imaginaires appartiennent au marketing – au *personal branding*. La séduction est un sport sournois : il existe des règles et des espaces entre les règles, moi j'ai toujours été bonne élève mais j'ai toujours, aussi, compté sur mes antisèches. Je remarque que mentir fonctionne, alors je mens. Pour avoir ma came.

Et puis il y a une jouissance dans le mensonge, le sentiment d'une justice rétablie.

— Je suis sérieux. Il va te falloir un peu mieux qu'une jolie robe pour passer la nuit ici.

— Je pensais qu'on avait déjà commencé la nuit.

— Tu n'as pas gagné.

— D'accord. Merci pour ma robe, quand même.

— Être Française ne te rend pas irrésistible, et je ne veux pas terminer comme un plan cul, sur un siège éjectable.

— Si le côté jetable te dérangeait, Morten, tu pouvais m'envoyer un e-mail après la Norvège, mais bizarrement je n'en ai jamais reçu un seul. C'est moi qui ai pris l'avion pour te retrouver. Quant aux Français, épargne-moi tes clichés, tu n'as jamais foutu les pieds en France.

— Comment tu le sais ?

— Cette appli de voyage que tu utilises, tes géolocalisations et tes albums-photos Facebook.

Il repose sa fourchette, incline la tête. Moi je mange. Délicieux, ce flan.

— Tu vois. Je suis sérieuse.

— Tu m'as espionné ?

— J'étais intéressée.

Il se cale dans le fond de sa chaise, toujours sur la défensive. L'attitude serait plus convaincante s'il avait pensé à remettre son T-shirt.

— Morten, es-tu en train de m'embaucher comme petite amie ?

— Peut-être.

— Tu veux savoir où je me visualise dans cinq, dix et vingt ans ?

— Ce serait un début. Ce serait mieux que des coucheries.

— Tu n'as pas protesté contre ces coucheries, en Norvège. Et pour ta gouverne, je ne commence aucun entretien de motivation sans négociation salariale.

Je reprends une gorgée de vin. Ma tête tourne, un peu.

— Si ça peut te rassurer, Morten, je suis fidèle, vaccinée et stable. Bon sang, je connais le prénom de tes parents et le top ten de tes chansons préférées, il te faut quoi d'autre ?

Je réponds à son sourire – finalement mes mensonges ne sont que des omissions. Fidèle tant que je suis amoureuse, vaccinée certainement, stable dans un mouvement constant.

Je voudrais bien, moi, ne rien omettre, mais si je dis la vérité personne ne m'aimera. C'est vraiment si problématique, de mentir ?

Je voudrais juste mon crash, moi. Juste ma déferlante. Mais il se trouve que je suis née femme, donc que les hommes ne m'aimeront jamais comme je suis. Ils ne m'aimeront jamais avec des poils dans mon string – ils disent que si, mais c'est faux, tellement faux. Je voudrais un amour que je ne mérite pas au naturel. J'ai renoncé au naturel pour l'amour. J'ai plein de défauts. Des millions. Est-ce qu'on peut vraiment m'en vouloir pour ça ? Est-ce que les mecs n'en feraient pas autant, dans ma situation ? Je dois mentir.

— Tu veux entendre quoi, Morten ? Qu'après cette unique rencontre, sans aucun doute, on finira mariés avec quatre enfants ?

— Peut-être que j'aimerais entendre ça un jour. Oui.

— Peut-être que tu l'entendras.

Je suis trop vieille pour quatre enfants. Déjà périmée. Mais je peux raconter n'importe quoi parce qu'entre le filtre de la langue, celui de l'âge, celui du sexe, celui de la politique, celui de la culture, celui des attentes et celui de mes mensonges, de toute façon Morten et moi on ne se chopera jamais vraiment. C'est peut-être pour ça qu'on s'embrasse aussi fort. Parce qu'on n'est pas là et qu'il faut remplacer nos absences par un excès de contact. Si je le désire autant, c'est justement parce que je sais que le cadre de notre histoire demeure aussi rigide qu'un cercueil. On la connaît, la fin. Dans les films hollywoodiens le Bien triomphe, et dans la vie je disparais.

Il s'écarte de moi un instant, rajuste une mèche de mes cheveux.

— Qu'est-ce qu'il y a ?
— Rien, rien. Juste une petite imperfection.

Un instant le monde tangue sous mes pieds. Quatre heures de préparation, dix minutes de sexe, un raccord salle de bains, et il reste une erreur. Jamais je ne serai parfaite. Jamais je ne ressemblerai à une photo de magazine. Jamais personne ne m'aimera assez pour m'arracher au cycle des deux ans. Parce que je ne le mérite pas.

Et aussi parce que je ne peux pas.

En embrassant ses lèvres à nouveau, en me laissant glisser sous ses draps, je pense à toutes les évasions possibles. Je pense au moment où il m'aimera et au moment où je le quitterai, au goût de la soupe poulet-coriandre dans ce futur pas si lointain, aux vermicelles dans mon estomac. Pas moyen de partir sur des déclarations rigides, sur des positions-points. En amour je ne fais que tirer des lignes, mais plus réalistement des courbes, des ellipses, des sinusoïdes. L'instant présent est une trajectoire. Les pierres s'érodent, alors mes sentiments...

Bien sûr je m'emmerde moi-même avec mes grandes théories. Pourquoi ai-je besoin de tout mettre à distance ? Faut-il vraiment ça, pour me rassurer, pour me faire croire à moi-même que je ne ressens pas grand-chose pour ce Danois – alors qu'objectivement, j'ai décollé depuis longtemps ? Je devrais plutôt admettre que je ne maîtrise rien, que ses exigences d'amour, de relation sérieuse, me touchent. OK, il veut croire à mes mensonges. Mais peut-être que moi, je veux croire à ses vérités.

Je suis tombée amoureuse de Morten. L'évidence s'est pointée à l'aéroport d'Oslo, ou peut-être juste avant, quand je zippais ma valise. Et peut-être que je détomberai amoureuse de lui, mais même si c'est le cas, même si la règle des deux ans se vérifie une nouvelle fois, il ne me reste qu'à savourer le meilleur du temps qui nous est imparti, profiter pleinement de la bulle.

Il y a eu le premier baiser et il y aura le dernier. Il y a eu ce premier souffle échangé et il y aura le dernier. Morten et moi avons tout juste commencé à nous perdre – l'amour a la grâce de crever lentement.

Pas de drame. Pour les sentiments comme pour les corps, on peut attendre la mort dans la bonne humeur : on sait qu'elle va arriver, on a même une idée assez précise du moment où elle va nous tomber dessus, mais on n'est pas obligés de vivre dans son ombre.

Entreprendre comme si on avait mille ans devant soi, mais vivre au quotidien comme si on allait mourir demain : une stratégie de guerre pour les moments où on pourrait fondre.

Au matin je récupère ma robe de novice cistercienne tombée sur le plancher comme une flaque de civilisation – tachée. Et je demande à Morten :

— Tu avais mis un préservatif, hier ?
— La première fois, oui.
— Et la deuxième ?
— Non. Pour quoi faire ? Tu connais le nom de mes parents et mes dix chansons préférées.

Je me repasse le film de notre conversation, mains serrées autour de ma tête, les résidus d'alcool floutant mes pensées : bon sang, non seulement ce crétin a cru en mes deux amants imaginaires, mais il a agi en fonction. Je reste à le regarder, j'ai envie de lui balancer mon oreiller en pleine face. Pourquoi les hommes me croient-ils toujours ? Quand est-ce que j'arrête de mentir ? C'est de ma faute, tout ça.

— Tu ne me connais pas, Morten !
— J'ai vu ta pilule dans ton sac. Tu ne vas pas tomber enceinte.
— C'est pas exactement la grossesse qui m'inquiète, là, tout de suite.

Il se retourne dans le lit, satisfait, me jette un regard vert d'eau.

— Tu aurais pu vérifier, si c'était important pour toi.

— J'ai vérifié... j'ai vérifié la première fois. Ensuite...

— Ensuite tu étais prise dans le feu de l'action. Allez, arrête. Tu sors d'une relation stable, on vient tous les deux de bons milieux, on n'attrape pas le sida comme ça.

— Vous faites comme ça au Danemark ?

— Tu as dit que tu étais sérieuse. Dans ces conditions, personne ne met de capote.

Il ne plaisante pas, il ne me teste pas. Je trouve dans son expression la même absence de doutes que quand il donnait des conférences sur le recrutement en start-up. Il ne s'excuse de rien.

— Comme ça maintenant, on reste ensemble.

— Tu n'avais pas le droit de faire ça.

— Quoi ? Tu crois être la seule à prendre des décisions, ici ? Moi aussi je peux obtenir ce que je veux. Tu m'attrapes dans la cuisine, d'accord, mais dans ce cas j'ai droit à une revanche. Ne me dis pas que c'est un problème. Les filles comme toi veulent de l'action – je t'en donne.

Sa franchise, une tempête de neige. Je prends quelques moments pour me purger intégralement, quelques instantanés de pur vide et de pure évidence : ce mec me connaît depuis cinq minutes et il vient de me faire repartir de zéro. Sans protection et sans mon consentement. Bon sang, ça promet.

— Ne me prends pas pour un enfant de chœur.

Je finis d'enfiler mon collant et je prends note, je rature mon complexe de supériorité, je ravale ma règle des deux ans et toutes ces anticipations de décomposition. Il me scotche : ceci est de l'amour, du moins une forme bizarre d'amour, une greffe qui commence à prendre.

— Je te déteste, Morten.

— Et ça ne fait que commencer.

Je claque la porte derrière moi : c'était la première fois de ma vie sans préservatif avant un test HIV – la moindre des choses pour une sexperte, mon tribut à des kilomètres de feuillets sur les maladies vénériennes.

Il y a des hommes comme ça, qui savent où trouver les derniers espaces de virginité. Ceux qu'on ignore soi-même.

Deux semaines plus tard je traîne toujours au Danemark : des journées courtes, strictement identiques, encadrées par les angles du canapé sur lequel je dors, mange, travaille. L'ami qui fête ses trente ans m'a prêté son salon et m'a expliqué que les Danois ne mettent quasiment jamais de capote – procédure parfaitement standard, j'en aurais bouffé ma crédulité. Alors voilà, j'attends mon nouveau passeport et que Morten m'appelle. Parfois il passe un coup de fil à deux heures du matin :

— Hey, je rentre de soirée, tu ne veux pas me rejoindre chez moi ?
— Maintenant ?
— Allez, viens, viens, viens !

Sa voix irradie de joie enfantine et d'alcool. Évidemment je crève d'envie de le rejoindre, mais il faut qu'il apprenne.

— Je ne suis pas à ta disposition, Morten.
— Mais ce sera *drôle* ! On ne mettra pas de capote. Allez.
— Mes heures ouvrables sont les suivantes : 8 heures – 22 heures. Tu peux m'inviter à dîner, à prendre un cocktail, en attendant merci de me laisser dormir.

Il insiste, hilare, bourré, j'entends des bruits de fête, je finis par raccrocher et mettre mon téléphone en mode silencieux. Indisponible.

Il faut qu'il rentre seul, qu'on s'égare, chacun dans notre lit à quelques kilomètres de distance, chacun dans notre frustration alors qu'on pourrait s'endormir avec une main dans nos cheveux. Le bonheur, juste derrière la cloison. À portée de remords. Mais voilà, je ne suis pas une femme qu'on appelle à deux heures du matin : on n'est jamais traitée que de la manière dont on accepte d'être traitée, et je sens qu'avec lui, il faudra faire attention. Notre histoire dérive mais je tiens la barre – haute. Il y a d'autres mecs dans l'univers.

Plusieurs semaines plus tard j'apprendrai que les Scandinaves considèrent comme une charmante attention d'appeler leur – leur quoi ? – futur plan sérieux ? au milieu de la nuit : pour montrer que même en fin de soirée, l'autre est présent dans les pensées. Impair culturel et passe.

Après deux semaines à Copenhague, deux dîners et pas mal d'occasions manquées, Morten m'envoie – aux heures ouvrables – une invitation personnelle pour un événement qu'il organise, une *networking-party* dans ses bureaux à Kongens Nytorv, près du nouveau port. Je confirme ma présence, curieuse de mettre un pied dans la porte, de voir à quoi ressemble sa table, la chaise sur laquelle il passe ses journées, qui sont ses collègues, où déverse-t-il son ambition, est-ce qu'il me prendra par la main, il y a parfois ce moment où un homme vous attrape par la taille et on est obligée de plier, j'ai envie de ça, qu'il me casse doucement en deux, qu'il me donne une excuse pour répliquer, qu'il rattrape toutes les mains dans les cheveux ratées cette semaine parce que je suis trop fière et qu'il est trop confiant.

Cent coups de brosse. Deux couches de mascara. Douze bandes dépilatoires. Base à maquillage, fond de teint, poudre : trois couches. Trois minutes de brosse à dents. Est-ce que je suis parfaite, maintenant ?

De toutes mes forces je résiste à l'insécurité. À la chasseuse dans le miroir je rappelle : n'arrive pas à poil devant l'ennemi, la confiance en lambeaux, prête à faire enfoncer tes résistances par le premier connard un peu volontaire. Tu es un char d'assaut. Ton blindage émotionnel en a vu d'autres. Rappelle-toi, chasseuse : tu aimes plaire mais tu préfères séduire, tu te ranges du côté du pouvoir offensif, on s'en fout des ersatz. Tu aimerais poser des bombes mais commence par poser des sourires.

Ça arrangerait Morten que je faiblisse, que je lâche mon amour-propre. Ça arrangerait tout le monde : une femme insécure n'a plus de standards, il suffit de la rassurer, n'importe qui peut la conquérir au bluff. Je n'ai pas envie de ça. Je voudrais avancer, moi. Prendre les hommes que je veux, qu'ils soient trop jeunes comme Morten, ou trop mariés comme l'était Alexander quand nous nous sommes rencontrés. Je rêve d'une séduction sans limites. Ou du moins, sans cette limite intérieure. Alors OK, je ne suis pas parfaite, OK, ça ne va pas s'arranger... mais ce soir, je serai invincible.

Plus facile à dire qu'à faire. Une sortie publique commence forcément par une scrutation privée – que vont-ils penser de moi, les pairs de Morten ? J'ai beaucoup d'approbation à remporter ce soir.

Vraiment, mes cheveux, ils tombent bien ? Je culpabilise pour ce temps perdu dans la cosmétique, pour mes défauts à venir, pour la mèche de cheveux qui s'échappera, pour la soumission aux normes, pour ma résistance alors qu'il serait tellement simple de se maquiller sans se poser de questions, à la fin je culpabilise de culpabiliser autant. Chienne de vie. Je ferais mieux de boire un coup.

Kongens Nytorv, la place du Roi. Bon emplacement pour un prince charmant. On pénètre dans les bureaux par une cour bordée de vieux bâtiments, ocre et jaune, des couleurs vives au cœur de la ville blanche. Un escalier, un étage, une enfilade de pièces immaculées, design, rien qui dépasse, les écrans aveugles dans l'alignement des souris, des claviers sans fil, des lignes de fuite sans issue. Une cinquantaine de personnes sont déjà arrivées, des hommes presque exclusivement, portant l'uniforme des start-up : un T-shirt, parce qu'à une table d'investisseurs, celui qui porte le T-shirt est celui qui commande. Ici les hiérarchies sont encore à deviner. Il s'y profile moins de combats à mort que de défaites par abandon. Certains vivront le Graal, l'exit comme ils disent : la revente d'une jeune entreprise au prix du diamant, quelques millions de dollars pour quelques mois de travail. Certains choisiront de garder leur boîte, de la faire fructifier pour viser des stock-options mirobolantes – leurs idoles s'appellent Mark Zuckerberg et Steve Jobs. Mais la majorité montera des projets sans avenir. Personne n'est à proprement parler en compétition avec les autres et pourtant dans cette pièce, quarante ambitieux finiront chefs de projet, cinq s'enterreront comme PDG d'une entreprise moyenne, trois se rangeront dans le conseil, un se spécialisera comme investisseur, et un, sans doute, prendra sa retraite en Suisse avant ses trente ans. Il suffit de parier sur le bon cheval. J'aime bien, je suis joueuse. Depuis la Norvège je n'ai pas seulement appris à connaître ce milieu : je le respecte. Il y a bien sûr beaucoup d'argent. Mais j'y ai aussi découvert de l'amitié, de l'ambition, du sport. Ces mecs ne sont pas des monstres, ou alors un tout petit peu.

Morten distribue le champagne, une tête de plus que les autres, roi sur la place du Roi. Ce sont ses locaux depuis quelques années déjà mais nous fêtons ce soir la création de StartDust – en rachetant les étages supérieurs du bâtiment, Morten a pu commencer à louer des espaces de travail à toutes les start-up intéressantes du moment. Des entrepreneurs payent, plus cher qu'ailleurs, le droit de bosser au milieu de leurs pairs, de faire des rencontres décisives, d'évoluer dans le nœud du réseau. Morten choisit parmi les candidats. Il l'a répété plusieurs fois pendant nos conversations en Norvège : il ne travaille qu'avec des rock stars.

Pour me donner une contenance malgré ma tragique absence de T-shirt et ma propension à engloutir des bols entiers de chips et d'amandes grillées, je prétends observer les photos au mur – des passants à New York, vaguement excentriques, regardant l'objectif, vestiges d'une collaboration avec la Fashion Week. Autour de moi on parle de levées de fonds et de pourcentages, de tel capital-risqueur qu'il faut absolument rencontrer, du prochain événement dans la Silicon Valley, du loyer à payer quand on a lâché le salaire des free-lances et que pour soi il ne reste rien – des mois entiers à bouffer des pâtes.

Aux murs de la salle de repos je découvre les organigrammes de StartDust – des entreprises d'une personne parfois, de douze au maximum. Everfaces : une Danoise et une Mexicaine, une équipe en développement. Eventfox : un Français, un Australien, un Danois. Clashflow : fondé par deux Italiens. Soccertrail, deux personnes. Wild Academics, cinq. Appmarket, deux. Ga.tt. Goseed. Canvasfixr. Shift. Content International. Designcube. Je compte : Morten apparaît comme cofondateur de cinq entreprises et d'un programme d'aide aux jeunes entrepreneurs. Il a vingt-six ans, il pourrait arrêter de travailler. Joli palmarès et jolies promesses.

Devant son sourire démultiplié de vignette en vignette je m'aperçois que finalement, ce type n'est pas tout à fait n'importe qui. Et certainement plus qu'un sex-toy. J'incline la tête, songeuse : que Morten puisse être plus qu'un accident de parcours, plus qu'un flash consommable, ne m'avait pas effleurée, ou du moins pas avant qu'on baise hors latex. Il était celui des entrepreneurs que j'avais mis dans mon lit – un Danois parmi les autres, plus râleur peut-être, nettement moins blond mais dénué de réelle individualité. En Norvège les soirées agglméraient des profils similaires, des armées de jeunes à dents longues et à T-shirt. Lui ou un autre, quelle importance ? Morten était la personne située au bon endroit, au bon moment, juste sur ma route. Lui ou un autre, et alors ? Un nouveau mec c'est toujours conjoncturel, un choix par défaut. La personne décente et disponible dans un rayon de vingt mètres.

Mais maintenant, porté par son ubiquité sur des organigrammes, Morten décolle de la masse. Je le vois pour la première fois, format trois centimètres sur cinq, deux dimensions qui s'épaississent. Moi qui n'ai jamais attrapé que le *boy next door*, je peux enfin faire un choix conscient, donc calculé : ce sera lui plutôt qu'un autre, lui plutôt qu'un clone.

S'il ne ronfle pas la nuit. Faut pas déconner.

Juste à ce moment Morten arrive, deux coupes à la main, il pose un baiser discret sur ma joue. Sur son T-shirt un bateau prend la mer, gros traits bleus, impression soignée.

— Tu aimes ? demande-t-il.

Je feins l'incompréhension, quoi, j'aime le champagne ? Il sourit, pose ses mains immenses sur les organigrammes :

— C'est une bonne année pour moi. Le prochain round de négociation pour Clashflow devrait permettre de lever dix millions d'euros pour 10 % des parts. Enfin, rien n'est sûr encore. On verra. Plus réalistement, je devrais arriver à vendre PhoneSearch pour deux millions.
— Quand tu auras l'argent, il faudra penser à acheter du meilleur champagne. On dirait du prosecco, ce machin.

— Quand j'aurai l'argent, ça changera quelque chose ?

Je me retourne enfin, il est penché sur moi, attentif. Je pense : évidemment que ça changera quelque chose. Je réponds :

— Non, bien sûr que non. Et puis ça reste des négociations.

— Exact, il reste la validation par le *chief financial officer* et par la *board*.

— Autant dire que tu es à poil. Si tu veux, plus tard cette semaine, je te paierai une vraie bonne bouteille de champagne.

De nous deux, qui bluffe le plus ? Aucune idée.

— OK pour l'invitation. Mais je ne suis pas à poil.

— Et c'est fort dommage.

— Je vais être riche, Maïa. C'est important que tu le saches.

— Et moi, j'ai ma carrière. Tu le saurais si tu avais assisté à mon cours sur le *storytelling* en Norvège.

— Je te parle d'une richesse en millions.

— Parfait, mais je n'ai rien à t'envier. Absolument rien. Je n'ai pas besoin d'un beau mariage. Si tu veux m'impressionner, branche ton réveil deux heures plus tôt chaque matin.

Il sourit encore, incliné mais gardant ses distances, personne ne pourra savoir qu'on couche ensemble. Frustrant. Nous le savons tous les deux : une relation se remporte sur les rings publics et nulle part ailleurs.

Poids lourd contre poids léger. Mais après seulement deux rendez-vous, difficile de lui brûler mon prénom au creux des reins.

— Deux heures plus tôt. D'accord.

Il repart content. Je le regarde saluer ses invités, ouvrir quelques bouteilles supplémentaires, poser des contacts, la soirée tourne autour de lui sans qu'il fasse aucun effort : dans le flot des cartes de visite échangées il dépasse, privilège physique et peut-être, anticipation d'un privilège de classe. Un véritable échangeur d'autoroute.

Je sirote mon verre pensivement.

Putain, dix millions. Bien sûr que l'argent change tout. Un appartement à New York pour ressembler aux photos des modèles sur les murs, un jardin au Monténégro, une escapade à Séoul. Je suis chroniqueuse et pire encore, épilée, maquillée, habillée. La belle vie ? Les gens comme moi n'y accèdent jamais, on peut se payer un chouette hôtel de temps en temps mais le luxe ne fera pas partie du quotidien. Il n'y a pas de stabilité, trois mois sans bosser et c'est terminé, deux ans sans publier et on oublie votre nom. Un million c'est un toit au-dessus de la tête, un refuge, un point de chute. La personne qui peut offrir une telle somme, elle a déjà remporté la partie parce qu'elle m'a peut-être sauvé la vie.

Bien sûr que l'argent renverse tout. Pour le nier il faudrait être inconsciente, mais l'admettre c'est déjà sourire au métier de pute domestique. Avec l'argent on perd toujours, il y aura forcément des suspicions.

Et puis ça changera quoi ? Je suis payée pour tester des sex-toys, autant dire que je suis déjà payée pour coucher. Une sexperte est une performeuse, une pute à toys. Mes désirs sont vendus depuis dix ans : je suis beaucoup plus pute que les putes.

En cuisine je remplis ma coupe de champagne et tombe sur Mads, l'organisateur du *boot camp* en Norvège où j'ai rencontré Morten. Vingt-cinq ans et deux Porsche. Double surprise, on reste stupéfaits, poussés l'un contre l'autre par les remous de la soirée.

Je me souviens que Mads a été la première personne à m'accueillir à Oslo : il portait un short saumon à grosses fleurs, rien d'autre. Je m'étais présentée à son torse, déclinant mon identité à la fine ligne de poils courant vers le pubis, j'avais souri à son nombril et remercié ses clavicules pour leur invitation. Une peau dorée et des épis blonds, une attraction confirmée en l'entendant parler : voix douce et ambitions brutales, promesses de failles intéressantes à explorer. On s'était allumés pendant deux semaines avant qu'il batte en retraite sous prétexte qu'il préférait les filles timides, et ça m'avait rappelé qu'une personnalité n'est pas le meilleur atout dont on puisse jouer pour séduire un homme. J'aurais dû me contenter de mon décolleté. Il m'avait dit : tu es *too much*. Mais : 1) Les filles prévoyantes ont toujours un coup d'avance. Toujours. 2) En séduction, les hommes occupent le bas de la chaîne alimentaire :

inutile de pleurnicher comme s'ils étaient les dieux du stade.

Puisque le blond solaire ne voulait pas de moi, j'ai pris le brun ténébreux aux comportements de chat de gouttière. Pas question de quitter Oslo sans accrocher le Danemark à mon tableau de chasse.

Le lendemain j'étais dans le lit de Morten : une Blitzkrieg.

— Qu'est-ce que tu fais ici ? demande Mads.
— Il faut croire que je ne me lasse pas des entrepreneurs. Et toi ?
— Je me suis incrusté. Pour voir comment Morten se débrouille.

Je souris comme au spectacle : Mads vit en Suisse et peut se vanter d'une exit à deux millions, Morten assure avec plusieurs boîtes crédibles et de l'influence – évidemment chacun voudrait la carrière de l'autre. Il faut bien quelque chose à désirer quand on a déjà tout.

J'observe les traits de Mads, bizarrement médiévaux, paresseux, tout en courbes. Son bronzage est tombé, à la lueur verte des smartphones il paraît moins beau, à la lumière de Morten il semble rachitique, mais je ne suis pas surprise, revoir un homme précédemment désiré déçoit toujours. On reste quelques instants à se tourner autour. Il insiste pour savoir pourquoi je suis au Danemark, je botte une nouvelle fois en touche – on ne sait jamais, des plans A en retour de flamme, ça se conçoit.

Quand je reviens dans la salle principale Morten parle avec une brune, belles épaules belle gueule, des taches de rousseur partout. Des yeux bleus brillants, des cheveux tellement épais qu'on pense tout de suite à y enfoncer son visage – je râle au-dessus de mon verre. Il y a dix minutes Morten posait ses doigts sur les organigrammes et embrassait ma joue. Maintenant cette fille a pris la place, punition immédiate pour trois secondes d'inattention, elle bloque le flux, plantée face à lui, affrontant ses deux mètres avec l'assurance d'un sourire spectaculaire.

L'insécurité contre laquelle je luttais revient façon tornade.

— Elle est forte, hein ? murmure une voix complice.

C'est Jesper, le *business-partner* de Morten – son meilleur ami. Nous sommes restés en bon contact depuis la Norvège, il avait assuré les conférences de gestion du personnel, des cours joyeux malgré le sujet assommant. Ce soir ses yeux se perdent derrière le verre de ses lunettes : il vient d'enquiller quatre joints pour contenir son agoraphobie, je le sens flancher, mais c'est lui qui me soutient. Je sirote anxieusement mon champagne :

— Cette fille là-bas ? Ouais, plutôt forte.
— Tu vas aller à la rescousse de ce pauvre Morten ?

— Ce n'est pas l'envie qui manque, mais je ne vois pas au nom de quoi je pourrais intervenir.

La chasseuse ne plante pas son drapeau sur des territoires encore instables. La Française est outrée que Morten ne se cache pas mieux que ça. La sex-perte bouillonne : putain, on a baisé sans capote et voilà le résultat !

Jesper passe un bras autour de ma taille, le bras que j'attendais pour plier.

— T'inquiète pas, dit-il.
— C'est qui, cette fille ?
— Nathalie. Entrepreneuse, très sympa. Elle couche avec un mec différent chaque soir. Je suis passé à la casserole la semaine dernière.
— C'était bien ?
— Oui.
— Morten le sait ?
— Oui.
— Vous partagez souvent vos amantes ?
— Non, seulement nos parts dans les entreprises.
— Parfait. Et cette Nathalie, elle veut coucher avec Morten ?
— On peut toujours imaginer qu'elle lui demande d'investir dans sa boîte d'applications pour téléphone mobile. Mais à ta place, je ne compterais pas trop là-dessus.

Les gens qui ne sont pas n'importe qui aimantent l'attention : je n'ai pas encore pris en compte ce paramètre. Il faudra procéder à la sécurisation du périmètre, poser mes miradors mentaux autour de Morten, et d'ici là je ne peux me reposer ni sur mes lauriers ni sur ma conquête. Il reste tant de portes à enfoncer. Plus tard je jouerai sur l'équilibre attendu, celui de la fille raisonnablement possessive et pas trop casse-couilles, surfant comme d'habitude sur cette liberté d'action permise aux femmes – un centimètre de largeur, pour s'assurer qu'on regarde toujours nos pieds. Mais il est trop tôt.

Pour l'instant j'observe. Nathalie bloque Morten dans un angle, juste par occupation du terrain. En quelques mouvements elle le coupe du reste des invités, contient son énergie, envahit son espace. Il recule, elle avance, je surveille. Morten finit adossé à une porte : encore un mètre et ils seront seuls, en tête à tête dans une remise, pas romantique mais efficace.

— Tu sais qu'il t'apprécie, dit Jesper.

— Je ne vais pas me rendre ridicule pour un type qui se contente de m'apprécier.

— Alors tu laisses le champ libre à Nathalie ?

— Le champ n'est pas libre.

Pas après le sperme et pas maintenant que je dois prendre rendez-vous pour un test.

Avec Jesper on se rapproche, cachés par une cloison mais à portée d'oreille. J'entends Nathalie complimenter Morten, lui dire qu'il ressemble à ce chanteur américain – joli coup, en plein dans sa fascination pour les rock stars. Elle l'approche avec une lenteur de lézard et des louvoiements hypnotiques, sans doute n'a-t-elle pas remarqué ma présence.

Toute proche maintenant je conserve une *poker face* recouverte de champagne, me contentant d'apparaître à intervalles réguliers dans le champ de vision de Morten – hé, sans vouloir te déranger, il se trouve que j'existe.

Je ne raffole pas du triangle mais ce jeu me conforte dans l'intérêt qui gonfle, c'est bon signe qu'une fille aussi belle vienne braconner sur mes terres. Le désir de Nathalie nourrit le mien. Je me fais des raisons, je commence à justifier cette histoire injustifiable – je trace un destin sur le hasard, je me persuade que Morten et moi sommes faits l'un pour l'autre, qu'en fait c'était lui que je voulais depuis le début, lui le premier regard en Norvège, lui le sourire qui pourrait m'accompagner. J'oublie Mads. J'oublie le râteau de compétition balancé alors que je croyais avoir portes ouvertes.

L'avantage du passé c'est qu'on peut lui infliger toutes les torsions possibles. Vraiment, j'arrive à me convaincre.

Je rebâtis ma *wishlist*, je décide rétroactivement que j'ai toujours, depuis le berceau, voulu fréquenter un type ambitieux. Je réécris mes ruptures au passage, établissant en toute mauvaise foi que le manque d'énergie de mes ex explique tout. Ils n'avaient pas les yeux bleus, ces salauds. Ils n'étaient même pas danois ! Comment ai-je pu croire un instant que quelqu'un d'autre que Morten puisse faire l'affaire ? Non mais sérieusement.

Dix millions pour une levée de fonds. Voilà ce que j'appelle de la complicité. Dix millions c'est la preuve qu'on a affaire à quelqu'un de moralement irréprochable, disparus les petits défauts, les dents du bas mal alignées, les cheveux gras au réveil. Mes ex, ces crétins, ces incapables, ces impuissants tant qu'à faire, presque tous bossaient comme hackers, ils flottaient de contrat en contrat pour détruire des systèmes – un beau métier mais juste un métier. Je leur donnais directement mes mots de passe, quitte à se faire pirater ça allait plus vite. Comment avais-je pu envisager un bout de vie à leurs côtés ? Ces mecs n'étaient pas des joueurs, moi pas une gagneuse, ça cumulait beaucoup d'insatisfactions.

Morten m'interrompt alors que je réécris l'histoire familiale sur douze générations – transformant les paysans en auto-entrepreneurs du terroir, les charpentiers en chefs de PME :

— Allez, on rentre.

Je sursaute, cherche Nathalie des yeux. Disparue. Plus aucune trace de son pull violet, juste une agressivité dans l'air. Je suis presque déçue. Elle a posé du suspense et du drame sur cette soirée – je me suis présentée aux portes du Danemark pour être secouée, pourquoi pas par une femme ?

— Ton amie est partie ?
— Ce n'est pas une amie.

On dirait que je suis de retour en position de force, ce serait dommage de ne pas en abuser.

— Je suis désolée, Morten, je n'avais pas prévu de dormir chez toi.

Il a bien mérité mon indifférence. Les mecs il faut les punir, ma stratégie consiste à ne rien laisser passer, à toujours me comporter en miroir : je réponds à la colère par la colère, à l'oubli par l'oubli, je suis toujours prête à me désinvestir, à faire un pas en arrière, il suffit d'aller sur Facebook et de s'incliner devant le règne du second degré – solution de facilité et culture de la *loose* héroïque. Une mauvaise expérience fera un bon mot. Sur Internet on dit : *epic fail*.

— D'accord, soupire Morten. Je *voudrais* que tu dormes chez moi.

— Mes affaires sont à l'autre bout de Copenhague.

— Tu les récupéreras demain.

— Écoute, ça m'embête de planter mon ami comme ça... avec son anniversaire des trente ans.

— J'insiste. Tu rentres avec moi.

Cette fois il ne me laisse pas le temps de répliquer, il prend ma main et me tire vers la sortie, nous faisant traverser sans effort les invités tassés entre les photocopieuses, bousculant ses pairs, maugréant en danois. Dans le hall il attrape mon manteau, me le jette sur les épaules, me traîne encore, en dérapant sur la neige, jusqu'au taxi le plus proche, on ne discute pas on va dormir.

Un enchaînement stupide, romantique et surtout, public. Tout paraît en ordre.

Morten se déshabille. Toujours dans le même ordre, toujours en repliant soigneusement ses affaires, et j'observe du coin de l'œil l'arrangement symétrique, mathématique, des muscles, l'épaisseur des épaules, la consistance de la taille, tout est massif, une vraie bûche, noueuse, rude et sauvage, grandie dans les buissons, les paysages plats, la mer grise partout.

L'appartement, austère, rend la nudité plus évidente. Nulle part où se cacher. Aucune coquetterie. Le matelas est jeté au sol, la fenêtre reste ouverte, un drapeau américain fait office de rideau. Une grosse ampoule tombe du plafond, luminosité réduite au minimum. Même pas une chaise ou un livre. Juste deux couettes pour protéger sa peau du courant d'air permanent.

Morten ne ferme jamais cette fenêtre. Je lui ai demandé, il a refusé, c'est-à-dire que le préalable de la relation sexuelle veut qu'elle se passe selon ses conditions. La hiérarchie explose en plein froid. Je tente encore une fois :

— Est-ce qu'on pourrait au moins la fermer à moitié ?
— Je préfère comme ça.
— Juste pour cinq minutes.

Il lève les yeux au plafond et immédiatement se rattrape, taquin :

— Allez, je vais te réchauffer.

On va maintenant se jouer la blague la plus ancienne du monde : se faire croire mutuellement qu'on est des bons coups, donc prendre le moins de risques sexuels possible, donc suivre exactement tous les éléments du désir puis du plaisir masculin. Il faut être assez masochiste pour baiser en début de relation : c'est peut-être la raison pour laquelle c'est le moment où on baise le plus.

Morten se déshabille pour faire l'amour, pendant ce temps je me rhabille – intérieurement. J'enfile le costume de la femme sexuellement acceptable. Vaginale, pas chiante, qui jouit en quatre minutes chrono. Être clitoridienne c'est comme avoir de l'herpès, ça place au fin fond de la hiérarchie féminine qui veut qu'une femme banale soit clitoridienne, qu'un bon coup soit vaginale et qu'une miraculée soit anale. Je pourrais expliquer à Morten que c'est un peu plus compliqué que ça mais quand on veut plaire, et je veux plaire comme un chien qui vient quémander son écuelle, on ne peut pas jouer les maîtresses d'école. Soit l'homme a intégré au préalable les principes de l'indivisibilité du corps féminin, soit il apprendra doucement, sur le tas, mais on ne peut rien apprendre à un mec, encore moins sexuellement, parce que la sexualité masculine se conçoit comme autonome et détachée des réalités matérielles – détachée des rencontres.

Morten et moi végétons encore aux débuts de la relation, ces moments où on baise patte blanche, pour se rassurer mutuellement, pour montrer qu'on est conformes. Nous n'avons connu que des matinées crapuleuses, des moments volés au sommeil, il n'est pas question de se découvrir intimement mais de valider des acquis.

En Norvège c'était différent. Nous n'avions rien à perdre. Nous régressons, maintenant, avant de réavancer doucement – échaudés par des premières nuits pas inspirées mais destinées à construire la confiance, des passages obligés, des échanges de politesse sauvages mais convenus. Parce qu'il faut suivre le programme quand on veut éviter d'effrayer. On propose des gages de bonne volonté. Regarde, je veux bien te sucer. Merci de ne pas me pénétrer comme un bourrin, en retour. Je vous en prie. Non, après vous. Plus à gauche ? Mais volontiers, cher ami.

Baiser patte blanche c'est s'obliger à respecter deux cents règles : pas trop de tendresse, parce qu'on n'est pas un couple, pas trop de violence, parce qu'on pourrait bien vivre une histoire sérieuse et que ces choses-là laissent des traces, un coït pas trop rapide mais surtout pas trop long, pas trop complice, pas trop bruyant mais pas silencieux non plus, une sexualité en équilibre, abstraite, intermédiaire, un pur exercice de style.

Autant dire qu'on sera deux à simuler. Et ça n'a aucune importance, on se rattrapera plus tard, quand on aura payé notre liberté avec du temps et de l'amour.

Ne pas jouir, ne même pas envisager de jouir, parce que plaire me procure plus de jouissance qu'un orgasme et qu'entre les deux je dois choisir. C'est comme ça parce que mon plaisir n'est pas compatible avec les débuts de relation. Si le sexe purement récréatif fonctionnait, évidemment que j'irais ramasser des mecs dans la rue pour satisfaire mes fringales – plutôt que de récupérer des Danois en Norvège ou des Allemands à Berlin. Mais en l'état des choses, un homme des rues n'a aucun intérêt ne serait-ce qu'à *tenter* de me faire jouir. Sauf si j'achète son attention avec des sentiments. Ce que je fais. Ce que toutes les femmes font.

Dans le cas contraire, sans amour, l'effort n'en vaut pas la peine. On n'est pas stupides. On préfère se repeindre les doigts de pied ou utiliser un sex-toy qui a toujours raison. Voilà pourquoi, quitte à passer deux mois à former sérieusement un amant, on choisira de passer deux années avec. Deux mois c'est le temps qu'il faut pour faire vraiment jouir une femme : on est gentilles donc on simule tant qu'il faut. De temps en temps on tombe sur l'exception – pas un amant label rouge mais un mec dont la dernière copine, par hasard, avait des goûts similaires aux nôtres.

À cause de tous ces codes à respecter, Morten et moi nous retrouvons vêtements au sol mais drapés dans des kilomètres de couches intérieures, suffisamment aliénés pour trouver la situation normale. À poil sur les couettes, face à face, deux animaux grondants.

Combien de temps avant de pouvoir larguer les artifices ? Pour lui, encore quelques jours. Pour moi, je ne sais pas... Sexe et franchise font mauvais ménage sous ma peau. J'y concentre un grouillement de mensonges – comme tout le monde : comment l'aboutissement de la séduction, qui est le lieu du mensonge, pourrait-il mener à la vérité ? Par quel miracle ? Il ne suffit pas de décréter la fin des hypocrisies pour que la transsubstantiation se produise.

Je ne m'incarne pas. Pas encore. Quand on passe sa journée sur des talons hauts, à vérifier ses cheveux, son maquillage, sa jupe et ses dents, le contrôle devient une seconde nature – pas de ces comportements qu'on peut laisser à la porte. Après des années d'autocensure quotidienne, on a appris le mensonge, on a appris surtout à mentir au lit – le moment où on sera jugées le plus cruellement, où on sait que notre performance sera disséquée.

Morten me prend dans ses bras, boule de muscles, on répète notre rôle, nous sommes très adéquats.

Il paraît que pour défendre leur psychisme, les victimes de viol et les prostituées se dissocient de leur corps pendant l'acte sexuel. Quelle différence avec la sexualité des débuts de couple ? Quand je baise, j'existe partout sauf dans mon corps. Je ne me touche pas.

Pauvre Morten. Il faudrait avoir un sacré pénis pour pénétrer tous ces filtres sociaux et toucher le fond – et ensuite, quoi ? Ressortir par une oreille ?

J'essaie de revenir dans le présent, d'arrêter de tout intellectualiser, j'aurais besoin d'*eye contact* et aussi d'un câlin. Mais il me couche à plat ventre.

Il faut être jolie. Hygiénique. Il faut suivre le script. Il faut présenter son meilleur angle. Il faut jouer la pièce préécrite. Il faut assurer. Il faut être douce. Il faut, idéalement, réussir à se retrouver sous les calques de la féminité, de l'image publique, de l'image privée, de l'amante, savoir qui va effectivement baiser Morten – sa future copine, la militante féministe, la sexperte, la Française, l'amoureuse, la gourmande, la cérébrale, la jalouse, l'indifférente ? Et même si j'arrivais à rattraper tous mes doublons, il resterait le coup de grâce : des milliers d'articles de sexologie patiemment ingérés, et qui ont depuis longtemps transformé le sexe en champ d'observation. L'identité n'a tout simplement aucune chance. La rencontre non plus. Le sexe est un discours, pas un acte.

Dans le futur, peut-être. Si je désapprenais tout. Si j'arrêtais de simuler, alors même que je simule tout.

Je laisse faire en accompagnant, second rôle forcément, appoint plus que contrepoint, répétant à l'aveugle les schémas centenaires. Tout ça n'est que du mouvement. Je fais preuve d'une sexualité parfaitement féminine donc parfaitement décente : je connais les paroles de la chanson, je me présente presque vierge, surtout pas comme un individu qui assume. Révolution sexuelle, ah bon ? Quand tout peut s'écrouler en cinq minutes, tu marches ou tu crèves, et surtout, tu marches dans le rang. Bien sûr qu'il y a un rang sexuel.

Face au saint pénis je prétends être surprise. Je me consacre à la performance millénaire des femmes : l'étonnement feint des fausses pucelles, comme si c'était la première fois, ou du moins la première fois avec un pénis de, rayez les mentions inutiles, ce calibre, cette circonférence, cette habileté, cette vigueur, cette texture, cette intensité cosmique. Quand on est un super bon coup, on arrive à feindre la même surprise à chaque fois. Toujours de manière plus convaincante. Les actrices porno y arrivent. Arrondissez les yeux. Oh ? Vraiment, ton pénis ?

Je suis le mouvement parce que c'est à peu près la seule carte que je peux jouer, en tant que femme : celle de la *cheerleader*, sublime dans l'encouragement, inutile sur le terrain. On a rapidement compris qu'on ne pourrait rien obtenir en mettant au centre de la relation notre propre désir sexuel. Personne, jamais, ne jouera selon nos règles. Je n'en ai jamais rêvé, de même que je n'ai jamais rêvé de me réincarner ou de pouvoir voler : il y a des impossibilités radicales. Aucun homme ne pourrait s'aligner sur mon rythme irrégulier, sur mes contradictions, sur mes fantasmes, parce que la sexualité a été écrite par les mecs pendant beaucoup trop longtemps et aussi parce qu'honnêtement je ne suis pas sûre de vouloir qu'on s'aligne sur moi – je suis déjà assez alignée comme ça.

Le désir féminin n'a pas encore été dit ou écrit, parce qu'il n'a pas encore été vécu, ou alors sur des îles désertes et chaudes. Je ne sais pas à quoi ressemblerait une sexualité autonome. Je fais le maximum pour ma génération : renvoyer aux hommes en miroir leur propre comportement quand je veux me venger d'eux, ou leur renvoyer leur propre désir quand ils sont mignons. J'ai été dressée pour ça.

Je m'attache à mon rôle : être jolie et pas dérangeante, représenter l'idée de la sexualité – une sexualité au bord du passage à l'acte, un balconnet tendu au monde. La passivité, donc. Je reprendrai le pouvoir quand j'aurai donné assez de gages de docilité.

La lueur des lampadaires tremble de l'autre côté de la fenêtre. Il commence à neiger, des flocons têtus houspillés par le vent, l'enseigne de l'hôtel Euroglobe paumée entre des vitres aveugles.

Morten a l'air tellement concentré. Tellement présent. Je me demande ce que le voyage donne dans son corps, si le parasite social pèse sur ses épaules, si lui aussi a remarqué la neige. Est-ce qu'on est deux à faire semblant ? Je me demande comment il a appris le sexe, dans quel contexte il a connu sa première érection, s'il regarde du porno et s'il me demandera un jour un plan à trois. Mais la sexualité d'un homme reste inimaginable : comme dans les tragédies j'y perdrais mon esprit et mes yeux, alors je me contente de sensations simples comme la chaleur et le frottement.

Il jouit, s'écroule sur moi. L'arrêt des hostilités se reconnaît au retour du poids : des hommes qui tombent. On reste éteints, sur son lit, sous la fenêtre ouverte. Les flocons de neige battent contre le drapeau américain, diffusant des auréoles foncées.

J'espère qu'il est content, que la performance était bonne.

J'espère que j'ai passé l'examen – les hommes pensent être les seuls à passer un test lors des premières nuits, ils voudraient être consolés d'avance, pour le cas où ils seraient jugés. Évidemment qu'on les juge. C'est un effet secondaire classique de la présence d'un cerveau – si un homme cherche une femme qui ne juge pas, il faut acheter une *real doll.* Cinq mille euros : j'investirais volontiers cette somme pour me débarrasser de ma phobie des chiens, les hommes pourraient en faire autant pour leur phobie des femmes intelligentes.

— C'était bien, dit Morten.

Bien. Un mot informe pour des gestes fourre-tout, un mot qui rappelle qu'entre nous tout reste sexuellement à construire. Bien c'est le début de l'histoire. Bien c'est juste une promesse qu'on va passer aux choses sérieuses.

Je laisse couler le sperme de mes cuisses jusqu'au sol, confiante que si la semence laissait des traces, ce serait uniquement sur le plancher. Je suis immunisée.

À la lumière de la *networking-party* je fais le bilan de ma vie professionnelle : pigiste jusqu'à la moelle, des contrats annulés sans préavis, des payes en retard, la glande que magiquement je peux appeler « veille », et puis mes articles tellement amusants. Payée pour coucher mais surtout payée pour échouer : 60 euros de l'heure pour mes nuits dramatiques et mes plans foireux, forcément ça donne envie de se jeter dans des relations bizarres. On applaudit quand je rate ma vie, syndrome Bridget Jones, une femme qui réussit n'intéresse plus personne. Je me demande à quel point je me suis autocensurée pour rester la petite nana pétillante. Est-ce qu'on peut saborder sa vie sentimentale juste pour être fidèle à une histoire familiale, à un groupe amical ? Est-ce que ces entrepreneurs évoluent dans une atmosphère de trahison permanente, comment gèrent-ils quand ils gagnent leur première Ferrari et que leurs parents rament pour finir de payer la baraque ? Est-ce que Morten pourrait devenir la première personne qui me donne l'autorisation de réussir ma vie ?

J'ai l'impression d'avoir gagné une permission. Je ne sais pas encore laquelle. L'amour, le succès, le sida, le champ des possibles.

Nathalie porte une robe dorée et des talons pomme. Elle danse en éclusant une immense canette de bière, tous les hommes la regardent, sur qui va-t-elle jeter son dévolu, ça personne ne le sait, mais ce soir elle fête ses trente ans et il semble évident qu'elle ne rentrera pas seule. Entre deux gorgées de Tuborg elle vérifie qu'elle retient toutes les attentions. Ne t'inquiète pas, ma grande. C'est ta soirée. Il y a un paquet de jolies filles, des blondes platine à longues bottes et petits hauts, mais aucune ne brille autant, aucune n'a osé la robe dorée.

La nuit traîne en longueur sur le quartier Meatpacking de Copenhague, un ensemble de bâtiments écrasés par la neige, moitié restaus-bars, moitié entrepôts, séparés par d'interminables parkings vides. Un pas en arrière et je suis seule au monde, paumée dans le noir, avec des bouteilles brisées qui craquent sous mes pieds. Deux pas en avant et le club fait vibrer ses basses, les danseurs m'étouffent, je me sens tout aussi seule, sauf qu'un inconnu vient de planter son coude dans mon œil.

Ici comme partout c'est la guerre – celle des corps et des hiérarchies de groupe. Les plus forts et les plus belles l'emportent, il n'y a pas de hasard, pas de seconde chance, l'ambiance est terriblement sérieuse. Sous les rires on se heurte. Sous les embrassades on joue sa réputation, on anéantit les espoirs de ses copines, on cherche les chefs de meute. La musique absorbe les conversations : tout se détermine au physique, on ne connaîtra jamais le prénom de ses cibles. Il faudrait être cinglé pour jouer ses sentiments sur un pareil coup de dés. Des sentiments, de toute façon, il n'y en aura pas. Sans discussion, aucune rencontre possible, aucune empathie : les loups sont bien gardés.

Les Danois s'avancent à leur aise dans cette atmosphère saccadée, les mecs tout en muscles sapés comme des émirs, les filles plastiques, réduites à des attitudes flippantes de poupées. Ici personne ne s'excuse de draguer, l'efficacité seule compte, la culture scandinave autorise tout pourvu qu'on ait quelques bières dans l'estomac. L'agressivité donne de l'éclat aux sourires. Les chasseurs se préparent au safari. La sauvagerie ne fait pas peur.

Certains types s'arrêtent un instant devant moi, me jaugent, décident brutalement de passer leur chemin. Je tangue hors de mon terrain de jeu, clairement pas au niveau. Mais ça va, je n'ai pas besoin d'être validée dans les douze prochaines secondes, je sais que les princesses de la nuit seront couchées quand je sortirai chasser – au petit déjeuner. Les cibles abondent, on est en ville, on aura toutes notre part, moi je préfère le face-à-face sans détour, les teints frais, les silences assumés sans musique, la concentration sur l'autre, les Perrier-citron, les regards qui ne fuient pas, les conversations sans perdre haleine.

Les mouvements se confondent sous la voûte noire du club. On entend trop donc on n'écoute rien. Les danseurs ferment les yeux, se replient dans la masse, on pourrait se trouver dans le ventre d'une mère déchaînée – surprotégés par les filtres posés entre le monde et nous, presque aveugles, définitivement sourds, abandonnés au goût de la bière tiède et aux odeurs de clope. Réduits au toucher, comme des nouveau-nés, on se permet de s'exposer au grand cirque narcissique. L'atrophie sensorielle est une condition nécessaire : on ne se lance pas sans filet de sécurité, on s'aborde aux prémices de l'aube parce que ça arrange tout le monde de se rater pour une première rencontre, quand l'alcool déréalise, quand les témoins potentiels des ego vautrés sont à deux grammes. À la fin l'enjeu reste la confirmation de sa valeur sur le marché, donc de soi-même : on assiste à une forme sociale de masturbation, et sérieusement, Adrienne aurait dû prendre cet article que je lui proposais.

De toute façon la séduction est trop codée pour se jouer véritablement à plusieurs. Approcher. Danser ensemble. Approcher. Poser un premier contact physique. Approcher. Embrasser. Approcher. Les rythmes de la drague techno n'admettent aucun hors-piste, il faut suivre le process balisé par les experts en drague – une centaine de règles sociales que la plupart des personnes appliquent inconsciemment.

Ne pas attendre plus de trois secondes avant d'aborder de front, poser une question surprenante ou impliquante, inventer des balises temporelles, amuser la galerie, toujours séduire l'entourage de la cible avant la cible elle-même, occuper la bonne distance, attendre trois indicateurs d'intérêt avant de passer au contact physique, exiger un cocktail, donner l'impression qu'on va partir dans cinq secondes, faire retomber la pression, réattaquer après deux signes de frustration, l'enchaînement implacable jusqu'au lit. Je connais la théorie par cœur. Je l'utilise, cette technique d'homme, contre les hommes. Elle fonctionne.

Les fêtards ont des objectifs, des tableaux de chasse, les plus organisés établissent leur *shopping list* sur Facebook avant les soirées. Pourquoi pas.

Un immense type bodybuildé tente sa chance avec moi – je réponds de travers, je suis là pour protéger mon territoire, pas pour poser des jalons. Merci mais j'ai déjà un Danois, ça suffira, monogame, si si, je te jure. Non, on n'a pas parlé de fidélité, mais on a baisé sans capote et mon désir est plus exclusif que n'importe quelle clause sur un contrat de mariage, non, ça ne se négocie pas, d'ailleurs je me demande ce que Morten fait cette nuit, s'il dort seul, s'il écluse des cocktails terriblement classiques en se plaignant de la qualité du Campari.

La bière colle à mes talons, colle à mon estomac, je pourrais me rouler en boule et dormir. Je laisse la chasse de nuit à ceux qui ont besoin de se planquer derrière des décibels et des néons bruts, je ne partage pas l'érotisme du maquillage qui coule et des corps qui transpirent. La nuit repose sur la fascination des choses abîmées, une esthétique facile. Il paraît que les choses sont plus légères, vers deux heures du matin. Je ne sais pas. La nuit les gens deviennent des murs réduits à leur peau.

Pour tromper la fatigue je danse. Quand est-ce qu'on rentre ? Aucune idée. Nathalie n'a pas l'air fatiguée du tout.

Je squatte sa soirée d'anniversaire parce que j'ai connu assez de femmes dans mon genre pour reconnaître une approche en cours de réalisation. Qu'il s'agisse d'un plan en deux ou douze étapes, Nathalie n'en a pas terminé avec mon gibier – avec mon programme des deux prochaines années. Par ailleurs Morten a un très joli pénis, très cosmétique, ce sont des choses importantes, des choses auxquelles je ne renonce pas si facilement.

Voilà pourquoi je reste stoïque, plantée sur mes talons aiguilles, en dépit de mon hostilité pour les bpm et les éclairages rouges. Voilà pourquoi je songe sérieusement à vendre un rein en échange d'un oreiller.

Entre deux bâillements je surveille les avancées et les reculades de Nathalie, coulée dans la foule comme les détectives des mauvais films policiers. Aucun crime à éluder, juste des informations à enregistrer : connais tes ennemis et garde-les proches, très proches de toi.

Je regarde Nathalie danser, je la trouve vraiment belle. J'admire l'équilibre avec lequel elle maintient la tension sexuelle, envoyant des signaux positifs à une bonne dizaine de soupirants persuadés qu'ils finiront dans le lit d'une fille sublime et bourrée – le Graal, rien de moins. À vrai dire, elle ne picole pas beaucoup. Elle sait parfaitement ce qu'elle fait.

C'est le moment rêvé pour une bonne rasade de rivalité femme-femme, pour des noms d'oiseaux, pour les poses de douce colombe victime d'une bouffeuse de mecs. Normalement je devrais être furieuse, la traiter de pute, balancer des jugements moraux gros comme des monastères en travers de son moment de gloire. Pleurer peut-être, pour attendrir la bête.

Normalement la monogame devrait être exaspérée par les attitudes de reine de basse-cour. Sauf que Nathalie et moi appartenons au même camp. Je veux des passions ravageuses, elle veut la jouissance des éternels commencements : nos objectifs sont différents mais nos moyens sont identiques. Nous sommes toutes les deux des chasseuses, nous arrachons aux hommes la prédation. Je ne peux pas la juger de vouloir empiler des corps masculins sur des corps masculins, de jouer la quantité : j'ai vécu cette distraction-là pendant des années, heureuse de changer de partenaire toutes les trois minutes, heureuse de ramener chez moi des mecs croisés dans des trains, dans des clubs, des serveurs de restaurant ou des agents de sécurité, vraiment n'importe qui. Nouveauté ou intensité : chacune sa réponse, mais nous partageons la méthode. Alors malgré les apparences de sage monogame jetée face à la salope de service, une certaine sororité s'impose. Et puis des femmes qui détestent des femmes : allez, on n'en est plus là.

Je reconnais les tentatrices au premier coup d'œil : une certaine impatience, une bonne gestion de l'espace, une vigilance surtout. De l'extérieur nous paraissons soumises. Le matin nous observons les codes. Mais sur le terrain nous nous comportons en entrepreneuses du sexe : il faut scorer. Pour nous reconnaître c'est facile, nous occupons les deux extrêmes du spectre sentimental : les femmes qui ne se marient jamais, et celles qui font les vrais beaux mariages. Nous sommes les indépendantes et les femmes de dentiste. Nous sommes la croix catholique et la bannière des combattantes.

Nathalie a décelé en Morten la même chose que moi : un type solide, un insoumis pas intéressé par les demi-femmes qui mettent les genoux en dedans pour prendre moins de place. Un mec prometteur.

Entre chasseuses on peut discuter, on n'est pas là pour se donner des leçons. Alors j'attends que Nathalie s'approche des toilettes : sur son passage tout le monde s'écarte, je viens me glisser en plein milieu du couloir. Sa peau délicate affiche des cernes violets, une bouche molle, des paupières lourdes sur un regard dur. Si j'étais un peu lesbienne, je tomberais amoureuse dans la seconde.

L'avantage de faire face à une vraie séductrice et pas à une amatrice, c'est que Nathalie comprend vite. Elle ne m'ignore pas, elle s'arrête devant moi et répond à la question que je n'ai pas encore posée.

— Ah, salut. J'ai rendez-vous avec Morten mercredi prochain.

J'accuse le coup. Évidemment elle a remarqué ma surveillance à la soirée. Au moins on n'y passera pas la nuit.

— Bon à savoir.
— Il ne t'a rien dit ? demande-t-elle avec une cruauté polissonne.
— Non.
— Je le trouve vraiment pas mal.

Elle fait mine de partir, je l'interromps une seconde fois, ma main chaude sur son bras froid.

— Hé, Nathalie. Ne va pas à ce rendez-vous. Décommande.

Elle prend un air choqué : mon approche manque à toutes les règles. Ce n'est pas aux amants de gérer les arrangements avec la conscience de ceux qui sont en couple, et j'ai couché avec assez d'hommes mariés ou de jeunes papas pour savoir à qui revient la responsabilité d'une tromperie.

— Pourquoi je devrais annuler ? demande-t-elle.
— Ils sont combien à t'attendre ce soir ? Douze ? Prends-en un autre, t'as du marbre. Je joue *all-in* avec Morten, le problème c'est que la relation n'est pas consolidée. Honnêtement, tu ne m'arranges pas.

— Je me tape qui je veux.

— Ce n'est pas moi qui vais t'en empêcher. Sauf que Morten, tu t'en fous. Tu veux juste l'accrocher sur ton tableau. Ce n'est pourtant pas la viande qui manque ce soir.

Quelques personnes nous encerclent, le ton monte mais ça va, on ne va pas se battre et encore moins se planter des couteaux dans le dos. On discute juste un point de protocole, entre filles informées. De face. Les choses peuvent être tellement simples.

— Il a accepté ce rendez-vous, rappelle Nathalie.

— J'en suis certaine. Mais je voudrais tenter un truc avec lui, et tu te mets en travers. Sois fair-play, admets que c'est plus important pour moi que pour toi.

— On ne se connaît pas, je ne te dois rien.

— C'est vrai. Je ne te demande pas l'aumône, je n'ai pas besoin que tu te retires de la partie. Je préférerais seulement que tu me facilites la vie. Mais tu fais comme tu le sens, les ordalies ne me dérangent pas, on peut laisser la justice divine trancher. Il faut juste que tu saches que Morten, il joue aussi *all-in*. Il ne partagera rien, il choisira forcément une de nous deux, une seule, et pour longtemps. Tu ne pourras jamais le congeler dans ton harem et lui annoncer qu'il prendra les mardis.

On reste à se regarder un moment, on passe en revue ces lois implicites du gang des salopes, cette forme de pragmatisme inaccessible aux dames de bonne compagnie.

1) Il n'y a pas de chasse gardée.
2) Que la meilleure gagne.
3) Nous avons toutes nos raisons.
4) La compétition est une affaire de sœurs.
5) Rien de tout cela n'est vraiment important.

Entre salopes on se repère, on devient rarement amies mais on se respecte. Le style tortueux de Nathalie a une certaine classe. Je suis plus brutale que ça, quand je veux quelqu'un. Je reprends :

— Alors, on fait quoi ? Un combat de boue ?
— Tu déroges aux principes.
— Mais Morten aussi. Il ne te donnera pas ce que tu veux.

Nathalie fait un signe de la main, elle lâche l'affaire, amusée ou écœurée, juste impatiente peut-être.

— Ah... d'accord, j'annulerai le rendez-vous.

La tension disparaît, le monde se réenchante, un immense festin où tout le monde peut trouver sa place et son confort sans se marcher dessus.

— Joyeux anniversaire, alors. C'est bien, trente ans.
— En tout cas ça commence bien.
— Si j'étais toi, je choisirais le blond avec le T-shirt orange.
— Une suggestion judicieuse. Mais ce soir je dors avec mon chat.

On se marre un instant. Autour de nous, agglutinés comme des sangsues mais trop distants pour capter notre conversation, les douze amants potentiels se battent pour un regard, une attention. Tous confiants. Tous sûrs de rentrer avec elle. Je comprends pourquoi Nathalie a choisi une robe dorée : la couleur des trophées. Mais elle vaut bien mieux qu'une femme-trophée. Je lui demande en rigolant :

— Tu rentres seule ?

— Je suis claquée, chuchote Nathalie avant de disparaître.

Je reste dans le tunnel gris du couloir, dents découpant le grand sourire, au milieu de tous ces gaillards, tous ces soldats de la nuit qui découvriront dans quelques heures la différence entre une générale des armées et la simple chair à canon.

Il est temps de quitter le club, de laisser le bruit et le champ de bataille derrière moi. Je troque mes talons hauts contre mes bottes fourrées, je replace le bonnet, les gants, les épaisseurs de laine, j'ai quarante minutes de marche sous la tempête pour oublier cette histoire. Après quelques pas dans la neige je m'aperçois que j'ai reçu un message – le premier sur mon téléphone flambant neuf.

« J'ai accepté un rendez-vous mercredi prochain avec la fille qui me parlait pendant le cocktail, mais je viens de la prévenir que je laisse tomber. C'était stupide, c'est toi que je veux. Morten. »

Mes chaussures sont trempées. Je sens la clope. Tout ça pour rien ou plutôt, pour une fidélité enfin acquise. Si je ne mourais pas de fatigue j'entamerais une danse de la victoire, désirs sioux et flûtes de Pan, mais là, je voudrais surtout un kébab.

À la guerre il convient de savoir choisir son ennemi. J'ai choisi Morten sur des critères particuliers, contre les standards ennuyeux, contre la bonne entente pratique, contre l'avis des autres. Il faudrait toujours désirer contre. Je ne sais pas avec combien d'hommes j'ai couché juste parce qu'eux me trouvaient à leur goût. Je n'ai pas envie de savoir.

Morten, à la hauteur et au-delà. Je note ses qualités, de 0 à 5, je compte les points comme dans un jeu vidéo pour vérifier s'il joue dans ma catégorie. Avec lui tout se calcule et se recalcule en permanence : je voudrais qu'on se compense, qu'on respecte la balance commerciale entre amoureux, on est tout de même là pour se neutraliser, sinon le couple jure, désassorti, bleu sur noir – et l'entourage ne le pardonne jamais.

Au total des points Morten est mieux classé que moi. Sur nos passeports nous avons tous les deux les yeux verts : les siens comme des perles, les miens comme un marécage. Je suis une arnaque.

Je m'en réveille la nuit : merde, pour un mec dont c'est précisément le travail, ce type investit incroyablement mal.

Avant tout, il faut que je l'apprenne. Il fournit quelques efforts, avec parcimonie, alors on commence à se connaître, à se rencontrer, c'est plus facile maintenant que le sexe et toutes ces conneries sont passés. La rencontre, tout juste. Quand tu sais de quel côté il met les couverts.

Pour obtenir un master en Morten j'ai choisi les modules : culture scandinave, langue danoise, identification de légumes bio, création de start-up, musique déprimante de bon goût, avec en spécialité ma matière favorite, le dressage d'animaux sauvages.

Doucement, avec une attention d'entomologiste, je commence à le cerner, lui et sa voix métallique, sa langue aux intonations comme des coups de poignard. Je découvre que je l'aime pour de bon. Il n'est pas comme moi, il ne lit pas, mais je m'accommode des petits riens qui gâcheraient le grand tout – sa force et son physique, réellement. Il m'hypnotise. Je pourrais le regarder dormir pendant des heures, je pourrais composer des symphonies à la gloire boudeuse de ses sourcils. Je sais à quelle vitesse sa barbe pousse.

J'ai hâte de toutes les choses que je peux découvrir, hâte surtout de répondre à la question : vraiment, est-il trop bien pour moi ? Cache-t-il sous cape un défaut énorme, un cancer, une addiction ? À la rigueur, ça me rendrait service. Ça me donnerait l'autorisation d'être plus âgée que lui.

Fond vert et robe à fleurs, ambiance : la petite salope dans la prairie. Quatre caméras pour tourner le pilote. Des techniciens en mode automatique et moi qui galère. La jeune femme s'appelle Jessica ou Julie ou Jennie, je n'ai pas retenu son prénom, elle n'a pas demandé le mien, nous sommes collègues pour la journée et manifestement, pour plus jamais. Sa bouche, les magazines diraient pulpeuse, je dirais bouffie, tremble et peine sur mes mots – la maquilleuse a mal posé la poudre, quelques perles de transpiration apparaissent au-dessus des lèvres, le front brille, c'est moite autour du cerveau, ça carbure là-dedans. Il faudra demander un raccord. Encore et toujours se corriger.

— Des plaisirs, de l'ombre boostés par la lumière, la mode des sex-toys écolos déferle sur les champs, du sexe vous allez adorer la tendance, vacances est incontestablement au green, on recycle on recharge on fait un geste pour la planète...

Les cameramen ont déjà coupé les moniteurs, le perchiste fume une clope. Imbriquée dans la petite chaise râpeuse de scénariste-scripte-répétitrice, je prends ma tête dans mes mains. Misère.

— Attends, Jess... Jennie. Attends.

— Quoi, encore ?

— Je suis désolée mais tu ne peux pas déplacer mes virgules. Respire. Je t'ai inscrit les pauses au stabilo.

— J'avais parfaitement articulé !

— Et parfaitement souri. Par contre, « de l'ombre boostée par la lumière », ça ne veut rien dire. Et puis « vacances est incontestablement au green » ? Tu t'entends ?

Elle prend les techniciens à témoin en exhibant ma page imprimée, la typographie énorme, les codes couleur pour s'y retrouver.

— Mais c'est ton texte !

— Et tu dois l'apprendre avec les virgules. « La tendance vacances est incontestablement au green. »

— Tu fais chier. Et puis je crève de chaud sous ces spots.

Je n'arrive pas à croire que je suis rentrée à Paris, ou plutôt à Boulogne, juste pour cette pige. Défrayée, nourrie, logée, OK. L'occasion de passer voir les potes au lieu de leur raconter mon existence sur Facebook, OK. Mais parfois j'en ai vraiment marre de la sexpertise, du couple, des sex-toys, des journées passées à éplucher des articles de sexologie et à expliquer que la passion s'effondrera. Je vomis mes aventures, mes coups de cœur, mes paquets de lubrifiant. Je fais face à une absurdité constante : cinquante articles par an décrivant la fellation parfaite, alors qu'en vrai, je n'ai aucune idée de la fellation parfaite.

Je me venge en inventant des prescriptions absurdes, compliquées et insensées, parce qu'une mauvaise règle est plus rassurante que rien du tout. Par exemple : le rapport sexuel parfait se situe entre quatre minutes trente et cinq minutes vingt, en dessous et au-delà vous êtes bizarre. N'oubliez pas d'incliner votre pénis à un angle de 42°. Soyez fort mais doux tout en restant implacable et tendre, OK ? Les lecteurs adorent.

Je voudrais monter ma boîte. Écrire des business-plans. Terroriser des stagiaires. Quelqu'un ramasserait mon bordel et mes boîtes de conserve sans que j'aie à bouger un orteil, je me suiciderais probablement au bout de trois semaines parce que les chiffres et moi, bon, on a nos mésententes. Mais au moins je m'épargnerais ça.

À droite du plateau de tournage, talons aiguilles paumés parmi les câbles et mains cramponnées sur mes notes, la princesse-présentatrice au petit poids se fait retamponner le visage. Elle a deux minutes quinze à prononcer par tranches de dix-sept secondes, et déjà son apparence se gondole. Une belle apparence. Meilleure que la mienne. On m'a dit : tu n'es pas assez belle. On m'a dit : mais tu pourrais les assister, les très très jolies filles.

Alors j'ai arrêté de vouloir devenir potiche à la place des potiches, je me contente d'auteure-assistante. Une pige parmi tant d'autres, mais sans l'hypocrisie du peut-mieux-faire et sans embarrassant espoir. Je me retrouve assignée à résidence dans la chaîne alimentaire : assez bonne pour noircir leurs pages blanches, assez compétente pour leur expliquer comment placer le ton, mais pas assez jolie pour chouraver leur job. Des bras pas assez minces. Trop de nez, trop de joues, trop vieille, too much comme disait Mads quand il a refusé de m'embrasser en Norvège. Avec cette robe fleurie on verrait mes genoux mal alignés, mes cuisses lourdes, et puis je passe tout simplement mal à l'écran, visage trop allongé, expressions mal contrôlées. J'ai fait mon deuil et pourtant quelque chose en moi se demande toujours : pourquoi elles ? Pourquoi leur beauté vaut plus que mon écriture ? Combien elle prend, cette meuf, comme cachet ?

Pour me consoler je regarde les grosses lèvres buter sur mes phrases de catégorie quatre, sur mes mots-revanche, parfois je place des adverbes interminables juste pour le plaisir, des allitérations imprononçables, chaussettes archisèches pour architecte du sex trash. Et puis je garde le job. Des Jennie-Jessica-Joséphine, il en défile des centaines, mordues du casting et soudain perdues sous les projecteurs. Je n'ai jamais croisé deux fois la même. Dommage de savoir parler en ignorant quoi dire – nous sommes deux moitiés d'une femme idéale.

Le plus marrant c'est quand les présentatrices arrivent sans savoir que le projet concerne le sexe. Elles rougissent, tergiversent, finissent par se confier entre deux portants de fringues, chuchotements amortis par les robes et chemisiers, sons étouffés par la soie et la peur de ne pas être normale. 90 % du temps elles n'ont jamais connu l'orgasme. C'est vrai aussi des journalistes spécialisées en finance ou en relations internationales qui soudain pondent un docu sur « la vraie vie sexuelle des vraies femmes » – elles partent enquêter sur ce qu'elles ne connaissent pas. Je me demande ce qu'elle cache, Judie-Juliette-Judoka.

— Tout se passe bien ? demande une voix grasse derrière moi – et une main grasse se pose sur mon épaule.

Je me retourne, tout sourire que de la gueule.

— Ah, Jean-Marc ! Je pensais que tu ne viendrais plus.

— Des obligations, tu connais la chanson. C'est maintenant qu'il faut commencer les grilles pour la rentrée prochaine, on propose, on propose, et puis les annonceurs finissent toujours par nous planter. Je me débats avec les budgets, tout le monde voudrait que la télé parle de cul mais personne ne trouve la bonne alchimie.

— J'imagine qu'à ton niveau de responsabilités c'est la course-poursuite, pas vrai ?

— Si tu savais ! Producteur, un métier de chien. Mais je prendrai toujours un peu de temps pour ma petite Maïa.

Que serait ma carrière sans le paternalisme des hommes de quarante, cinquante, soixante ans ? Jean-Marc les rassemble tous, mes mécènes et mes boss, un peu chauves, un peu gros, un peu les oreilles décollées. Des cravates et des chemises rigides comme des sabres. Des propositions camouflées en blagues, je me souviens déjà, mon premier rédac' chef à France 3 trouvait hilarant de ne plus vouloir baiser sa femme alors que les nouvelles recrues débarquaient. Il avait trouvé tordant de nous mater par le trou de la serrure pendant qu'on se changeait – sa respiration de canasson parfaitement audible à travers la porte écaillée.

— Il paraît que tu as un nouveau copain ? demande Jean-Marc en matant Jennica-Jeannifer. Un Danois ? Quelle idée !

Tous mes employeurs ont accès à mon Facebook : gage d'amitié en apparence, mais paramètres de confidentialité réglés au millimètre. Je me sais sous surveillance constante : tout ce que je raconte peut être, et sera, retenu contre moi. Je me comporte en ligne comme les acteurs et les chanteurs à la télé, qui trouvent toujours tout le monde tellement formidable. Langue de pute, moi ? Jamais. Je suis une pro.

— Oui, un nouveau copain. Il s'appelle Morten.
— Amoureuse ?
— Oui chef.
— C'est bien, tu es jeune, tu profites, à ta place je ferais tourner tous ces garçons en bourrique !

Je souris poliment, surtout ne pas répondre à cette perche plantée entre nous. La sueur dans sa main pénètre lentement, couche après couche de vêtements, jusqu'à ma peau. Il continue, jovial :

— Tu sais qu'il faut les tromper tout de suite, les mecs, hein ?

— Tu m'as déjà expliqué plusieurs fois. Mais moi, quand je suis amoureuse, je ne peux pas coucher ailleurs.

— Tu n'es pas une obsédée sexuelle, tu es une obsédée sentimentale.

— Alors que toi tu es tout simplement un obsédé sexuel.

— Je n'avance pas masqué.

Je tourne la tête dans sa direction, il enlève sa main, il a remarqué la présentatrice.

— Ah, les bonnes femmes.

— Oui, les bonnes femmes.

— J'arrive toujours quand tu es prise.

— Pas de bol, hein.

Voilà comment je garde mes jobs : en ne couchant jamais. La promotion à l'aspiration-canapé. Pas de porte fermée, pas de porte ouverte, une solution intermédiaire et élégante, les patrons gardent la part de rêve, ils peuvent se convaincre que le moment venu je leur ferai des choses incroyables – sur un malentendu, un soir de cocktail, nous nous retrouverons à copuler frénétiquement sur un lavabo, fesses incrustées dans la céramique, une étreinte puissante de film porno, les choses se passeraient naturellement parce qu'il est dans ma nature de coucher. Une sexperte, ça baise n'importe qui n'importe comment, non ?

Jean-Marc a enjambé les trépieds des caméras et des mandarines, il cause à la présentatrice plus grande que lui d'une demi-tête, il fait des blagues, peut-être qu'elle dira oui. Peut-être que malgré son cachet plus élevé que le mien, cette nana couche à un moindre prix. Personnellement je ne vais pas m'embêter pour 300 euros de pige trimestrielle, ça rembourserait à peine mes frais d'Internet et de téléphonie. Oui, vraiment, ça reviendrait à me donner, or je ne suis pas là pour me donner mais pour me vendre, parce que les filles qui se donnent sont des idiotes.

Oh bien sûr, je les entends, les mecs, les Jean-Marc, prétendre qu'ils cherchent une de ces nanas inconscientes de leur valeur. Ce qui ne se produit que dans deux cas: les abruties et les enfants. Des fantasmes de femmes influençables, pas à la hauteur. Leur idéal c'est l'aveugle, la muette, la débile surtout.

J'avais treize ans, je m'en souviens très bien. Je ne savais pas que j'étais jolie. Mon premier contact avec le désir masculin a consisté à me faire poursuivre deux heures sur un ferry. Je portais un short orange, aucun homme ne m'avait regardée comme ça avant. J'étais collégienne. Le type ne me lâchait pas d'une semelle, pas d'un regard. En jouant au chat et à la souris, de pont en pont, de couloir en cafétéria, je me souviens avoir été flattée, et simultanément, avoir trouvé très peu marrant d'être celle qui s'efface.

Mais les hommes qui rêvent de filles ignorantes de leur beauté ne sont pas tous pédophiles: il y a aussi les avares. Tout en donnant à la misère des airs de magnifique innocence, tout en glorifiant leur crasse, ils rêvent fondamentalement d'une bonne affaire. Comme à la brocante, deux plantes en pots pour le prix d'une. Mieux encore, ils rêvent de ne pas payer. Mais on n'est pas dans un film, et l'héroïne ne tombe pas amoureuse du looser. Malgré la propagande bien orchestrée : cinquante comédies romantiques par an, toutes décalquées sur un schéma unique – une nana jeune et belle, extasiée par hasard devant un personnage qui pourrait être soit son père, soit un clodo, soit les deux. Juste parce que le mâle *next door* veut croire que c'est possible.

Dans ma réalité ça ne se passe pas comme ça. Les mecs sympas qui passent dans ma rue, ils peuvent crever. Cet endoctrinement ne m'énerve même plus, j'y oppose la même résistance silencieuse que toutes les femmes : non, je ne sous-coucherai pas, non merci, je ne veux pas ton numéro de téléphone, remarquez comme on est polies, on dit « non merci », on ne dit pas « non ta gueule ». Parce que même si elles le nient de toutes leurs forces, même si on les culpabilise avec énergie, les femmes ne veulent pas se *donner*. Pourquoi le feraient-elles ? Ai-je raté l'épisode où nous disposons, en tant que femmes, de ressources tellement formidables qu'on peut les dilapider ? Ai-je raté la crise financière ?

Le premier problème c'est que les hommes croient aux comédies romantiques, donc qu'ils tentent leur chance et qu'on perd un temps incroyable. Le deuxième problème c'est quand on ouvre la bouche : dès que tu révèles l'ego et les exigences tu passes pour un monstre, mais c'est vous, les monstres, je ne sors pas de nulle part, j'ai grandi parmi vous et pas parmi les loups, j'ai appris à calculer entre vos bras, il ne fallait pas me répéter que j'étais jolie en exigeant que je l'oublie. Je préfère être un monstre plutôt qu'une conne.

C'est quand on a le choix que ça se gâte. Quand 80 % des hommes ne diraient pas non. Je me demande avec quelles armes se battent les autres guerrières – les moches : l'enfant dans le dos, la supplique, la régularité, le renoncement ? Aucune idée.

Je ne me donne pas, moi. À rien. Je n'arrive ni à me caser dans un seul travail, ni à vivre dans un seul pays, il ne faut pas trop en demander aux filles nomades – la moitié du cerveau concentrée sur la conversation, l'autre qui vérifie ses e-mails. Free-lance jusqu'à la moelle. J'ai bien appris, avec le boulot, comme on est facilement jetables. Pour ça je peux remercier Jean-Marc, et tous les autres.

— Tu penses qu'elle va y arriver ? me demande un des cameramen.

— Bof. Elles finissent toujours par y arriver. T'es pressé de rentrer ?

— Pas toi ?

— J'ai un apéro en soirée, ça laisse encore six heures à notre prix Nobel pour placer ses deux minutes trente. On devrait s'en sortir.

— Jusqu'à la prochaine fois.

— Faut bien bouffer.

Le type part rallumer sa caméra, Jean-Marc disparaît vers les loges dans un froissement de costume. Apparemment bredouille.

— On reprend les essais ! hurle le réalisateur. Tu es prête, Amandine ?

Je me rassois sur la toile marine de mon siège. Amandine ? Son prénom ne commençait même pas par un J ?

— Alors, c'était comment, ce tournage ?

Ils sont tous là : Adrienne, Arnaud, Jérémie, Samia, Caro, Gaël, la clique parisienne abandonnée et retrouvée par cycles depuis mes six années d'expatriation. Je hausse les épaules en avalant une gorgée de vin, forcément j'en renverse la moitié sur mes genoux. Jean noir, pas grave, et pour l'estomac j'éponge avec des snacks.

— C'était exactement comme les cinquante dernières fois. La fille n'avait pas appris son texte mais les mecs du set étaient sympas. Au pire il y a une espèce de comique de répétition, un peu comme une blague dont tu n'arrives jamais à raconter la chute. Cette fois-ci le problème concernait le placement des virgules.

— Super important.

— Ouais. Des journées pareilles, j'ai l'impression de sauver le monde. Que feraient la liberté de la presse et l'industrie culturelle mondiale sans moi ? Franchement on se demande. Et puis c'est le train-train rassurant, éclairage, maquillage, répétition, échec, à la fin une prise surnage dans le désastre et tout le monde est content.

Arnaud, mon tandem habituel en illustration, me tend une feuille d'essuie-tout :

— C'est quand même pas très normal, dit-il derrière ses lunettes rondes.

— Tu as vu une justice dans l'univers, toi ?

— À la Coupe du monde de foot en 1998, mais pas après.

— Voilà. Et puis ce ne sont que des pilotes. Aucune de ces émissions n'a jamais vu l'antenne, des fois je me dis que le producteur s'acharne juste pour continuer à faire bosser son équipe. De toute façon le cul, évoqué directement, ça ne vend rien. T'es bien placé pour le savoir.

Arnaud dessine des bandes dessinées érotiques mais pas pornographiques. Sexy mais pas vulgaires. Coquines mais second degré. Crues mais cuites. Pour moi ces distinctions ont autant de sens que la comparaison entre deux religions, mais je dois admettre que si quelqu'un sait se tenir sur le fil du rasoir moral, c'est Arnaud.

Adrienne vient nous resservir :

— Enfin quand même, tu écris ces textes. Et puis si tu décrochais un véritable boulot, ça t'obligerait à rentrer à Paris.

Je souris, laisse dériver mon regard. Entre contradictions et impossibilités je louvoie : bien sûr que mes amis me manquent et d'un autre côté, bien sûr que le monde est vaste. Nous sommes entassés dans le salon de Gaël comme à chacun de mes passages, murs couverts de bandes dessinées et de bouquins, souvent je dors sur la banquette. Une bande de trentenaires comme je les imaginais quand j'avais vingt ans : bourrés, parlant uniquement de cul et de boulot. À croire que les prophéties nous rattrapent toujours.

— Si je rentrais à Paris je perdrais mon nouveau mec.
— Le Danois ? rigole Adrienne. Il est au courant que vous êtes ensemble, pour commencer ?
— J'y travaille. La pente est droite, la route est longue.
— Maïa a proposé récemment un article hyperargumenté sur les petits amis imaginaires.

Tout le monde se marre.

— Ah ouais, quand même, dit Samia.
— Tu devrais rentrer, dit Caro. Ne serait-ce que pour le réseau, les vernissages, tu rates tout en restant à l'étranger.
— On ferait une super fête, dit Gaël.

Je sors l'argument ultime :

— Vous n'avez aucune chance, mes amis. On baise sans capote.

Ce qui clôt le débat et impressionne la galerie – tout en passant sous silence le test HIV ressorti négatif. Quatrième verre de vin rouge, la routine reprend comme si je ne l'avais jamais quittée : cet appartement aux tons violets, les quantités de cacahuètes ingérées, suffisamment de fumée pour rejouer Fukushima. On croise nos carrières et nos projets, les amis sont des collaborateurs, Adrienne est ma patronne préférée, mélange des genres et questions d'argent. Potes, collègues, confidents ? On navigue sans connaître notre casquette principale et ça arrange tout le monde. J'ai corrigé le dernier scénario de Samia, Caro m'héberge dans ses bureaux partagés, je bosse de temps en temps pour Gaël.

— Et puis si je rentrais en France, je devrais coucher avec des Français. Pas question.

— Quel est le problème avec les Français ? demande Samia. Moi ils me conviennent.

— Mais ils nous *comprennent*. On ne peut rien leur cacher.

— Et ça c'est mal ?

— Pour les gens normaux, pourquoi pas. Mais pour nous ! On met nos tripes sur la table sur chaque projet, vous savez très bien qu'il faut toujours se demander qui on blessera au passage. La liberté c'est de sortir uniquement avec des étrangers non francophones.

Adrienne me ressert avant que mon verre ne soit vide. Le piège. Elle sourit, radieuse dans une robe de créateur fou :

— Toi, t'as peur que ton Danois lise ton blog.

— Mon blog, mon Facebook, mes articles et surtout mes pensées intimes. Je raconte ma vie donc je raconte la sienne, mais dans une certaine mesure, on est tous concernés. Si vous avez une identité numérique, vous ne pouvez plus avoir de partenaire qui vous comprenne. Il faut choisir.

— L'autre contre le monde entier.

— Ou le monde entier contre l'autre.

Il fait chaud, à Paris. Beaucoup plus chaud qu'à Copenhague.

— T'es chiante quand t'es bourrée, dit Adrienne.

Je suis chiante mais je sais où je vais. L'avion, demain, quatorze heures, retour à Berlin où Morten me rejoindra. L'attente qui me prend aux tripes, la jubilation de l'amoureuse qui va retrouver son sanctuaire, l'enthousiasme de la droguée avant la dose – je les adore, mes amis, je me trancherais un bras pour eux ou au moins, une grosse mèche de cheveux. Mais jamais ils ne m'apporteront cette intensité.

Vu comme la nuit commence, ils m'apporteront plutôt une bonne gueule de bois.

Après quelques années passées à sautiller d'homme en homme dans le cadre strict des monogamies sérielles, il va de soi que je fais l'amour uniquement quand je suis amoureuse. Parce que sinon, je ne fais pas l'amour. Il n'y a absolument, mais alors absolument aucune chance qu'un amant de passage fasse mieux que mon vibrateur préféré, je ne vais donc pas me fatiguer et encore moins m'épiler.

Je baise amoureuse. Depuis huit ans. L'association entre les jambes en l'air et le cœur à découvert, de simple possibilité, s'est fendue en tranchée, en refuge de temps de guerre.

Morten et moi passons la semaine à Berlin. Il fait chaud dans ma chambre, glacial dehors. Les rideaux blancs tendus autour de mon lit nous isolent du reste du monde : une autre idée de l'île déserte, de l'amour et de l'eau fraîche. On vient de terminer nos gesticulations, je viens de simuler, chaude dans mon vagin et rêveuse dans ma tête, la routine habituelle. Alors les mots sortent en déflagration automatique. Par pur réflexe.

— Je t'aime.

Des mots destinés à mes ex, des mots hérités de toutes les plages de sexe qui se terminaient en toute logique par une échappée des sentiments. Des mots parfaitement justes mais hors contexte. Je voudrais ravaler ma virgule de guimauve et avouer : excuse-moi, je parlais à mon passé. Aux autres. Je suis amoureuse de toi, sinon tu ne reposerais pas dans mon lit, mais ces mots-là, ce n'étaient que des vibrations sonores, des flottements de respiration. Ces mots se sont trompés de destinataire – si tu veux je t'en écrirai d'autres.

Idéalement ç'aurait pris la forme d'une confession douce, le sentiment chuchoté l'air de rien entre deux bouchées de spaghettis, ou encore mieux, dans le cocon-cuite, dans la confiance de l'amour avec accusé de réception. Avec Morten comme avec les autres j'expulse les syllabes interdites en premier, parce que s'il fallait attendre les mecs je pourrais me mettre en ménopause. Et puis c'est aussi ça, attaquer.

Il paraît que le sentiment constitue le domaine de prédilection des femmes – un domaine invisible, subjectif, comme c'est pratique : le pouvoir sans application.

Je t'aime. Le dire en anglais c'est comme ne jamais le dire véritablement, mais sous la couette Morten se crispe. Trop tard pour ravaler. Trop tard pour lui enfoncer la tête sous l'oreiller.

Je ne suis même pas sa petite amie officielle. Malgré ses désirs de travail-famille, je n'ai pas encore gagné le label.

Nous venons d'enterrer notre premier mois de montagnes russes. C'est suffisant pour me rendre compte que j'aime plus que je ne suis aimée. Pour la première fois. Moi qui ai toujours négligé mes ex, oubliant leurs amis et leur date d'anniversaire, refusant de céder d'un soupir, je me découvre des attentions de chien : me souvenir de sa marque préférée de champagne, insister pour un regard ou un sourire, me plier aux usages nordiques plutôt que négocier la french touch. Avec au final, l'impression d'avoir perdu une jambe à l'âme.

— Désolée.

Morten ne répond rien et je me demande s'il m'aime un tout petit peu ou si ça viendra plus tard, quand il tombera la garde, peut-être quand j'aurai défoncé ses défenses. Je reste solide. On ne prend pas l'avion pour rejoindre une simple amante, on prévoit encore moins de passer une semaine dans son appartement. On ne parle pas de ses histoires de fric à une complète inconnue. Mais les messages inverses s'accumulent : il refuse de passer le nouvel an avec moi, il garde ses distances, il me tient à l'écart. J'ai l'impression qu'il cherche une petite amie pour cocher une case dans son agenda personnel, pour pouvoir retourner à son business-plan en toute sérénité avant de m'épouser et de me faire trois gosses quand il sera temps. Selon le planning.

Mais ça va. En bonne aspirante psychopathe je supporte les sentiments non partagés, mal synchronisés. L'indépendance se gagne aussi sur le terrain des émotions, et tant pis pour la personne malintentionnée qui a décidé, dans les temps anciens, que les sentiments seraient des demi-divinités intouchables exigeant une soumission absolue. Je suis une femme, je suis censée être tellement émotionnelle. Tellement connectée à mon cœur qui palpite dans le crépuscule vespéral du soir de la tombée de la nuit. Pourtant mes sentiments sont des produits comme les autres, tellement marketés, tellement saturés de représentation que je galère pour ressentir quoi que ce soit d'authentique.

J'ai la trouille comme dans *The Blair Witch Project*, je tombe amoureuse comme dans Shakespeare, je régurgite à l'identique la culture commune – avec parfois, les jours de fête, des poches de résistance. Dans l'ombre de mon appartement, en plein emballement, pas sûre d'être aimée en retour, je préfère me rappeler que si Hollywood avait exprimé la passion avec des images de Marilyn Monroe creusant des trous dans son jardin, je serais en train d'acheter une pelle chez Castorama.

Je me méfie des apôtres de la perte de contrôle. Je cherche l'équilibre, l'état d'indépendance émotionnelle, mais souvent je me plante et je ressens des choses, alors je cours en sens inverse et je trépigne : donne-moi ton amour, bordel ! On s'en fout, de l'indépendance ! Donne-moi tout, dis-moi de fermer ma gueule quand je refuse de me projeter dans le futur, brûle ma règle des deux ans !

Si moi je prends les mecs, pourquoi eux ne me prennent-ils jamais, ou à moitié, ou en respectant mes conditions ? J'ai l'air de vouloir des conditions ? Ils sont timides, ces garçons. Timides comme des chatons.

Les déclarations d'amour, de toute façon, ça marche rarement. La faute au contexte. On ne peut pas recevoir d'amour entre deux e-mails, il y a quelque chose d'absurde dans le fait de vouloir s'acharner dans l'adoration quand les voisins font du bruit, quand le temps donne envie de se suicider, quand on doit réécrire un article, quand la bouffe est mal cuite, quand on a un bouton, quand l'autre se mouche, quand le téléphone sonne, quand la radio t'informe que c'est la guerre au Rwanda, ou pire, comme maintenant, quand l'autre sent la sueur entre les draps.

On a ce voile humide entre nous.

Manquer l'amour ne demande pas grand-chose : une connexion ratée quand toutes les autres connexions fonctionnent à la perfection. Parfois j'attends un e-mail de Morten, j'entends le bling caractéristique de mon téléphone, et c'est un spam. Au bout d'un moment j'arrête d'attendre, non qu'il soit impossible d'aimer mais que ça demande trop d'énergie : il faut rétablir de la vie privée alors qu'elle n'existe plus nulle part, alors qu'on est tellement poreux, moi tout me traverse, comment suis-je censée faire ? Il faudrait pouvoir rejeter le monde entier, alors qu'en vérité, entre l'amour et le monde entier, on a plutôt envie de choisir le monde entier. Donc on ne coupe pas le portable. Donc on n'a pas l'espace pour aimer quelqu'un d'autre – juste assez pour s'aimer soi-même.

Alors que Morten transpire de peur et de sexe, je me demande quelle histoire inventer pour justifier ce fiasco – cette déclaration à porte close. Il me faut une justification. Un mythe de couple. Une sortie de secours pour conserver mon amour-propre. En Norvège, Mads avait parlé de productivité et moi de *storytelling*. J'avais montré à tous ces entrepreneurs comment on colle des mots sur des concepts, ensemble nous avions recouvert un mur entier de possibilités – des noms, des stratégies, des émotions, des rythmes, des constructions, je leur demandais de se montrer efficaces. Ce jour-là Jesper était présent. Une des applications mobiles de Morten porte un nom choisi par mes soins. Je ne crois pas qu'il sache.

Alors, quelle histoire choisir ? Le grand amour, inconditionnel, j'ai déjà eu. La franche camaraderie aussi. Les coups d'un soir qui durent, pléthore. L'amant du placard, évidemment. Cette fois, que pourrais-je inventer ? On écrit rarement des chansons à la gloire d'un Danois chopé en Blitzkrieg, acculé par une nana qui en veut. Alors maintenant ? La petite Française enlevée par le grand Viking ? Le mec sincère qui remporte le cœur de la fille pragmatique ? La possibilité d'un break cinq portes et d'une maison en banlieue ? Je réfléchis et immédiatement je réécris le passé – le scénario : les mots sont sortis non parce que j'ai pressé la détente par erreur, mais parce que les sentiments-racines finissent toujours par percer, et Morten, transi d'émotion, était trop ému pour répondre. Dans le doute ça peut passer. Sur un wall Facebook personne ne remarquera. Dans deux jours j'aurai oublié cette histoire et j'y croirai.

Évidemment Morten n'est ni ému ni stupéfié, seulement agacé. Pas grave. Les scripts ça se contourne. Au moment du premier baiser on a souvent envie de faire pipi, et après ma déclaration d'amour le Danois s'endort, exactement comme tous les soirs, c'est-à-dire en me tournant le dos.

Je gère son sommeil comme une tâche domestique ou comme mes tracas administratifs. Je me donne du mal. Il y a d'abord l'épaule de Morten beaucoup trop haute, qui me casse la nuque, et puis les corps mal ajustés, les formes physiques qui ne s'emboîtent pas. Au bout d'un moment, parce que l'imbrication mal calibrée devient insupportable, il se retourne. Rideau.

Chaque soir, en face de moi, dans la chambre jamais vraiment sombre, la forme massive de son dos, un gros galet, un conglomérat de chair tellement compact que malgré la proximité physique on passe véritablement la nuit séparés. Entre nous des années-lumière de colonne vertébrale. Entre nous des mots tombés dans les draps, donc entre nous, rien.

Je prends ma troisième ligne de coke au douzième coup de minuit et c'est embêtant : mon téléphone vibre toutes les cinq secondes sous les rafales de textos, ma belle trace termine à moitié sur la table, galère.

Adrienne dit : Happy New Yeaaaaar !
Arnaud dit : Adrienne est déjà bourrée.
Gaël dit : Arnaud essaie de nous faire croire que lui n'est pas bourré.
Mon frère me poke.
Mes parents me souhaitent tout le meilleur.

Je suis encore trop contrariée pour répondre. Morten est resté ferme, sa bande de la Copenhagen Business School passe la soirée à Berlin et il profitera de son voyage pour passer la soirée avec eux. Je ne suis pas invitée. Surtout on ne déborde pas, surtout on ne se mélange pas. Ce mec baise sans capote mais danse superbement protégé. Normal. Alors j'ai appelé ma bande, mais même à Berlin, même entourée par une quinzaine d'amis surpris de me voir carburer à autre chose qu'à l'alcool, je passe ce réveillon dans une solitude parfaite. Au début j'ai voulu remplacer Morten par du champagne mais je savais que ce serait insuffisant : très bien, si je ne suis pas amoureuse alors je serai défoncée. Came naturelle ou came chimique, il y a toujours des solutions.

— Euh, tu es sûre que ça va ?
— Chagrin d'amour.
— Ton Danois bizarre ?
— Lui-même.

Depuis le début personne n'adhère à cette histoire, surtout les potes allemands. Avec Alexander on affichait un couple tellement sympa.

Dommage qu'amoureuse score plus haut que sympa dans mes priorités. Dommage que sympa ne défonce pas.

Je finis péniblement ma ligne et je rejoins le gros des troupes sur le balcon. On esquive quelques feux d'artifice hostiles. Neukölln sous les bombes, bâtiments moches, majorité turque, les gamins piaillent sur le bitume en allumant des siffleuses, des fusées, des feux de Bengale, des comètes et des étoiles filantes, quelle idée de passer une soirée pareille sans son amoureux, on devrait être ensemble et se prendre par la main selon la procédure n° 23 du nouvel an romantique.

L'air sent la poudre à m'en retourner l'estomac. La coke monte. Je ne sais pas résister aux feux d'artifice, ils me rappellent les 14 Juillet franchouillards. Nostalgie molle d'expatriée, on explosait des crapauds, on mangeait des barbes à papa. La coke assourdit l'absence de Morten, je respire un bon coup, allez, ce sera quand même une bonne soirée, les hommes sont des conjonctures, le bonheur se construit à l'arrache et à mains nues, retrousse tes manches camarade, retrousse tes jupes aussi, la nuit sera longue.

— On sort ? demande Sami – un voisin d'expatriation.

— Bien sûr qu'on sort.

— Il faut que je trouve une meuf.

J'observe le look des filles : un autre type de spectacle pyrotechnique. Et celui de mes copains franco-allemands : polo-jean, grosse parka pour affronter le froid berlinois, pas le moindre accessoire, aucun effort, mettre du déodorant déjà c'est le bout du monde.

— T'aurais peut-être pu te fringuer, Sami ?

— Hein ?

— Pour laisser une chance aux filles de te remarquer. Tu vas pas être seul sur les rangs, cette nuit.

— Mais pourquoi ?

J'ai envie de le secouer, de le gifler avec des mots et du pragmatisme. Hello ? As-tu une vague idée de l'énergie nécessaire pour désirer une personne qui refuse d'être désirable ? Mais je ne secoue rien d'autre que mes proches souvenirs : Morten enfilant une veste ajustée avant de filer, les cheveux coiffés pendant vingt minutes, le moindre détail choisi dans la précision, le sourire accroche-fille, un truc que les Scandinaves ont compris depuis longtemps mais pas les Français et encore moins les Allemands. Il a disparu vers dix-sept heures, ce grand garçon, élégant, trop élégant, pour aller regarder en streaming les vœux de la reine du Danemark sur les chaînes nationales, me laissant plantée chez moi dans mes leggings en skaï. À me demander si ces fameux amis d'études existent. À réfléchir : quelle probabilité qu'un Danois ait deux amantes à Berlin ?

Un peu plus tard il a envoyé un message pour dire : ça va, tout se passe bien, je pense à toi.

Moi aussi connard.

J'ignore dans quel quartier il a échoué, j'espère vaguement que par miracle nous terminerons au même endroit – tiens, quelle surprise, on est vraiment faits l'un pour l'autre !

Mais dans la queue de la boîte de nuit, c'est encore le même cirque et la même distance de Morten : des mecs habillés comme pour rester à la maison, qui se comportent comme s'ils n'étaient pas des objets d'évaluation, et qui dans quelques heures se demanderont sincèrement pourquoi ils rentrent seuls.

— Le problème c'est la différence de désir entre hommes et femmes, dit Sami.
— C'est du pipeau, ça.
— En attendant y'a pas une meuf qui me regarde ce soir.
— Alors écoute bien. Toutes ces nanas, là, toutes, elles veulent absolument baiser. Des envies, charnelles et sexuelles, les femmes en ont des kilomètres, et tu sais quoi ? Elles ne savent tout simplement pas où les poser.

— Je peux me sacrifier.

— Et pourquoi toi ? Il faut un support. Il faut un objet. Un homme-objet.

— Attends mais moi je fais l'objet autant qu'il le faudra. Je fais le gode.

Je voudrais lui fracasser la tête contre un mur pour lui apprendre l'anatomie.

— C'est pas un gode qu'on veut, c'est un vibro.

— Oui, OK, je ferai l'objet, la machine à laver si ça leur fait plaisir, programme long, programme court, je peux même faire séchage.

— Mais faire l'objet quand tu arrives au lit c'est une erreur de timing. Il fallait faire l'objet devant ton miroir, avant de sortir. C'est le nouvel an et tu ressembles à n'importe quel gars. Si tu ne fais pas d'efforts ce soir, pourquoi tu en ferais les autres jours ? Aucune femme ne veut rencontrer un mec qui ne fera pas d'efforts. Du coup tu vas rentrer tout seul et tu mourras dévoré par tes chiens.

— Merci de me casser ma soirée.

— De rien. L'amitié avant tout.

Je plaisante avec Sami mais quand les mecs disent qu'on a la vie facile, je voudrais les saigner : réérotiser un gars qui n'en a rien à foutre, jean-polo comme uniforme, ça demande de l'imagination, de la force, de la conviction, des fois on en pleurerait. Ils ont tellement de chance. On est généreuses. On plie la réalité pour eux. On reformate notre désir, pour eux, parce que si tu ne fantasmes pas très très dur, tu pourrais bien lâcher totalement ta libido. Tout ça pour quoi ?

Ce soir certains exhibent des débardeurs avec des aisselles qui débordent, des touffes massives aux allures de sombres éponges de mer : les désirer c'est un sport de combat. On n'est pas aidées.

Dans la file d'attente surchauffée les meufs ignorent les dragueurs, fières dans leurs dentelles et leurs doudounes, maquillées comme ta fiancée. Je dis à Sami :

— Tu vois, ce soir on a toutes fait le premier pas : enfiler des talons hauts.

— Et pourtant aucune ne me propose un verre.

— Parce que c'est ton tour de passer à l'action.

— Je ne vais pas enfiler de talons hauts, Maïa.

— D'accord mais tu aurais dû signifier, de n'importe quelle manière, l'ouverture de la chasse.

— Elles devraient bien savoir que la chasse ne ferme jamais.

— Bah vu comment tu les mates, j'imagine qu'elles vont finir par comprendre.

Le club berlinois nous enserre, bpm en bataille, au bord de l'écroulement – comme tous les clubs d'ici. Je porte une ceinture qui serre ma taille et bombe mes fesses – atomique. À deux crans du confort. Je porte un push-up qui me scie les épaules, des chaussures glissantes, un foulard étrangleur. Je porte les premiers pas que les mecs ne font jamais.

— Et puis t'es gentille avec ta rubrique fashion, reprend Sami, mais un mec qui joue le beau gosse, tout de suite il se fait traiter de pédé.

— Une meuf qui se prépare, tout de suite elle peut se faire violer. Même si elle ne se prépare pas, d'ailleurs. Alors arrête de pleurnicher et prends le risque. Même tarif pour tout le monde.

— Je vais surtout trouver une meuf au-dessus de tes conneries.

— Et probablement en dessous de tes standards.

— Va te faire foutre.

Parfois je me prends à rêver d'un complot des mâles, d'une internationale secrète où se décide le dumping esthétique. Oui, peut-être que les hommes s'interdisent mutuellement toute forme de tuning corporel afin que chacun ait ses chances dans la paresse la plus crasse. Peut-être qu'ils maintiennent sciemment le niveau au plus bas pendant que les femmes se maintiennent au plus haut : gagner une demi-heure par jour pour ses loisirs, et pécho quand même à la fin, bien joué les gars.

Le refus des hommes de se rendre un tout petit peu attirants, c'est un crachat à la gueule des femmes et oui, je le prends personnellement. Leur flemme c'est la preuve que l'avis des autres hommes est plus important que le mien – mais que malgré la bisexualité en embuscade, ils préfèrent quand même coucher avec moi. Ça veut dire que je suis assez bonne pour être baisée mais pas pour désirer, donc que mon corps vaut mieux que mon cerveau. Message parfaitement reçu, et parfaitement retourné. Je continuerai de baiser les mecs. Dans ce sens-là. Et uniquement ceux qui sortent du lot, ceux qui me jugent digne de les aimer, ceux qui ne s'imaginent pas que mon désir est cérébral, ceux qui ne se sentent pas obligés de choisir entre objet et sujet, ceux qui jouent dans toutes les catégories – en y prenant du plaisir. Je ne vais pas rester à être honorée par le désir des autres toute ma vie.

Ce soir comme trop souvent, si j'étais célibataire, je ne saurais pas qui baiser ou pourquoi. Heureusement je suis là pour danser et survoler les interactions, la coke me rend hors d'atteinte et puis j'ai mon iPhone pour passer le temps. Je regarde la météo du lendemain, mon Facebook, mes messages, mes e-mails, les sites d'information continue, il pourrait se passer n'importe quoi et les feux d'artifice peuvent bien continuer d'exploser : ça n'a plus aucune importance. Je me dissocie, grâce au téléphone je m'extrais de cette file d'attente glaciale et je rejoins les amis laissés en France ou en Belgique. Le temps perdu a disparu. La conversation impromptue aussi.

Je me souviens, petite fille, avoir rêvé d'une machine à se retirer du monde. Aujourd'hui elle existe et coûte sept cents euros. C'est donné.

— Tu restes encore un peu ? demande Sami après quelques râteaux.
— Je reste tant que j'ai de la coke.
— Il me faut une *wing-girl*.

Wing-girl : personne de sexe féminin servant de poisson-pilote pour l'homme-requin. Rabatteuse, présence rassurante et aiguillon à jalousie. Je connais le job.

— Je ne fais pas *wing-girl.*
— Pourquoi ?
— Parce que t'aurais dû te coiffer, et parce que je ne joue pas contre mon camp.

Ce n'est pas vrai : je fais *wing-girl* pour Arnaud, pour Gaël, pour tous les mecs qui méritent, ça m'occupe en soirée. Mais pas pour Sami. Alors je reprends un verre, je me suis juré de rentrer après Morten. Peut-être que ça le trompera et qu'il croira à une vie sociale extraordinaire – oh là là, t'as raté une soirée vraiment mortelle, c'était bien les vœux de ta reine, elle a quel âge, soixante-dix ans, woohoo, ça c'est sport, dis-moi ç'a dû être franchement passionnant ces retrouvailles avec tes potes !?

Peut-être même qu'après quelques lignes supplémentaires, je parviendrai à me convaincre moi-même.

Retour à Copenhague. Assise sur une chaise, les aventures du commissaire Wallander sur les genoux, j'observe. En bon produit de la culture luthérienne Morten ne peut pas se reposer, il faut toujours qu'il fasse quelque chose. Lire un livre ou écouter une émission de radio n'est pas considéré comme une action mais comme une autre forme de sommeil, regarder un film c'est limite. La fiction est autorisée quand elle apporte un savoir concret et réutilisable, par exemple sur l'histoire des girafes ou la guerre froide.

— Tu ne veux pas m'aider ? demande Morten avec un clou à la main.

— Deux minutes. Je crois que je sais qui est l'assassin.

— L'assassin peut attendre.

— Le cadre photo aussi.

— Le cadre photo est *réel*, par Satan !

Les Danois ont des jurons adorables et je reste fascinée par le mouvement perpétuel façon Morten : cuisiner pendant deux heures tous les soirs, faire la vaisselle, allumer les bougies, ouvrir une bonne bouteille, trouver une bonne musique, il faut toujours que tout soit parfait – commander une pizza serait un motif de rupture. Il ne reste aucun temps pour les loisirs. Les week-ends sont occupés par l'entretien de l'appartement, il déambule avec une perceuse, ponce comme je ferais un Sudoku, scie avec rage. Le genre de mec à vouloir un jardin, juste pour la masse infinie de boulot à venir. Il attend de moi que je participe à cette agitation constante, que j'adhère à des choses absurdes et mortifères comme le bricolage : après quelques heures à réparer des plinthes, sans parler pour ne pas déranger, je me sens comme dans un monastère ou plutôt comme dans une secte.

— Allez, viens m'aider !
— Attends, tu peux bien planter un clou tout seul.
— Le cadre ne serait pas *parfaitement* droit.

J'abandonne Wallander dans un soupir et m'exécute. Cadre épais de laque noire : sur la photo, Morten et moi sourions dans une pose très couple. Son bras décore mon épaule. On distingue mal, mais je crois apercevoir un bout de salade entre deux de mes dents.

Compétences acquises pendant ma relation avec Morten : réparer des plinthes, détruire des murs, refaire des murs, aménager une cuisine, rénover une cave, distinguer un Norvégien d'un Suédois (les seconds étant mieux coiffés et les premiers mieux pourvus en ossature du visage).

Situation dans laquelle les compétences ci-dessus pourraient être utilisées : déferlante de zombies spécifiquement norvégiens, nécessitant la construction express d'un abri solide et agrémenté de bougies.

Compétences acquises par Morten en ma compagnie : lire le début de la biographie de Steve Jobs.

Le plus souvent nous vivons à Copenhague. C'est ma manière de m'investir, comme si nous étions une start-up : je fais gonfler nos actifs en commun et je ne pense plus au moment de la revente. Tant pis pour ma vie parisienne et ma vie berlinoise, sur Morten je mets toutes mes billes, je veux y croire, et si c'était lui ? Et si je pouvais faire fructifier notre affaire pendant une vie entière ? On gère nos déplacements et nos frais comme dans le cadre d'une PME, on organise cette fusion binationale, l'acquisition se passe parfois dans la douleur mais j'ai vendu mon âme : amoureuse, demandant plus de parts pour y loger encore plus d'amour, lentement je trace mon chemin vers l'OPA.

Je me découvre un enthousiasme incroyable pour la culture danoise, je récupère un vélo rouillé, j'apprends suffisamment de vocabulaire pour comprendre comment faire des courses sans confondre le bœuf et le veau, je quadrille les zones aux noms folkloriques, Nørrebro, Østerbro, Vesterbro, Christianshavn, Frederiksberg Have.

Le matin Morten repousse son réveil de dix minutes. Puis dix minutes. Et encore dix minutes. Allez, les dix dernières minutes. Je le sens s'attacher comme si j'avais adopté un chaton – sauvagerie toujours présente mais en reflux. Parfois il se roule dans mes bras et demande :

— Apprends-moi le français.

Alors mon espoir gonfle et s'envole comme une grosse montgolfière : pour moi il s'investit, pour moi il prendrait le temps. Je crée une bulle jambon-beurre sous les draps, un cocon de chaleur, j'y entasse des mots simples et efficaces comme des mantras. Je lui répète :

— Hier, aujourd'hui, demain, jamais, toujours.

Il prononce :

— Ieeeer, auchoudoui, demaing, chamé, toujour.

Après cinq minutes il en a assez et tombe endormi, le français c'est compliqué, on ne fait rien comme tout le monde, finalement il la trouve assez chiante ma culture, et puis il faudrait qu'on arrête avec les terrasses. Il repousse le réveil de cinq minutes et je murmure :

— *I går, i dag, i morgen...*

Comme si ça pouvait inscrire notre histoire dans le temps.

Avec Morten je découvre l'altérité totale: non seulement l'impression d'avoir un oiseau exotique à la maison, mais l'obligation de me comporter de manière tout aussi exotique. Mes désirs de grands contrastes me reviennent en boomerang: on est tellement différents, on va s'entretuer. On a déjà commencé.

— Où sont les assiettes plates ?

— Je n'ai que des assiettes à soupe. Il faut que les objets soient optimisés et réutilisables, tu comprends, sinon c'est l'accumulation et tu perds le *hyggeligt.*

Hmm hmm. Je le regarde évoluer dans son appartement comme le représentant d'une tribu bizarre. Il semble incapable d'accomplir les choses les plus simples comme tout le monde.

— Et tes tasses, elles sont où ?

— Pas de tasses, je prends mon café dans des verres.

Dès que je touche à quelque chose le scandale gronde, assez rapidement je ne touche plus à rien. Le quotidien est réglé par un ensemble de sourates, aussi nombreuses qu'arbitraires, impossibles à appréhender. Il n'est pas autorisé d'aller dans un restaurant qui n'aurait pas de moulin à poivre en bois sur chaque table. Il est interdit de marcher dans toutes les rues piétonnes. Mes cheveux doivent sécher naturellement. Je n'ai pas le droit de changer de parfum. C'est drôle et contraignant, certainement pire que vivre avec ses parents. Plutôt comme vivre avec son surmoi.

— Mais pourquoi tu coupes les légumes avec le couteau à poisson ? demande-t-il.

— Je croyais que les objets devaient être flexibles dans l'optimisation.

— Mais pas les couteaux, enfin !

Je scrute Morten avec d'autant plus d'attention que je me dis avec gloutonnerie : voici à quoi ressemble quelqu'un qui menace de terminer multimillionnaire dans l'année, pour qui l'achat d'un voilier avant ses trente ans est une donnée acquise. Voici à quoi ressemble un superhéros de notre temps, un winner, un riche tout simplement. C'est quelqu'un qui ne se repose pas, pour qui chaque dîner constitue un événement, qui passe trois heures à rédiger un e-mail, qui réfléchit à tout, qui met son réveil le dimanche, qui travaille jusqu'à quatre heures du matin, qui manipule tous les détails sans perdre de vue la globalité, qui en bave. Qui mérite, quelque part. Face à lui je peux hésiter entre admiration et mépris pendant des heures, fascinée de ne pas arriver à trancher, ai-je affaire à la personne la plus incroyable du monde, ou à la plus pathétique ? Je remarque au passage que pour une féministe, je fais les choix les plus classiques : un homme rassurant, qui maîtrise toutes les facettes de la virilité façon années 50. Qui prend en charge.

— Pourquoi tu cuisines près de l'évier ? Mets-toi sur le plan de travail.

— Hé, du calme, je te prépare un burger !

— Oui mais tu le prépares mal.

Quel casse-couilles. Des fois je voudrais l'appeler maman, mais voilà, nous vivons sur son terrain – son appartement qu'il veut me voir investir, ses bureaux où j'écris mes articles, sa famille le dimanche soir, sa langue comme environnement, ses amis comme entourage. Il vient rarement me voir à Berlin depuis que j'y ai craché mes sentiments, il doit croire qu'il s'agissait d'une pulsion géographique. Alors je n'y mets plus les pieds.

Je voudrais qu'on s'aime comme on se le doit mutuellement. Je voudrais qu'on reste toujours dans la répétition des dix minutes d'adoration matinale.

Mais ça coince.

— Tu manques d'ambition, dit Morten. Il faut viser la perfection ou rien.

— Il est vingt-deux heures, lumière de mes nuits. Je vise qu'on mange avant quatre heures du matin.

— Il fallait commencer plus tôt, alors.

— Il fallait prendre une femme au foyer, alors.

— Ouais enfin, tes quelques articles...

Ce n'est qu'un début. Je dois changer de dentifrice, de shampoing, de gel douche, de vêtements, d'amis, de manière de parler, la femme idéale paraît inatteignable alors que moi, sous la torture, sous n'importe quelle torture, je ne modifierais pas Morten d'une virgule. Il dit que je suis un tout petit peu grosse, juste les fesses. Que mon odeur est un tout petit peu bizarre. Je repense à notre première soirée dans cet appartement : la mèche de cheveux qui ne convient pas.

J'y suis presque mais je ne conviens pas. J'y suis presque mais il m'aime trop peu.

Alors il attaque. Tout le temps. Il attaque sur le terrain domestique, sur le détail qui tue, sur la personne que je devrais être. Je cède parce que ses exigences arrivent avec la brutalité et le rythme de mitraillettes : pour conserver une position j'en lâche dix, quitte à terminer à poil, je perds la partie. On se bat culture contre culture, harcèlement viking contre réflexes d'empire, insularité contre rayonnement. Habitude contre habitude. Dans la capitulation nous rejouons indéfiniment le traité de Saint-Clair-sur-Epte. C'est ma première relation conflictuelle.

Morten ne me prend pas comme je suis. À la rigueur c'est normal : quand tu es une femme, la société ne te prend jamais comme tu es.

Je réalise que nous vivons un amour ultraconditionnel, mais je me répète intérieurement : allez, ce mec assure, quand même. Je suis vernie. On peut m'envier, sur Facebook je fais des jalouses. Et puis je ne vaux pas mieux que lui : je l'aime à condition qu'il continue à m'occuper l'esprit, qu'il continue à se rendre adorable et insupportable, lui m'aime tant que je deviens une autre et que le vernis ne s'écaille pas trop. L'amour comme check-list à remplir : il m'aime si.

Si je cuisine, si l'appartement est rangé, si ma carrière progresse, si je pense à acheter des fleurs et à allumer les bougies, si mes cheveux sentent bon, si j'ai pris deux douches, si je prétends vouloir faire l'amour.

Je l'aime quand il arrête de faire la gueule, quand il pose la tête sur mes genoux et qu'il refuse de me laisser sortir du lit.

Ça peut tenir, dans l'inconfort. Nous sommes des étrangers l'un pour l'autre, radicalement, incapables de nous comprendre, incapables d'arrêter d'essayer. Je m'endors en regardant l'hôtel Euroglobe, de l'autre côté de la rue, un trou miteux mais qui me fascine. Je dorlote l'idée d'y prendre une chambre, de m'inventer une issue. Mais Morten c'est tout ou rien, je ne peux pas opérer un pas de côté, je perdrais la mise et la misère, et puis je suis amoureuse.

Certains jours, pendant quelques secondes paumées entre deux tâches domestiques, je regarde par la fenêtre les nuages fouettés, dispersés, écrasés. Sous un vent pareil c'est normal de mépriser le compromis : tu plies, tu meurs. La semaine dernière nous sommes partis en Israël, nos premières vacances de quasi-couple. Dans l'avion Morten a pris le hublot, me laissant encastrée entre deux coudes. Ensuite il a posé son café sur ma tablette, pour dégager la sienne et m'embarrasser à sa place. Tout le couple réduit en un geste : qui utilise la tablette de l'autre.

Quand j'ai découvert qu'il était plus égoïste que moi, j'en suis restée estomaquée. Normalement ça n'arrive pas.

Il n'a toujours pas dit qu'il m'aimait, ce qui fait maintenant trois semaines de retard. C'est ça, le vrai problème. Je peux cuisiner à peu près n'importe quel burger, avec n'importe quel couteau, sur n'importe quel plan de travail, mais je demande un retour sur investissement.

— Tu reviens souvent à Paris en ce moment, remarque Gaël. Ça se passe mal avec ton Danois ?

— Tu ne préfères pas qu'on bosse ?

— T'es pas concentrée.

Je soupire, souris à sa tête de grand Belge, souris aux dessins accumulés sur sa table de travail, des histoires médiévales et charmantes, un ciel toujours bleu et des ombres portées. Morten plein ma tête. Morten partout, en permanence, exactement comme pendant la phase de masturbation, mais avec la réalité en prime – mon imperfection, nos incompréhensions. C'est difficile d'aimer dans ces conditions mais je n'en démords pas : j'aurai mon crash. Il suffit de ne pas se décourager. J'entraîne mon amour comme un muscle, j'y enfouis une énergie d'athlète. Je transpire cet amour. J'en fais des statistiques, est-ce que nous sommes en phase ascendante ou descendante ? Chaque jour je l'apprécie davantage et chaque jour j'essaie de me rappeler de garder quelques distances : forcément côté boulot, je perds du terrain.

— Je suis parfaitement concentrée.

— T'as tes sentiments en travers.

— Pas du tout. Et puis les sentiments ne sont pas des vaches sacrées. On peut les contrôler.
— Je ne te savais pas moine bouddhiste.
— Faut juste lâcher prise.

Lâcher prise. Le story-board déroulé sous mes yeux n'est qu'une extension de Morten, je le reconnais dans chacun des personnages, la partie amoureuse du scénario me contrarie, je préfère les scènes d'action, cape et épée, moins de danger dans le sang répandu que dans celui qui s'échauffe.

— On peut contrôler les sentiments mais pas les personnes, dit Gaël.
— Non, pas les personnes.
— Et pas ton Danois.

Je rature un ensemble d'images. Les incohérences me choquent sur papier et me nourrissent hors boulot. Je pense à Morten et nie Morten.

— Mon Danois reste un vecteur, tu sais. Les gens n'ont pas tant d'importance.

C'est ce que je me raconte pour survivre : que l'amour transporte, OK, mais les avions aussi – et je n'en fais pas toute une histoire. Je rationalise pour survivre : comment m'analyser, comment observer mes niveaux de dépendance à Morten, comment m'exposer à des doses de présence masculine parfaites pour apprécier la vie ensemble sans avoir envie de se massacrer à coups de couteau à poisson. Je voudrais me maintenir à l'équilibre entre obsession et liberté, comme sur une barre fixe, et ce jeu de présence-absence n'est possible qu'en remettant à leur place l'orgasme et l'amour – sous contrôle du raisonnement, loin des hystéries collectives.

— Le problème, Gaël, c'est ton découpage.
— Je sais.
— Ta fin est trop abrupte. Il faudrait passer d'un 46 à un 54 pages, et encore, en resserrant.
— Ils ne me donneront jamais le budget.
— Alors il faut couper. Couper c'est toujours bien.

La passion amoureuse a été disséquée dans des kilomètres de revues scientifiques. Pas de papillons ni de coups de foudre : comme par hasard Morten vient d'un milieu social comparable au mien, nous communiquons d'une classe moyenne à une autre, d'une banlieue à une autre, bons modèles d'endogamie. On pourrait balancer nos données personnelles dans un algorithme à reproduction sociale.

— Tu ne crois pas que tu devrais couper, toi ? demande Gaël en rangeant son story-board.
— Pourquoi ?
— On n'arrive pas trop à comprendre ce que tu fais exactement, et puis t'as lâché Facebook.

Les scientifiques déprimants qui occupent mes journées observent qu'on tombe toujours amoureux de ce qu'on a déjà, même et surtout quand on fait un mauvais choix. Morten je l'ai choisi comme toujours, essentiellement par contraste avec mes ex, réaffinant mes besoins à chaque fin de relation. Je voulais un mec qui ne se repose pas sur ses lauriers : banco. Morten ne se repose jamais, sur rien et certainement pas sur moi. Parce qu'Alexander a été trop sympa, il me faut sans doute un chieur de première catégorie. Parce que Mads était blond et doux, je me suis jetée sur le brun brutal. Parce que je suis restée si longtemps avec un timide, je ne sors qu'avec des arrogances surdimensionnées. Mais Gaël a raison. Les arguments qui m'ont poussée vers Morten sont aussi les raisons qui pourraient me faire partir.

— Ne t'inquiète pas pour moi et remontre-moi la fin de ton histoire.

— On s'inquiète tous.

— Ta femme va bien ?

— Arrête.

— Arrête, toi. Je couperai s'il le faut mais pour cette relation j'ai un gros budget, ce ne sera pas un 54 pages. Peut-être un 54 ans.

— Pour commencer, il faudrait peut-être qu'il tombe amoureux de toi.

— *Work in progress.*

— Et tu vas t'y prendre comment ?

— Comme avec ton scénario. J'applique des techniques.

Hormones et sociologie, chimie émotionnelle et contrôle total – une connaissance des sentiments comme un vautour qui plane. Rien d'autre ne libère. On ne peut pas se planquer derrière son ignorance aujourd'hui : si l'amour occupe le centre de nos vies et qu'on ne fait pas l'effort dérisoire de s'y intéresser, alors on mérite de se planter. Si Morten occupe le centre de mes pensées et que je n'arrive pas à gérer mes frustrations, alors j'aurais dû rester à Berlin. Mais je ne veux ni rentrer – dans quelle maison ? Ni le perdre, ni me perdre, ni me planter. En bonne athlète j'ai le sens de la compétition, niveau : international. Mes sentiments : à la fois adversaires et coéquipiers.

— Tu es exaspérante, dit Gaël.
— Heureusement que mes amis sont formidables.
— Je t'offre un verre ?

Je pourrais tomber dans ses bras.

Le bon couteau. Aubergines, courgettes, oignons, poivrons, en rondelles soigneusement entreposées, répandre un peu de miel et de fromage de chèvre, noyer d'huile d'olive et enfourner pendant longtemps. Le tian provençal à la recette trouvée sur Internet, romarin, basilic, thym, le Vaucluse me manque, des étés passés dans la garrigue à boulotter des figues. Je regarde le plat à gratin, les lamelles qui se cassent la gueule – ce ne sera pas parfait, le sud de la France à l'est du Danemark ça ne fonctionne pas.

Je pose les tomates sur ma table de travail, France Inter boucle les news, Jean-Paul II béatifié, Ben Laden décédé, deux points pour l'Occident et pendant ce temps on oublie le miniconflit France-Danemark. Le chantier du monde et celui des tomates.

Mon sang coule sur les pépins. Sérieuse entaille, aucune douleur, seulement la frustration parce qu'une fois encore j'ai mal fait – manque de persévérance. Morten avait raison, à force de multitasker, d'écouter la radio en permanence, je zappe l'essentiel. J'aurais dû traiter ces légumes à la danoise, avec mon attention entière, des légumes sérieux, des légumes sur piédestal. J'aurais dû céder mais voilà, je cède déjà sur presque tout, des fois il faut me laisser faire mes conneries. Je ne suis pas un robot. Pas encore. Mais je deviens un robot, lentement, parce que je suis persuadée que Morten en vaut la peine : on ne lâche pas sans excellentes raisons un homme *bien sous tous rapports*, puissant, ambitieux, cohérent.

Sur ses épaules je pourrais construire une cathédrale. Sur les miennes, on ne poserait plus une allumette.

Je cède parce que je sais qu'il vaut mieux que cette femme maladroite, gourmande et dissipée, une arrogante Française venue d'un peuple d'arrogants. Je cède parce que malgré les dents des cougars, la jeunesse reste la valeur supérieure. Morten a six ans de moins que moi, des réussites professionnelles, une vie autonome, aucun manque à combler. Évidemment que je le laisse gagner. Le partenaire à la hauteur s'est mué en adversaire au-dessus de ma hauteur. Plus têtu que moi, une personnalité à écraser des tanks, il pense avoir toujours raison. La relation dégénère. Le choix du terrain, Copenhague, ne me facilite pas la tâche. On ne peut pas imposer ses règles quand on n'a pas les clefs de l'appartement, quoi qu'en disent les ravies du foyer.

Je ne sais pas où Morten range les pansements.

On pourrait s'arrêter là. J'y pense souvent. Je pourrais classer son sourire dans la boîte à souvenirs, dans les moments de grâce, oublier l'épisode danois en me jetant à cerveau perdu dans des activités lobotomisantes comme passer l'aspirateur ou déclarer mes impôts. Les boîtes de conserve me manquent. Les chocolats d'Alexander, les boîtes enrubannées contenant douze constructions différentes – ganache, caramel, crème.

Je ne me sens pas obligée de rester quand la sauce ne prend pas et que je coupe mon annulaire. Je pourrais partir sans regret parce que je ne regrette aucun coup de cœur, aucune situation glissante, aucun épisode de tension sexuelle sans dénouement, aucune rupture. Sans blague : je ne regrette même pas mes râteaux. Alors pour Morten, rien ne me force à regarder la fin du film. D'autant que la comédie romantique prend des airs de navet. Pourquoi m'aime-t-il comme un Danois, pourquoi faut-il que je bataille à ce point ?

L'Euroglobe toujours, de l'autre côté de la fenêtre. Il suffirait de mettre un pied dehors – et de passer par la pharmacie.

Pourtant je reste, excédée, je cède et surcède. Parce que je crois toujours que je vais gagner. Parce que je veux ma dose, massive, de cette came de qualité dont il a le secret : pas mal de conflit, pas mal de passion, des récifs amoureux aux antipodes de son pays éparpillé sur la mer. Je donne tout mais pour recevoir tout. C'est pour ça qu'il doit dire qu'il m'aime.

Summer house dans le Jutland, service à thé imprimé de roses sauvages, la bouteille d'aquavit entre deux épaisses bougies blanches. Au Danemark les bougies vont toujours par deux. Les disharmonies, les asymétries : des trucs de Méditerranéens.

— En quoi consiste exactement ce travail ? demande la mère de Morten entre deux parts de layer cake – le gâteau traditionnel danois, servi aux anniversaires.

— Oh, vous savez, je rends surtout intelligibles des publications scientifiques sur le couple et les relations réussies.

Choses que je passe sous silence parce que Morten arrêterait de m'aimer : mes expérimentations comme critique porno, les cours de fellation sur la rue Saint-Denis, les soirées sadomasochistes de Paris, Londres et Berlin, les soirées échangistes, cet handicapé qui se vantait d'inspirer la pitié pour mieux mettre les filles dans son lit, ce fétichiste des pieds masculins qui écrase des vers de terre dans des vidéos sur Internet, ces forums ultraspécialisés sur les amputées, les kilomètres de sex-toys, la tenue Zentaï aux couleurs de l'Allemagne dans ma penderie, la jupe en latex cousue par un lecteur, le string offert par une lectrice, la tenue d'infirmière en vinyle, le costume de militaire sexy, les culottes ouvertes, la jupe totalement transparente, les deux corsets, les tonnes de chaussures avec lesquelles je n'arriverai jamais à marcher mais qui me servent à faire l'amour, mes tentatives de prostitution pour pouvoir discuter avec les clients, les salons du sexe, les discussions avec les concepteurs de donjons SM, ce flic qui aimait me lécher les pieds, mon affection pour le porno de femmes et les soirées lesbiennes, mes improvisations comme dominatrice – mais les mecs étaient trop soumis et ça m'a ennuyée.

J'ai pris des cours de burlesque, de pole dance et de strip-tease. Trois cents euros par niveau. À ma mère j'ai tenté de faire croire que c'était par goût individuel super autonome, j'ai juré que je prenais le pouvoir en contrôlant l'œil masculin, en définissant le lieu et l'heure de l'exhibition, j'ai défendu mon minishort de toutes mes forces. Mais je ne suis même pas arrivée à me convaincre moi-même, avec mes grands discours d'*empowerment*, avec mon attirail idéologique qui se casse la gueule – troisième vague, tu prends l'eau.

La vérité c'est que je voulais me rendre plus désirable, me pointer à une soirée et dire avec nonchalance : « Oh, moi ? J'ai arrêté le cyclisme aquatique pour les cours de pole dance, ça muscle mieux les triceps » – et forcément les mecs se seraient répandus comme des nénuphars sous mes pieds. Bon, ce n'est jamais arrivé. Ils sont plutôt partis en courant.

Une femme sexuée perd de sa valeur. Il ne faut pas s'étonner que je mente et que je reprenne des boulettes aux poireaux plutôt que de répondre précisément. Ma richesse est un champ de râteaux.

— J'ai cru comprendre qu'il s'agissait également de sexualité, dit la mère de Morten.

— Oui, ça peut arriver.

Les parents me donnent de l'aquavit et je souris. Ils me posent des questions et je souris. On regarde le jardin et je souris. Ils fouinent mon passé et je souris. Je fais la vaisselle et je souris.

Je ne vais pas leur expliquer que le sexe des magazines c'est Disneyland, que je ne suis payée qu'à condition de prétendre que tout va bien – pour moi, parce que je sers d'exemple, et pour la société, parce que personne ne s'intéresse réellement à la sexualité. Les positions, oui. La lingerie, oui. Les sex-toys, oui. Mais pas la sexualité.

Devant mon ordinateur, tous les jours, je reproduis le discours sympa qui veut qu'on soit vraiment libre de baiser comme et quand on veut. Je dois les rassurer, mes lecteurs. Sans parler de mes patrons. Si je leur racontais comme la fellation 2012 ressemble à la fellation 1912, je me ferais virer.

— Je travaille dans le divertissement. Pour des consommateurs, pas pour des expérimentateurs. Considérez que je suis journaliste beauté – c'est pareil.

— C'est pessimiste.

— Vous savez, ma génération a lâché le sexe depuis longtemps.

Je suis sexperte depuis dix ans et toujours incertaine de m'intéresser à mon sujet. Je crois que nous tous, les vingtenaires et les trentenaires, les accros au porno et les grands noceurs, on est trop connectés au monde et trop déconnectés de nous-mêmes. On n'a plus de rapport au corps.

Mais ça ne nous manque pas, alors je reprends un petit gâteau. En souriant.

Hall des expositions de Copenhague, à deux pas du fameux restaurant Noma sur Christianshavn. D'immenses bannières couleur horizon pendent depuis un complexe enchevêtrement de tubes et de plaques métalliques : *Start-Up Awards 2011.*

Depuis les quais à l'extérieur du bâtiment, on peut admirer le cube anthracite de l'Opéra et le cul des touristes anglais chargés au couple Tuborg-Carlsberg, qui passent à péniche en hurlant des obscénités – l'un d'eux a sauté dans le fleuve, mauvaise, très mauvaise idée.

Quelques pas à l'intérieur, dans le monde des start-up, on pourrait croire à une convention de T-shirts. Concerto n° 4 pour hypocrites, c'est à qui paraîtra le plus détendu.

Morten serre des kilomètres de paluches pendant que j'arpente le buffet de long en large, c'est hallucinant ce qu'on peut faire tenir sur des minibrochettes. De temps en temps je salue des connaissances – Mads, Nathalie, Michael, Jesper, un paquet de garçons croisés en *networking-party* et dont j'ai oublié le nom. Milieu presque unisexe, donc sexe omniprésent. Morten vient poser une main sur mes fesses et murmure :

— C'est ma journée, on va tous les bouffer.

— Commence par essayer leurs minisandwichs à la crevette, ils sont délicieux.

— Les remises de prix vont commencer. Prends une bouteille de champagne, on en aura besoin.

J'enfourne la cuvée la plus prometteuse dans mon sac et je le rejoins dans les gradins de la salle principale, accumulation de chaises surmontées d'une accumulation de T-shirts, des cheveux courts et des smartphones, bienvenue chez les bioniques. Morten et ses différentes équipes sont déjà installés, tout proches de la scène, sur le bord, prêts à bondir. Je pense au péché d'orgueil et que toutes ces dents longues brûleront en enfer.

Sauf qu'effectivement ils bondissent.

Pas même le temps de sortir mon polar islandais de ma poche, pas même le temps d'un meurtre que Morten se lève, me renversant presque au passage, me bousculant avec un rire de fauve. Je le regarde s'éloigner, stupéfaite, T-shirt marine fendu aux flancs par une unique couture blanche. Il ignore les marches menant à la scène et saute directement en direction du pupitre. J'en lâche mon sac, je me tourne vers Jesper :

— Attends, vous avez gagné un prix ?

— Meilleure campagne de *web-advertisement* 2011. T'aurais pu écouter les annonces.

— Je ne parle pas danois.

— Comme la moitié des personnes présentes. Ils ont parlé anglais.

Je reste ahurie. Morten sur scène sous les hourras, recevant un bouquet de fleurs taille sous-marin soviétique et une plaque honorifique. Ses employés applaudissent et scandent des slogans, ses contacts prennent des notes, quelques personnes tirent la gueule.

— C'était quelle campagne ?
— Je pensais que tu t'en souviendrais, ricane Jesper. Grosse marque de bonbons.

Je finis par me souvenir d'un vague projet en coopération avec une université finlandaise, un jeu en ligne mettant en scène un vaisseau spatial destructeur de code HTML. Ah bon ? C'était une campagne extraordinaire ?

Sur scène Morten ne lâche plus son micro.

— Merci à tous pour ce prix, c'est important pour nos teams... et ce n'est qu'un début. Je le dis à nos concurrents, parce que l'émulation nous rend meilleurs : il va falloir compter sérieusement avec nous si vous voulez garder vos contrats. Vous êtes prévenus ! On va vous bouffer !

Je peux entendre, dans mon dos, les rires des concurrents. Saccadés.

Morten saute de l'estrade en brandissant la plaque, revient vers notre rangée et me fourre le bouquet dans les bras :

— Et ça, c'est pour te remercier, toi.

Œillets et roses, quelques branchages non identifiés, je ne suis pas certaine d'avoir tout compris, pas certaine d'avoir bien évalué la personne qui partage mes nuits. Cet inconnu à succès m'attrape par le cou, plante un baiser sur ma joue en ronronnant une sucrerie verbale – mais ses yeux restent fixés sur la scène, la scène, la scène.

Il gagnera deux autres prix, je rentrerai sur un vélo chargé de fleurs – pédaler fort pour une relation qui rame. À chaque intersection, un peu mieux convaincue qu'il est temps que ce garçon m'aime.

Dans le langage des hommes, conquérir consiste à coucher. C'est-à-dire que la conquête est pour eux une activité vaginale – ça en dit long sur le respect qu'ils portent à l'hémisphère supérieur de notre personne. Ils estiment qu'ils possèdent les femmes, une idée hilarante. Ils considèrent qu'une molécule d'eux-mêmes restera pour toujours en nous – encore plus hilarant.

Petits joueurs. C'est terrible, ce manque d'ambition.

Une conquête commence avec la prise du pénis – commence, seulement. Ensuite viendra tout le reste, la reconquête permanente, la sécurisation des acquis, la gestion des sentiments, l'occupation des sols, l'accès aux finances, le pillage constant de l'autre, le verrouillage par la parentalité, jusqu'au vieillissement qui permet de se reposer un peu.

Une conquête se termine par la mort de l'autre, quand on lui tient la main. Il n'y a pas d'autre victoire, quand on se considère comme une chasseuse sérieuse.

Pendant cette relation j'ai abattu mes cartes en premier. Celles du désir, désormais celles de l'amour.

J'avance avec rigueur. L'espace de Morten commence à m'appartenir – les bouquets des *Start-Up Awards*, bien sûr, mais je voudrais mon nom sur sa boîte aux lettres. Peut-être son nom tout court.

— Est-ce que tu m'aimes ? je demande entre deux coups d'éponge.

Tant qu'il ne l'aura pas verbalisée, la relation restera virtuelle. Ce sont les mots qui font exister les sentiments, on performe, on reforme. Je ne peux pas forcer Morten mais je peux refuser de répondre au téléphone, passive-agressive, un peu perverse, allez, les mecs aiment ça. Je peux faire la grande blessée, bloquer les voies de retraite.

Je ne me suis jamais autant battue pour quelqu'un, mais je n'ai jamais rencontré quelqu'un qui vaille autant la peine de se battre. Alexander avec sa guitare répond à Morten défiant les pontes de la publicité – des hommes de scène, des hommes-trophées, d'autres vies par procuration. Je ne serai jamais une rock star. Ils ne seront jamais journalistes. Pourvu qu'on s'agrippe suffisamment.

Morten lâche son couteau de cuisine, regarde partout sauf dans ma direction. Je relance ma question parce que même s'il l'ignore encore, je suis plutôt carrée en guérilla. Il faut un caractère bien particulier pour accepter de se faire voler son hublot : la capacité à se couler dans les interstices, en toute minéralité. Je l'aurai, le hublot, de plein gré, sans même demander. Question de patience.

Lance tes tanks, Morten, je saperai tes fondations avec des pierres et du sable.

— Est-ce que tu m'aimes ?

Mes déclarations sont recyclables, recyclées et lessivées, et pourtant à chaque nouvel amant je les prononce avec plus de conviction. Mes sentiments de seconde main se bonifient. J'espère que Morten peut comprendre ça, lui qui n'a jamais prononcé ces mots, pour personne, lui qui participe d'un système où la nouveauté prime parce qu'il faut bien vendre quelque chose. Moi, je me suis déjà vendue. J'en suis sortie grandie. Peut-il me croire ? Peut-il adhérer à l'ancien monde dans lequel j'ai grandi ? Ces six années d'écart entre nous : un gouffre entre *digital natives* et *early adopters*, entre Y et X.

Morten tente une esquive banale sur l'inutilité de mettre des mots sur une relation, mais on n'a plus quinze ans et puis on est diplômés. Sa réaction me désole, sa lâcheté aussi. Je vais devoir l'entailler.

Devant l'évier j'interprète la femme pudique et travailleuse, je recommence à passer l'éponge, je gratte avec persistance un plat couvert de graisse séchée, je prépare l'attaque, ni vue ni connue, je compte quelques minutes en pensant à des choses vraiment tristes – donc vraiment égoïstes. Quand il s'imagine que la discussion est terminée, qu'un silence pourra éternellement le tirer d'affaire, je me mets à pleurer en silence – des pleurs dignes qui ne rougissent pas le nez, de la douleur photogénique, des petites perles de contrariété qui scintillent. Pas des fausses larmes : seul le timing est mensonger. Depuis plusieurs jours je suis claquée, ses demandes incessantes et les lumières de l'Euroglobe m'empêchent de dormir, j'aurais cédé à un moment ou à un autre, il suffisait de cibler l'utilisation efficace – veuillez lire le mode d'emploi avant de pleurnicher.

La commodité des larmes, c'est qu'on peut les garder pour frapper quand il faut. Je m'en fais des petits réservoirs en cas de besoin. Des munitions.

J'ai le droit d'utiliser cette arme aussi. J'ai le droit parce que je ne suis pas sur mon terrain et que je fais comme je peux. Ce sont les hommes qui ont donné les clefs pour qu'on leur arrache l'âme.

Au premier reniflement Morten accourt pour me protéger, il me caresse les cheveux parfumés avec son shampoing préféré, je lui dis que ça va. Et de fait ça va parfaitement bien, je regrette juste de devoir en arriver là. Combien de fois a-t-on dîné avec ses parents ou ses amis d'enfance ? Allez, évidemment qu'il m'aime. J'ai plus qu'un pied dans la porte, et mes chevilles sont larges.

— C'est à cause de ce que j'ai dit ? il demande.
— Non, c'est rien. Je suis juste fatiguée.

On fait tous les deux semblant de ne pas savoir ce qui est en train de se produire.

— Tu sais que tu ne serais pas ici s'il n'y avait rien entre nous...

— Je sais, je sais. Je suis juste déçue quand même.

J'aimerais qu'il ne me force pas à le poignarder. J'aimerais qu'il soit plus rapide et qu'on puisse en finir, valider les choses. Les hommes ont du mal à résister aux larmes et là, je pourrais me mettre à sangloter, à vraiment ne plus lui laisser le choix. Je pourrais lui passer le cœur à l'essoreuse, le trancher en lamelles, le débiter, comme à l'étal de boucher, je pourrais lui créer un mauvais souvenir, imprimer une marque cruelle. Et je préférerais éviter parce que je l'aime, même si ce sentiment exige que je lui pénètre le cerveau.

Je ne suis pas en train de prendre ma revanche. Je suis en train de le prendre, lui. Et à travers lui, tous ces hommes qui disent qu'on est belle quand on est vulnérable. Tous ces hommes qui disent qu'ils aiment les femmes et qui aiment en fait les licornes, les fées, les monstres invisibles en lesquels ils nous ont transformées. On est devenues tellement bonnes techniciennes de féminité, vraiment, techniciennes de surface : maîtriser sa fragilité dans un univers où triomphe l'esthétique de la fragilité, c'est créer de la torsion avec des fibres d'acier. Je tords Morten, y compris physiquement, il s'enroule autour de moi comme autour d'un tuteur. Je me tiens droite et lui s'adapte – enfin – à mes contours.

Ce sont les hommes qui nous font femmes, ce sont eux qui le regretteront. Je suis une femme et vraiment, vous allez me le payer.

Je fais attention à ce que mes larmes passent à travers le T-shirt de Morten, qu'il sente comme je suis lacrymalement impeccable. L'instinct de conservation finit par le sauver du désastre.

— Tu sais très bien que je t'aime, murmure-t-il en me serrant fort.

On reste là, encastrés comme après un accident de voiture. C'est un accident de sentiment.

Était-ce si compliqué, franchement ? Je veux juste être aimée, je le mérite, je suis parfumée.

Sur ma liste des choses à obtenir de Morten, je coche le deuxième élément : devenir sa copine. Au passage je crée un précédent : l'avoir mis à genoux en trois minutes. Il n'oubliera pas. Il était temps qu'il ait peur.

Prochaine étape de la *to-do list* : investir officiellement son appartement, un rez-de-chaussée gonflé par une énorme hauteur sous plafond, des matières nobles, des meubles anciens et délicats façon magazine de déco, dans une rue calme et charmante. Habiter chez son dealer est le rêve de toute droguée. Comment ne serais-je pas séduite ?

Mais il y a plus urgent. Maintenant que j'ai sécurisé le plan A, il faut que je dégote un plan B, petit ami de secours comme une bouée de sauvetage.

Pas de temps morts dans ma conquête : mon armée a besoin de points de chute. Parce que j'ai peur de souffrir et d'être seule et que pour contrer ma terreur de l'abandon, je ferais n'importe quoi.

Il s'appelle Boris, dents parfaitement alignées sur abdominaux slaves, clavicules et tendons en position optimale. Des verticales et des horizontales. Ce mec est une grille, ça me rassure. Au bureau de StarDust, sur cette fameuse place du Roi qu'a investie Morten, nous travaillons. À quelques mètres l'un de l'autre. Il suffit de pencher la tête pour que nos regards se croisent, un miniphénomène qui se produit trop souvent, sourires volés et complicités numériques : il installe des applications sur mon téléphone pour les tester, je lui demande conseil pour mes solutions de stockage de données.

Sa dernière création s'appelle FollowMe, elle permet de tenir un journal intime automatique. Ça signifie que Boris peut connaître en permanence ma position. J'essaie de trouver ça flippant et je n'y arrive pas : je n'ai strictement rien à cacher. J'aurais pu vivre sous n'importe quelle tyrannie, je sors d'années de transparence totale, pas béate mais acceptée parce que c'est comme ça – pour tout le monde. Il suffit de n'avoir aucun secret pour devenir instantanément protégée, furtive d'une nouvelle manière – vide.

Parfois Boris et moi filons ensemble au club de sport Fitness World, où nous prétendons ne pas nous observer. Je connais déjà ses forces et ses failles, les mouvements qui coincent et les puissances retenues.

Ce soir Morten est parti escalader des murs, alors j'ai invité Boris à boire des bières dans un bar à cuite. Je n'en peux plus des établissements chic et des cocktails millimétrés.

On se pose sur des tabourets en cuir lacéré, les coudes dans les traces des clients précédents, le visage assassiné par la lumière pluvieuse. Boris est joli quand même, menton pointu et mains délicates, biceps en évidence.

Depuis quelque temps nous sommes confidents : une bonne solution quand on ne peut pas coucher ensemble. On ressemble à un couple, on complote, inclinés l'un vers l'autre, le serveur nous fout une paix royale. Les bières dégueulasses s'enchaînent, on parle de Moscou, de Sienne et de bortsch, de la fraîcheur des Danois, des expatriations dont on ne revient jamais, de stratégies au poker, de Steve Jobs, puis finalement on parle de Morten et je fais passer les informations essentielles – je suis amoureuse, j'en vois de toutes les couleurs. On se rapproche. La tête qui se touche presque. Je dessine des arabesques sur le bar, mon doigt trempé de bière. Boris embraye, il me parle de cette fille dont il est amoureux mais qui a déjà un petit ami, je lui demande des détails, je l'interroge, on crée un bloc d'intimité dans la poussière, je le cuisine, c'est quoi ton type de femme ?

— Petite, blonde, mince, souriante.

Comme moi, du moins comme l'incarnation en cours de moi-même – cette blonde décidée par Morten. On se regarde par-dessus nos verres, savourant le moment d'incertitude où il faudrait s'embrasser pour confirmer les attractions. Mais c'est d'un plan B dont j'ai besoin, pas d'un amant, et le premier investisseur de l'entreprise de Boris est justement Morten. Les forces s'équilibrent : rien de possible pour le moment, mais on peut se garder mutuellement au chaud pour les moments convexes.

Avec lui je pourrais vivre une histoire facile. Il a le tempérament horizontal des mecs-sofas. Il n'exigerait rien, il me tromperait vite, ce serait idéal pour un rebond. J'ai déjà entassé pas mal d'hommes confortables dans mes phases d'hibernation, des hommes mous et sympathiques, qui ne savent pas quoi faire après, des suiveurs, qui iront voir le film qui m'intéresse. Et qui laissent le hublot.

Je me penche vers lui, pause, me redresse au dernier moment :

— Tu reprends quelque chose ?
— Non, merci.

Quand il sourit des petites rides apparaissent au coin de ses yeux, un charme à tomber par terre. On est tous les deux contents que rien ne se passe, repus de cette option posée entre nous – un strapontin. Pour l'instant personne ne prend cette relation donc elle reste sagement pliée. De toute façon l'amour rend impuissante – à aller voir ailleurs. Je ne sais pas tromper. Malgré les échanges toujours possibles, je peux donner soit tout, soit rien. En ce moment Morten a tout, et ce qu'il n'a pas encore, il se prépare à le piller.

Boris m'aide à remettre mon manteau, on dépose des couronnes danoises sur le comptoir. Dehors le froid nous épargne, le vent prend logiquement le relais, maltraite mon foulard.

On se prend dans les bras pour se dire au revoir, comme font les Danois, mais nous sommes d'ailleurs et les étreintes n'émettent pas le même signal dans nos territoires slave et latin, nous restons comme ça avec le foulard qui s'envole, un quart de seconde de trop, un quart de seconde en forme d'origami : tu déplies cet espace-temps, tu déplies cet animal à huit membres, tu découvres la possibilité d'un compte joint et d'un baiser qui ne s'arrête plus.

Je desserre l'emprise, je laisse partir.

Il s'appelle Boris, il a vingt-six ans, des yeux bleus, des cheveux bruns, des épaules solides, l'énergie d'entreprendre des montagnes, c'est-à-dire que mon plan B me retourne l'exact miroir de mon plan A – froideur en moins. Ça me convient : arriver en exemplaire unique ne rend pas Morten irremplaçable. Il n'est qu'agent, porteur de grâce, instrument du grand shoot, de même que je pourrais être une autre, une de ces petites blondes minces et souriantes comme il en existe des tripotées, juste un item particulier dans l'étalage du supermarché de la drague. Il y en a combien, des filles qui me ressemblent ? Des millions. À tous les coins de rue.

Boris s'éloigne et dans la seconde je sors mon téléphone portable pour me divertir des infos – plus clairement, du spectacle de personnes qui meurent. Après deux heures sans connexion j'ai hâte de me replonger dans le flux, dans les *timelines* et les couloirs du Net. Un univers où l'identité est labellisée donc légitime. Où justement on ne m'échangerait pas contre une autre blonde, parce qu'on n'aurait pas la même adresse IP. Où justement les impulsions électriques sont plus durables que les molécules. On existe mieux en ligne.

Je laisse traîner Boris, j'écris mes articles en gardant un œil sur Facebook, je regarde le printemps fendiller les monochromies danoises, je reste inerte, zombie. Morten et moi devenons un couple. Notre relation se déroule comme une grossesse, mécaniquement, sans volonté mais avec la violence des individualités fracassées. Il faut trouver des terrains d'entente. Il faut accepter de devenir malléable. « Il faut », mais seulement pour moi. Les Danois n'ont pas de mot pour dire s'il te plaît. Et souvent, ça ne me plaît pas. Ils n'ont pas non plus de mot pour dire pardon, ils disent : ce n'est pas ma faute.

À un moment les dégâts infligés à l'ennemi, ou par l'ennemi, sont irréparables. Pour moi ce moment est arrivé et je réalise, en me regardant dans le miroir, en *updatant* mes statuts, que l'avatar s'est installé. Je vacille sur ma confiance, plus amoureuse donc plus perméable. Morten m'a fait bouger. Les choses ne seront plus comme avant. Deux années avec Alexander m'ont laissée intacte. Quelques mois avec Morten ont complètement modifié mes habitudes.

Adrienne écrit sur mon wall : « Tu repasses quand ? »

Je réponds : « Pas tout de suite. J'en ai assez de dormir sur des canapés, je voudrais une literie fine, des draps de lin et un matelas à mémoire de forme. »

Je suis une femme un peu plus distante qu'avant. Je ne me contente plus de restaurants ou d'hôtels moins qu'exceptionnels. Je ne confonds plus les pays scandinaves. Je ne prends plus le métro quand je peux rouler à vélo, rouler avec frénésie comme un hamster dans sa cage. La pluie ne m'empêche plus de sortir. Je pense sincèrement que – 10 °C est une température acceptable. Même si Morten devait partir demain, je constate qu'il m'a imprimée. J'apprends quelques mots de danois, j'ai balancé mes anciennes fringues et même certains anciens potes – pas à la hauteur de cette nouvelle vie tellement clinquante.

Encouragé par mes avancées dans sa direction, Morten presse ses armées. Sans complexe, assez inexpérimenté pour vouloir me transformer en double de lui. Je me retrouve piégée par ma personnalité d'emprunt, celle des premiers mensonges, piégée par ma teinture blonde. Je survis parce que la personnalité n'est pas une position vitale à mes yeux : je peux lâcher du lest, ça ne me dérange pas de jouer les caméléons et de ne jamais tomber le masque social. Mais je fatigue et à force je me demande : à quoi ressemblait ma vie avant que je commence à mentir pour mieux chasser ? Qu'est-ce que je ferais, sans Morten, sans les hommes, qu'est-ce que j'aimerais ? De mes lubies actuelles, lesquelles m'appartiennent vraiment ? À force de toujours plaire, à force de traîner sur Internet et d'enchaîner les couples, à force de résister à toute forme de solitude, j'ai peut-être oublié cette indépendance dont je me réclame tellement.

Je me demande si je n'ai pas perdu quelque chose d'important. Il y a longtemps. Si parmi le bon couteau à légumes, la bonne coupe de cheveux, la bonne hauteur de talons, la bonne symétrie des bougies et la charmante conversation, je n'ai pas surtout gagné une cicatrice à la main.

Plus Morten avance ses pions, plus je pousse les miens sous glace : mon avantage est tentaculaire, il repose sur le réseau, le boulot, la famille, les amis. Le sien court sous ma peau.

On s'use, tout de même. Nos personnalités se polissent mutuellement, on s'arrache, on se passe au fil abrasif, lentement je viens à bout. Au gré de dîners impersonnels et de longs courriers, Morten et moi nous agglomérons l'un contre l'autre avec l'envie non dite de devenir, au bout de quelques millions d'années, enfin doux comme des galets, et peut-être dissous comme du sable.

Je note les progrès, les efforts, les demi-mesures, comme on se lisse. Je scrute les coudes qui deviennent mous, les os mêmes qui se gélatinent à force de dormir ensemble et de se tenir chaud. Je constate aussi les sensibilités qui se hérissent, les points d'achoppement qui ne guérissent pas, la manière qu'on a de toujours se faire un peu mal.

J'allume ma cigarette, New York à mes pieds, la Cinquième Avenue immense en contrebas de mon perchoir. Morten a loué un appartement dans le Lower East Side, officiellement pour rencontrer des personnes intéressantes, officieusement par envie de se rapprocher des rock stars du Web qu'il adule.

J'allume ma cigarette mais je ne fume pas, je cherche seulement une excuse pour rester en terrasse – une énorme dalle carrée, une respiration en hiatus du chaos urbain. Côté ouest un infime fragment de soleil descend dans les nuages et les gratte-ciel, tache d'aveuglement au milieu des orages qui viennent. Les taxis, réduits à des cafards jaunes, les gens, invisibles. Je reprends une gorgée de vin, un merlot américain au goût de poussière. L'immeuble appartient à Google. Je me suis perdue en arrivant, pas aidée par le dédale de couloirs et de salles sans âme, par les ascenseurs dorés et les ambitions de colosses. Si l'ambition a une odeur alors maintenant je la connais : propre. J'ai demandé mon chemin à des développeurs photocopiés. Tous plus jeunes que moi.

Morten a passé les deux derniers jours dans ce qu'il appelle un Seedcamp – un séminaire sous forme de compétition pour start-up où quelques mentors aux chemises sur mesure viennent distribuer des conseils aux jeunes en sweat-shirts fanés. Les apprentis entrepreneurs tentent désespérément d'attirer l'attention sur leur projet, pour certains c'est ce soir ou jamais. On fait la queue pour parler deux minutes à un investisseur. On déroule courbettes et vannes calibrées.

Sur les conseils de Morten je porte une robe blanche coréenne, un chignon strict, des talons aiguilles rouges comme mes ongles. Sur les conseils de Morten je fume, la même marque de cigarettes que le *venture-capitalist* qu'il voudrait séduire.

Le cocktail de fin du Seedcamp a commencé depuis une heure mais je préfère rester dehors, les approches sont plus faciles quand la vue s'accorde aux possibles. Morten m'a missionnée à mon arrivée, avant que mon accoutrement n'attire l'attention : « Le type avec la chemise à carreaux dirige un des plus gros fonds européens et un incubateur ». J'ai demandé quelques renseignements, réfléchi quelques minutes, puis Morten s'est effacé.

Je suis allée seule, au bar, souriante, réclamer un verre. En prenant soin de ne pas passer inaperçue. Pari réussi, poupée de porcelaine dans un magasin d'éléphants. Hanches qui roulent comme au bowling-strike.

Depuis que nous arpentons New York mon numéro est rodé. J'attrape la cible au détour des toilettes, du bar, de la pause-cigarette, j'explique que je me fous pas mal des fonds d'investissement, je raconte mon métier, on se met rapidement à parler de sexe. Les décideurs sont trop contents d'échapper enfin aux histoires de business-plan et de *team-building*, trop contents de croiser une femme. Au bout d'une demi-heure Morten déboule, dans une ambiance égrillarde, il a tapis rouge pour dérouler ses propres projets – quelques phrases seulement, mais dont ses interlocuteurs ont une chance de se souvenir. On finit souvent, mélangeant taille de pénis et applications Web, à quatre heures du matin dans des bars avec des gros bonnets.

J'ai toujours pensé que j'aurais fait une bonne escort. Et que ça m'aurait plu : par exemple avec ma fausse cigarette, je m'amuse beaucoup. Le glissement minuscule entre copine et prostituée m'amuse beaucoup aussi.

Je pourrais continuer, prendre l'échelon suivant. Malheureusement les hommes qui m'intéressent refusent de payer pour une copine, persuadés de valoir mieux que ça. Pour des businessmen, ils maîtrisent mal l'offre et la demande. Mais tant pis : comme je tiens à tomber amoureuse et que les hommes fixent les règles, je ne peux pratiquer la séduction de compétition qu'en bénévole. Du moins, si on considère que se poser quelques semaines à New York est un luxe gratuit.

Il n'y a pas d'autre femme, ce soir. La cible sort en terrasse pour fumer une cigarette, personne à part nous et cet immense jeu de construction, Lego gris plantés dans le bitume noir, lumière orangée du soir.

— Et qu'est-ce que vous faites là, vous ? demande l'investisseur en s'accoudant au parapet.

Chemise à carreaux, veste sport, cheveux mi-longs, il doit avoir la quarantaine. Morten m'a déroulé quelques informations sur son parcours – une femme, trois enfants, six canaris, une immense villa en banlieue de Rotterdam. Fondateur de RainAngel.

— Moi ? Je viens fonder ma start-up, comme tout le monde.

Il regarde mes ongles, mes doigts, mes poignets. Je regarde sa montre.

— Une Française à un Seedcamp. On aura tout vu.
— Et un investisseur néerlandais à New York. Vous êtes loin de chez vous, Mark.
— Vous savez qui je suis.
— La vie est pleine de surprises.

Il allume ma cigarette. Je n'ai pas fumé depuis huit ans et je me rappelle pourquoi – je tente d'écraser le goût avec une grosse lampée de vin rouge.

— Vous n'étiez pas au Seedcamp. Je vous aurais remarquée.

— J'espère bien.

Le temps se couvre, j'arrive presque à me persuader que je n'ai pas froid. Mon manteau reste dans mon sac, à mes pieds. Mauvais moment pour couvrir mes épaules : ses yeux coulent sur mon épiderme frissonnant.

— C'est quoi, votre start-up ?
— Allons, Mark, je plaisante. J'ai vraiment l'air de passer seize heures par jour devant un écran ?
— Ah... vous me rassurez.

Je lui avouerai plus tard, dans la nuit, que je passe effectivement seize heures par jour devant mes écrans. Pour l'instant je joue la blasée :

— Pour tout vous dire, les start-up, ça m'épuise.
— Alors vous êtes dans le milieu.
— Plutôt dans la périphérie.
— Vous avez raison de rester sur les bords. Ces gamins sont épuisants.
— Et ils boivent du très mauvais vin.

On sourit, les premières gouttes de pluie viennent s'écraser sur le dallage. À l'intérieur, collé à la fenêtre, Morten nous observe.

L'investisseur m'attrape par le coude et Morten observe toujours. Ses yeux, deux fentes horizontales délavées. Hé, qu'est-ce que tu croyais, mon amour ? Que ma peau resterait intouchée ?

— C'est vrai que ce vin est dégueulasse, dit Mark en buvant dans mon verre – ses grosses lèvres comme des chenilles écrasées sur ma trace de rouge.

— C'est toujours pareil dans les petites boîtes comme Google. Il faut serrer le budget.

Je n'arrive pas à savoir si je le trouve séduisant : c'est le problème des hommes intermédiaires mais qui portent une énorme montre. Dans mon sac j'attrape mon manteau, je rabats l'épaisseur de laine sur mes coudes. Qu'il ne s'attaque pas aux épaules.

— Mark, ce fut un plaisir de vous croiser. Mais il fait trop froid pour moi, maintenant.

— Les jeunes femmes ne devraient jamais quitter une soirée sur un mauvais goût. Je vous offre un verre de bon vin ? Il y a un endroit exceptionnel à deux pas.

Je fais glisser mon sac autour de mes épaules.

— Seulement si je peux ramener un invité-surprise.

Il éclate de rire, je l'accompagne.

— Je savais qu'il y aurait une embrouille, finit-il par lâcher en passant une main dans ses cheveux.

— Il y en a toujours. Et vous avez plongé quand même.

— Est-ce que ce sera une grosse embrouille ?

— Deux mètres. Cent kilos.

Je fais signe à Morten, bien au sec de l'autre côté de l'immense baie vitrée. Mark soupire en enfilant sa veste.

— Il a de la détermination, votre client.

— Ce n'est pas un client.

— Sérieusement ? Vous avez un couple intéressant.

— Vous allez passer une soirée intéressante, ça je peux le promettre.

Sur le vol du retour Morten me propose le hublot. Je décline parce que je préfère le laisser dans la lumière : le profil aigu, les yeux rendus presque jaunes. Je ne me lasse pas des muscles de ses bras, à chaque mouvement ça palpite, pas tant en force qu'en vitalité. Je le bouffe du regard. Souvent les femmes censurent le côté organique du désir : on est censées se maintenir au-dessus de ça, au-dessus du corps de l'autre. Juger un partenaire potentiel à son physique, oh là là, quelle vulgarité.

Comme on est bien dressées, on évite de mater. Mais je veux être vulgaire, moi. Très.

La cérébralité : une invention d'hommes terrifiés à l'idée d'être matés comme des femmes – comme de la chair à baise. Confrontés à la peau reine ils se liquéfient. Un petit rien suffit à les rendre vulnérables : ne pas baisser les yeux dans ce geste érotique qui reste un mouvement de soumission.

Aujourd'hui je repose l'équilibre, fixe mon regard. Et Morten, qui toujours a détesté que je l'observe, qui toujours a râlé quand je lui ordonnais de rester nu, cette fois rend les armes. On sait tous les deux pourquoi :

si je peux draguer le fondateur de RainAngel, alors avec Morten je sous-couche. Nos valeurs respectives ont chaviré. Ce soir, dans l'avion, il me laisse me remplir de sa chaleur, de sa beauté, de ses biceps. Je les ai achetés. Il me les doit.

Retour à Copenhague. Bourgeons dans la haie qui verrouille l'appartement de Morten – *notre* appartement, comme il l'appelle. Rayons de soleil pâle. Un amour douillet, des matinées longues.

Au bureau, une nouvelle employée fait son apparition. Plutôt jolie. Il me faut une journée entière pour déterminer si son ratio taille-hanches est plus avantageux que le mien – puisque je ne peux pas conserver mon statut de seule fille, puisque les autres sont plus fraîches, alors je dois rester la plus mince.

Parfois Nathalie passe dans les couloirs et je constate qu'elle se teint désormais en blonde, comme moi. De ce blond précis qu'affectionne Morten. Je reste plusieurs heures devant mon ordinateur après cette anodine remarque, absorbée par Twitter qui se recharge automatiquement : un doute, persistant. Est-ce que Morten me quitterait pour elle ? Est-ce que ses cheveux, à elle, parviennent à rester dans le cadre ?

Elle a du succès. Au bureau les hommes se retournent sur son passage. Ils ne l'abordent pas, ils ont un peu la trouille. Elle a baisé la moitié d'entre eux : ils hésitent entre fascination et dégoût. Ils imaginent les femmes comme nous tachées de tous les mecs précédents, comme si le sexe était plus qu'une matière gluante: imprégnante. Les hommes, ils ne peuvent pas concevoir que le sperme ressorte et coule sur nos cuisses – qu'on n'en garde rien en nous, jamais, pas le moindre atome. C'est quelque chose qu'ils ne veulent pas voir: il faut qu'on avale, même dans le porno quand la semence ressort, les hardeuses sont censées la ravaler. Il faudrait qu'on les fasse nôtres pour toujours, que le sperme se transmue en protéines, en cellules, en possession ADN.

Nathalie, ils croient l'avoir imprégnée: d'autant plus ridicule qu'elle baise avec capote – je le sais depuis qu'elle a mis Boris dans son lit.

Les hommes ne croient que virtuellement à la capote. Ils sont convaincus que la pénétration ne s'arrête jamais. Ils partent du principe que les parois du vagin, qui s'écartent à leur passage, ne reprennent jamais leur place initiale. Ou jamais tout à fait. Ils ne comprennent pas comme nous sommes imperméables, depuis la capote, la pilule, l'avortement. Automatiquement notre corps les rejette: c'est la nature, c'est un réflexe.

Ils ne se demandent jamais ce qu'il reste de notre salive dans leur bouche, ils ne se sentent jamais salis de notre cyprine sur leur queue.

Quand j'arrête de mentir, de faire croire à mes deux seules relations longues, quand je sors les données – il faut voir leur regard, le mépris qui vient des tripes, l'inverse de la déférence accordée aux séducteurs à trois chiffres. Mais c'est mon corps et j'y mettrai ce qu'il faudra pour me sentir heureuse. Nathalie n'a même plus besoin de se justifier : elle est entrepreneuse, elle appartient à leur monde, elle a déjà gagné leur respect – une fille qui monte des start-up ! On pourrait quasiment lui pardonner de coucher avec qui elle veut, quand elle veut. Quasiment.

Ce que j'aimerais : réussir à me penser en dehors de l'œil masculin, de la logique masculine, du rapport au masculin. Les hommes ont ce luxe. Je voudrais devenir une force d'action plus que de réaction. C'est possible si je renonce à l'amour : parfaitement impossible, donc.

La coiffeuse m'ébouriffe, vérifie mes racines, critique les pointes brûlées par les décolorations, et patiemment j'écoute le discours entendu cent fois : il faudrait mieux entretenir, il faudrait réparer, faire des soins, prendre des compléments alimentaires. Corriger. Passer du temps. Donner de l'attention. Ouais, ouais. Je devrais aussi arrêter de picoler, congeler mes ovaires et préparer ma retraite.

Je suis venue avec une idée précise, mon ordinateur, mes deux téléphones portables, mon carnet de notes et les nouvelles aventures du commissaire Wallander : des jouets pour rentabiliser ce temps à tout prix. On résiste comme on peut.

Le salon, tout blanc, ressemble à une maison de retraite où les pointes viennent mourir. À ma gauche une gamine exige la coupe des filles de magistrats, la mèche châtain plaquée qu'il faut recoiffer toutes les deux secondes : ça donne une contenance, mais ça place la contenance dans les cheveux, pas de bol. À ma droite une quadra se fait camoufler les premières blancheurs. Tête recouverte de films plastique et de feuilles d'aluminium, on dirait une créature de science-fiction : capacités télékinésiques amplifiées à coups d'électrodes, d'une pensée elle pourrait exploser l'univers. Tête brûlée sous les produits chimiques : ce qu'on ne ferait pas, pour les hommes, et surtout – jusqu'où on serait prêtes à aller ? C'est quoi la prochaine étape ? On s'arrache les ongles ? On se scarifie les genoux ? Je n'ai pas l'impression qu'il y ait de limites.

— On fait quoi, aujourd'hui ? demande la coiffeuse-en-chef.

Les coiffeuses disent « aujourd'hui » comme si les clients allaient revenir chaque jour avec un projet capillaire différent. J'observe les doigts de cette femme, sombres dans mes cheveux clairs – son brushing épique, ses mèches léopard, ses yeux égyptiens qui tranchent sur la blouse blanche. Comment pourrais-je la mettre dans mon camp ?

— Je voudrais devenir blonde. Aujourd'hui.
— Vous êtes déjà blonde.
— Déjà fausse blonde. Il faudrait l'être encore plus, presque platine.
— Ah mais non.

Elle argumente, explique et proteste : les coiffeuses sont des personnes qui protestent souvent, on ne déconne pas, leur avis vaut celui de Dieu, à la fin elles imposent. Les coiffeuses ne travaillent pas dans le service mais dans la création. Il faut les convaincre et payer cher le privilège de leur donner l'absolu pouvoir et la potentielle absolution. Les tyrans portent les armes : ici, les ciseaux.

— Et puis pourquoi voulez-vous blondir encore ?

On se regarde via le miroir dans une pièce remplie de miroirs. Je la sens coriace, très concernée par mon bien-être au niveau scalp. Ce que j'aimerais pouvoir lui dire :

— Mon copain est entrepreneur, ce matin il m'a annoncé qu'un capital-risqueur est intéressé pour un gros investissement qui va donner enfin de la valeur à sa boîte, vous comprenez ? Cet intéressant rebondissement le fait entrer en phase d'enrichissement, ce qui, vous l'admettrez, fait basculer le rapport de force dans le couple. Nous ne sommes pas encore très consolidés. Je ne le crois pas très amoureux. Bref, pour rattraper ce décalage, je dois augmenter ma valeur propre, devenir plus désirable donc plus chère. Donc plus blonde. Car voyez-vous, mon amie, les hommes préfèrent les blondes. Ils peuvent jurer du contraire mais statistiquement ça reste une réalité. Il y a l'explication naturaliste : la blondeur évoque l'enfance donc la fertilité. Mais je n'y crois pas vraiment, je pense que les normes sont absurdes et qu'il faut faire avec. Les trophées sont en or, les femmes-trophées sont blondes. Je n'ai pas le choix.

Ce que je réponds vraiment à la question :

— Je suis fan de Britney Spears.

La coiffeuse secoue la tête, disparaît dans l'arrière-boutique, revient avec les ustensiles réglementaires : peigne, brossette, bol de décolorant, films plastique. Elle dit :

— Estelle, quand tu auras terminé avec Madame, tu t'occuperas de Madame.

Je jubile sur mon gros siège en skaï mais une coiffeuse ne doit jamais être sous-estimée : la Cléopâtre du sèche-cheveux reste à me scruter, des pieds aux racines, sourire narquois. Ses yeux, des scanners à insécurités.

— On fera une manucure, aujourd'hui, peut-être ?

Je pense aux valeurs cumulées des entreprises de Morten.

— Oui, aujourd'hui.
— Quel type ?

La fiche des tarifs est scotchée sur le mur, les prix encadrés par des cliparts de papillons violets. Mes yeux ne parcourent que la colonne de droite. Trente-cinq euros pour une couleur, sérieusement ?

— French. Je prendrai une french.

La proposition la plus chère.

Au Fitness World je trouve plaisir à regarder les hommes suer. Ils se tapent sur le torse, ils poussent des râles, ils font les prognathes, persuadés d'approcher La Virilité – tout cela prend des allures délicieusement spectaculaires. Ils veulent être vus, la webcam imaginaire tourne à plein régime. Je leur en donne pour leur abonnement. Le meilleur moment se situe juste avant qu'ils tournent la tête dans ma direction : de dos sur le tapis de course, les fesses tressautant en rythme, les drapés et plissés des T-shirts martyrisés, le visage encore à l'état de possibilité.

Ils se battent contre la courbe, la mollesse, contre eux-mêmes certainement. Inutile de pointer le décalage entre leur corps réel et leur corps virtuel. Le premier est mou, ondulant, courbé, parce que ni les muscles ni le pénis ne bandent droit. Le second n'existe que dans leur cerveau priapique : ils se visualisent comme carrés, anguleux, droits, des miracles cubistes – puisque les femmes ne sont plus innocentes, il faut bien que les hommes prennent le relais.

On est tous là à essayer de ressembler à nos profils Facebook.

Moi sur mes vélos qui ne vont nulle part mais qui travaillent la cellulite, Boris qui pousse sa fonte, Morten qui travaille sa puissance au club d'escalade. Il y dédie la moitié de ses soirées. De temps en temps je l'accompagne et c'est comme avoir un singe de compagnie. Je savoure l'ironie de la situation – de toutes les activités possibles, il a choisi celle qui consiste à affronter des murs.

Il rentre content de lui, les hommes au club de sport affichent la même satisfaction, je voudrais retourner au stade invertébré. On parle de santé, d'accomplissement. Moi, mes cuisses me font mal.

Cette nuit-là je me réveille, peut-être un éclat dans la rue, peut-être ma cuite de la veille. Je pourrais prendre un bouquin mais je préfère avancer mes troupes, alors j'avale un verre d'eau pour me rafraîchir, je repasse une couche de déodorant, je vérifie la blondeur, je rajoute un soupçon de parfum, puis je viens me coller contre Morten. Il n'y a rien de plus facile que de réveiller doucement quelqu'un, juste en s'agrippant à lui, du genre : oh, mon prince, ma vie dépend de ta présence.

— Morten, Morten... j'ai fait un cauchemar.

Il se tourne dans ma direction, tout engourdi de sommeil, bredouille quelque chose en danois. Les hommes ne résistent pas au cauchemar imaginaire. J'ai voulu l'écrire pour un magazine féminin mais l'éditrice a refusé : on ne peut pas faire passer les lectrices pour des manipulatrices. J'avais protesté : oh, allez, on l'a toutes fait, non ? Se donner des airs de faiblesse pour réactiver l'instinct de protection ? Mais ça ne collait pas avec la féminité aspirationnelle du magazine qui veut qu'on ne soit pas de ces filles-là. Alors que si. Bien sûr que si.

Je viens pleurnicher comme un oisillon :

— J'ai eu *tellement* peur.

Il fait : ooooh. Et me prend dans ses bras. Et me serre avant de se rendormir comme un enfant, de ce sommeil sans effort, sauf que pour la première fois je peux me blottir dans son cou, dans sa respiration, pas exclue ni heurtée par le boulier de sa colonne vertébrale, pas rejetée du côté aveugle de son corps.

La position est extrêmement désagréable mais je ne vois plus l'Euroglobe. On fera avec les crampes.

Pour m'endormir je pense aux aléas de la crise financière, aux banques qui tombent, aux gens qui perdent tout. Je ressasse les news comme un conte zen : souviens-toi que tu vas mourir, ou au moins terminer sous un pont. Souviens-toi que tu ne vaux rien et que quand le grand jeudi noir adviendra, les sexpertes, les blogueuses, les scénaristes seront les premières à sauter. Au moment du tremblement de terre je serai au bord de la falaise, et Morten, dans un abri subatomique.

Je n'ai aucune économie mais j'ai des mecs.

Pas étonnant que je reste avec Morten. Par étonnant que je ne puisse pas rester célibataire. Mon mode de vie s'inspire du sweat-shirt : s'il n'est pas porté par quelqu'un, il s'écroule dans un coin. Je suis précaire. Si personne ne me porte, je me transforme en sweat-shirt roulé en boule. Sans peur rivée aux organes, sans piges et contrats prêts à sauter, peut-être que je serais libre. Et nettement moins souriante.

— Écoute, ça ne va pas du tout.

Morten me scrute sous toutes les coutures et décidément je ne conviens pas. Je porte une robe en laine, bleu sombre, matelassée, le miroir renvoie l'image d'une femme aux hanches et aux seins ronds. J'aime beaucoup. Cette relation me fait maigrir et j'apprécie de récupérer une présence en trois dimensions, comme si la largeur donnait de la profondeur. Morten préfère les filles des magazines, pas trop de formes, pas trop d'ancrage dans le réel. Ses yeux ne pardonnent rien.

— Quoi, encore ?
— Cette robe te grossit.

Il m'a déjà fait changer deux fois de tenue. Ce soir nous rencontrons les nouveaux investisseurs, il faut flamber, montrer qu'on a toutes les cartes en main. Ce soir je fais valoir. En pure représentation je me laisse modeler.

— On irait plus vite si tu me disais exactement comment les impressionner.
— Mets la tunique rouge, les escarpins assortis, les lèvres...

— D'accord, d'accord. Tout rouge.

Femme-bagnole et femme-signal de détresse.

— Il faudrait aussi que tu mettes du déodorant.
— Déjà fait.
— Pas correctement. Tu as une odeur bizarre.
— Pardon ?

Je ne reconnais ni ma voix ni cette insécurité. Comme je suis fragile, sous mes grands airs. Comme le vent s'élève et pourrait me balayer, comme quelques mots annoncent des flots et des flottements, des tempêtes et des grondements.

— Tu sais comme je suis sensible aux odeurs. Je ne sais pas, peut-être que c'est ce que tu manges, peut-être ta quantité de vêtements, tu sais, tu es tellement frileuse. Forcément à vélo tu finis par transpirer.

Il se penche sur moi, avec lui je ne me suis jamais sentie protégée, ses mots sont passe-muraille, je me fends en deux.

— Tu n'es pas comme les autres femmes.
— Mais enfin, évidemment que si.
— Je te jure.
— Oh bon sang, je suis ta première vraie copine ! Les femmes, c'est pas précisément ton rayon.
— C'est ton odeur... ta transpiration. Enfin, pas seulement. Il y a aussi ton haleine, un parfum désagréable sur ton front, c'est un peu bizarre. À part

ça je crois que ton corps n'a pas vraiment la bonne température.

— La bonne température ?

— Oui. Il y a un problème. Avec toi, en général, il y a un problème.

Je voudrais m'asseoir. Pas de chaise – et pourtant si, mais dans ce brouillard qui monte je suis aveugle, vision floutée par un problème de liquidité. Je repense à tous les magazines féminins que j'ai ignorés, comment j'ai bossé pour cette presse sans jamais la lire, j'ai déchiré les pages beauté alors qu'elles détenaient La Vérité. Stupide, stupide femelle qui a cru exister dans sa peau. Mes jambes tremblent et je tente de me dissocier. Je me dis, non, c'est pas vrai, pas moi, pas maintenant, le Danemark n'existe pas, il me suffit de substituer un avatar à cette conversation – une guerrière, une fille agressive qui saura comment réagir et comment taper fort. Je me rappelle le paintball et les parties de Counter-Strike sur l'ordinateur. Je décide que les paroles de Morten ne sont qu'un impact dans mes dents – mon cul, mes aisselles, aucune zone vitale.

— T'as pas un peu grossi ?

— Morten, arrête.

— Je te jure, tu as grossi. Ce n'est pas la robe qui est trop large, c'est toi.

— Je n'ai pas...

— Si tu crois que je vais me taper une fille grosse, je préfère te dire tout de suite qu'il n'y a pas moyen.

Plus de mots. Plus de calcul qui tienne. Je m'écroule en larmes et mon univers avec, mes illusions de contrôle, le château de cartes derrière lequel je pensais avoir barricadé mon estime. Je sanglote et ce n'est pas cosmétique. La guerrière est touchée au front, la balle est arrivée sans que je la voie venir, de mon propre camp – on dit : *friendly fire*.

— Attends, murmure-t-il en me prenant dans ses bras. Attends, ne le prends pas mal. C'est juste du *feed-back*, tu sais. On va trouver une solution.

Headshot. Il referme ses bras autour de moi comme une clef de lutte gréco-romaine, ce sont des anciennes tragédies qu'on rejoue, des anciennes bouffonneries aussi. Moi je pleure. C'est tout. En reniflant et en coulant de partout, le corps trop présent, envahissant, toutes ces sécrétions qui m'empêchent de prétendre à ma propre page Facebook – contrastes augmentés, couleurs ravivées, gras photoshopé. Vraiment, on vit mieux en ligne.

Il me cajole, me rassure, mais allez, quoi, c'est juste pour que tu puisses t'améliorer, tu comprends ? Et je revois passer en film les six derniers mois, les constants reproches torpillés par les certitudes d'amour infini, les petites piques sur ces volumes toujours un peu trop gros – pourrais-je faire encore un minuscule effort ? Avoir faim ? Et puis franchement, ma carrière, je pourrais faire de meilleurs choix, non ? Je devrais planter Adrienne, elle paye mal. Planter Jean-Marc qui veut juste me sauter.

Je me dis que Morten a raison. De quel droit déciderais-je de ma valeur, et où suis-je censée la placer ? Peut-être me voit-il plus clairement que moi-même.

Peut-être suis-je trop passive et relâchée. Certainement, j'aurais dû tout sacrifier pour l'amour – pourquoi conserver d'autres plaisirs, pourquoi apprécier autant les brochettes quand on peut connaître l'expérience la plus sacrée ? L'amour est le seul plaisir qui ne fasse pas grossir, et il faudrait ne pas grossir pour avoir droit à l'amour.

Je comprends, maintenant. Je comprends l'alternative. Il faut choisir la passion contre les tentations – gloutonnerie, paresse, luxure, orgueil surtout. Morten est une religion exigeante, je repense à notre premier rendez-vous. Il avait rajusté mes cheveux. Il m'avait disciplinée. Il fallait cacher ces poils de tête qui puent le sexe, bien sûr. Je portais la robe monastique, il me manquait le voile.

Je voudrais être ailleurs, sur Internet. Mais Morten sait me raccrocher au présent, putain, c'est même pour ça que je l'aime.

Je pleure avec la tête dans mes mains et je comprends. Tout. Je sais pourquoi ça tombe maintenant, alors qu'il se rapproche des cercles de l'argent et du pouvoir : il me fait payer le faux cauchemar, les fausses larmes, la fausse moi-même. Il m'enfonce pour prendre le contrôle. La stratégie porte un nom : le *neg*. J'ai écrit un paquet d'articles sur la question.

Je le regarde me manipuler, je sais qu'il me manipule et ça fait mal quand même. J'avais oublié qu'on est deux hyènes. Et que l'une va signer cet énorme contrat. Combien coûte mon humiliation ? Combien ça coûte d'être une femme de l'ancienne économie face à un garçon de la nouvelle économie ?

— Tout ira bien, dit Morten en lissant mes cheveux. Tu me connais, maintenant, tu sais que je n'arrêterai jamais de vouloir le meilleur. Tu peux être la meilleure. Juste un effort.

La meilleure. Avec mes larmes qui dessinent des barres blanches sur mes joues. Avec mon nez rouge. Avec ma peau transpirante. Je serai la meilleure de la secte, la meilleure pour haïr mon corps, nous sommes des athées bien chrétiens.

Je n'ose pas lui demander : et ma chatte ? Morten, est-ce que ma chatte sent bon ? J'en crève d'envie mais je ne veux pas lui donner cette victoire-là, et puis je suis trop occupée à pleurer et pleurer encore, trop faible, trop réduite pour même envisager sortir de ses bras. Le jeu se clarifie, ses cartes retournées sur le tapis couleur sang. Sa main est tellement bonne qu'il n'a pas besoin de la cacher.

À Paris mon médecin demande :

— Vous avez des soucis, en ce moment ?

Mon corps donne de la voix, boutons d'acné au coin des lèvres, le souffle emballé, l'estomac contracté en permanence. Parfois une salade suffit à me faire vomir, allez, pas besoin d'un doctorat de psycho pour comprendre que je bugue, que je suis malade de tout ce qui s'accumule en moi. Adrienne, Arnaud, le groupe et le réseau : tous à cinq minutes de cette salle de consultation, tous ignorant que je suis revenue en France. Comment avouer des choses pareilles ? Comment leur dire l'humiliation ? Il y a des limites à l'amitié. Morten a creusé là où personne ne pourra m'aider.

Assise sur la table de consultation je regarde mes jambes trembler.

— Quelque chose ne va pas ? demande le docteur, bonne bouille bon cœur.
— Non. Tout va bien.
— Elle n'est pas géniale, votre tension.
— C'est certainement le boulot.

Je ne lui parle pas des vertiges. La peur du vide, même dans l'avion, alors que j'ai passionnément aimé les avions.

Je croyais vraiment que je le possédais, qu'au jeu de l'amour Morten serait trop inexpérimenté pour résister. J'aurais juré que les chasseuses avaient toujours raison.

Je ravale mon désarroi. Je doute de moi-même, produit défectueux, une application amoureuse à *updater*, Morten n'a pas tort, depuis combien de temps ai-je arrêté de me remettre en question ? C'est ma faute, quelle cruche, arrogante cruche, je me croyais assez bien et plus maligne que tout le monde. J'ai baissé la garde. L'amour est conditionnel, toujours, toujours, toujours. Je devrais le savoir : quoi qu'on en dise, l'amour est conditionné aux brosses à dents.

J'ai écrit à Alexander : toi qui m'as beaucoup pratiquée, est-ce que j'ai un problème d'odeur, est-ce que je manque de réactivité au boulot, est-ce que je suis un dégoûtant mollusque plein de cellulite ? Il m'a répondu : rentre à Berlin, rentre tout de suite, ce mec n'a rien compris, il est toxique, il est pervers, viens oublier ta pilule à Berlin, est-ce que tu te rends compte de ce qui se passe, est-ce qu'une seule fois en deux années avec moi tu t'es sentie aussi mal, je te rendais heureuse, que tu le veuilles ou non.

Je ne suis pas rentrée en Allemagne. Ce matin devant le miroir, je pense : il va falloir que je vive pour le restant de mes jours avec la honte d'avoir été vérifier – mon poids, ma peau, mon cerveau, tout vérifier.

Retour à la case départ, la case de chien, la case de la coiffeuse, la case du sport, la case des bougies à allumer et des talons aiguilles au quotidien. Il ne reste plus une seconde de libre dans ma journée, entre le boulot plus prenant et mon mode de vie plus actif. Du fitness, du crossfit, des contrats, et puis surtout pas trop de féculents. Assez de douches pour assécher le Danemark. Des brosses à dents sous pression. Je panse mes plaies en silence et en savon.

Une règle économique veut qu'on apprécie d'autant plus un objet qu'on l'a payé cher, ou qu'on a lutté pour l'obtenir. Morten me coûte. Ce sont des morceaux de moi-même auxquels je renonce, des plaisirs que j'abandonne, le chocolat par exemple, j'aurais vendu mes parents pour du chocolat. Tous les deux jours je pars courir autour des lacs de Copenhague, les canards et les cygnes se foutent de ma gueule et toutes les sémillantes Danoises me doublent, je poursuis des queues-de-cheval blondes et des fesses serrées dans des pantalons cyclistes.

Pour le mériter je ferais n'importe quoi, je fais n'importe quoi, un instant j'avais espéré que ça ne marcherait pas... mais ça marche. Morten me sourit et m'encourage, me dorlote et me courtise, il revient plus tôt du travail et me couvre de fleurs.

— Tu vas y arriver, dit-il pendant que je fais des pompes – et il corrige ma position.

Je l'aime dix mille fois plus qu'avant. La peur de le perdre creuse un sillon près de ma bouche, d'un seul côté. Je tente de me reprendre en main, de déconstruire mes sentiments, je cerne parfaitement mon cheminement psychologique, je visualise très bien ce qu'un professionnel en dirait dans l'obligatoire encadré «l'avis du psy», et ça ne change rien. Je veux rester. Je ne pose plus mes conditions.

On repart comme si de rien n'était, presque innocents : je me suis *corrigée*. Il suffisait que je me brise moi-même pour réparer la relation. Une équation toute simple, même pour une nulle en maths : c'est soit moi, soit nous. Et je ne sais pas vivre seule.

Ce matin comme tous les matins depuis que Morten a commencé son travail de sape, la salle de bains signe le début de l'autodestruction – je me lève et je m'écroule. Premiers gestes et premiers reniements : je pose le fard à paupières comme une ecchymose, j'étale du rouge à lèvres à coups ensanglantés, j'arrange des pommettes écarlate-cicatrice. Les journées commencent par l'écrasement du visage. C'est pour mieux devenir une femme, mon enfant. C'est pour mieux laisser pousser les dents sous la poudre.

— France Culture, sept heures et trente-cinq minutes. Comme tous les jours c'est l'heure de la revue de presse internationale avec vous, Cécile de Kervasdoué.

— Bonjour Marc, bonjour à tous. 2000-2010, les années zéro. La fin de l'année approche, il est l'heure des bilans. Ainsi, on est tentés de définir cette décennie comme celle de la vacuité.

Check-list. Gonfler mes lèvres, affiner mes joues, agrandir mes yeux, rattraper ce visage, unifier cette peau, couvrir les marques du temps, boucher, couvrir, effacer, domestiquer tout ça, putain ce n'est pas moi, je vous jure, ce n'est pas moi, je n'ai jamais eu besoin d'être rattrapée, je sais que je serai plus jolie mais cet arbitrage temps/beauté, si on me demandait mon avis, je le refuserais.

À cause du boulot j'ajoute une dimension supplémentaire au rituel, je le pollue de kilomètres d'articles scientifiques perturbateurs : accentuer les contrastes parce que c'est la clef d'une apparence plus féminine, porter du rouge pour signifier la disponibilité sexuelle, soigner la symétrie, agrandir les yeux, ressembler le moins possible à un homme – s'ils sont musclés je serai faible tout en restant ferme et sportive ; s'ils sont poilus j'éradiquerai toute vague référence à la bestialité, mais en gardant une grosse crinière.

— Un monde paranoïaque et hostile, mais dans lequel les citoyens sont devenus des superpuissances.

Mon reflet dans le miroir n'est pas l'enjeu de ma journée mais la main dont je disposerai pour la partie de poker contre Morten. Est-ce que je peux le battre ? Est-ce que je peux lui plaire ?

J'entre dans le rôle attendu chaque matin : je me soumets à l'ordre établi de la nana mignonne. Parce que ça marche. Les hommes qui m'intéressent veulent moins qu'une femme : une fille. J'ai fait croire à Morten, comme des millions d'autres femmes, que je me maquille et me transforme avant tout pour moi-même, ce qui revient à prétendre que je ne me suffis pas. Ou je travaille avant tout pour l'accomplissement personnel plutôt que pour la thune. Je donne à contempler cette « fille » comme je filerais des bonbons à un enfant : pour avoir la paix et continuer à faire ce que je veux à côté.

Alors voilà. Le mascara comme un écran de fumée autour des yeux.

— Et tout cela, c'est grâce à qui ? C'est grâce à Internet. Voici les secrets du monde grands ouverts, écrit le *Spiegel* allemand ; des secrets à découvert, titre le *Guardian* britannique...

Wikileaks occupe le monde et je commence la phase d'habillage, une autre manière de scier la branche. Je me déguise en fille pour créer du chaos, Morten me jugera sur ma capacité à le gérer. Toutes les conditions sont réunies pour l'échec industriel : des chaussures conçues pour rester confinée, des robes qui s'envolent, des bas qui filent et qui tombent, des lacets qui se décrochent, des tétons qui se barrent, des poils qui repoussent. Les hommes regardent les femmes parce qu'ils attendent le crash, jouisseurs, calés en spectateurs. Elle est belle, la vie, les gars ? Je ne vous dérange pas trop ? Ça doit être sympa de porter l'uniforme jean/T-shirt. Mais de mon côté de l'univers, plus on accepte la mode casse-gueule, plus on est admirée – gorille savante, chimpanzée de compétition : pensez à nous jeter des cacahuètes. Les jours de grande élégance, j'ai l'impression d'être une pom-pom girl. quotient intellectuel compris.

— Jamais dans leurs cauchemars les plus sauvages, les politiques, les banquiers, les dissidents, les gouvernements, les chefs d'État, qui d'autre encore, n'auraient pu imaginer voir leurs confidences exposées aux yeux de tous.

Devenir une femme s'accomplit dans la précision, microscope et frappe chirurgicale. Un miroir grossissant pour se scruter comme si quelqu'un allait, un jour, se tenir à deux centimètres de distance, un miroir en pied, un double miroir pour s'observer de profil ou de dos : le pack normal. Aucun homme ne verra jamais une femme comme elle se voit. Même Morten ne me juge pas plus durement que moi-même.

C'est à ce prix que j'acquiers l'assurance que les mecs se retourneront sur mon passage – mes plans A, mes plans B, l'invisible masse des hors-plan. Pas besoin de vérifier. Tout est déjà vérifié, le rituel appartient au registre de la correction : 50 % de perfectionnement et 50 % de punition.

— Mais à quel point ces secrets sont-ils secrets ? commente le *Guardian*, qui d'emblée soulève la question qui anime tous les journaux du monde ce matin : fallait-il ou non publier ces informations secrètes, confidentielles ? Au risque de mettre en péril tout l'équilibre des relations internationales.

Je reconnais aussi la face positive du désastre : le degré d'investissement généré par la surveillance constante de soi par soi, indéniablement, relève du luxe. Quand je pense à mes ongles je ne me demande plus pour qui voter. En une demi-heure de préparation matinale j'ai affaibli mon corps et mon âme, je me suis coulée dans le moule, torturée façon bonsaï, inclinée devant ce qu'on attend de moi, à savoir, être la moitié d'un homme. Et moins que moi-même. Épaules déboîtées et circulation coupée.

— C'est qu'il faut faire la différence entre secret et privé, et c'est sans doute *El Pais* en Espagne qui l'explique le mieux.

À la fin je suis vaguement conforme, c'est-à-dire que je donne au monde l'apparence d'une faiblesse décente et bienvenue. Cette féminité a oublié la solidité, la stabilité soviétique, les corps athlétiques, les matrones, les bien en chair et les bourrines. Restent des femmes-fleurs photocopiées qu'on pourrait casser en deux d'un revers de gifle. Aériennes et désincarnées. Morten appréciera.

— Il faut prendre des précautions, dit le *New York Times*.

Des précautions j'en prends, mais la faiblesse contamine aussi l'intellect. C'est trop facile de prétendre qu'on peut rigoler des causes sans assumer les conséquences. Trop facile d'oublier que ces moments « privilégiés » sont pris sur le sommeil, l'amour et le vin.

Allez, encore un peu de rouge sur mes lèvres. Une femme n'est jamais assez rouge.

Des fois je voudrais rire, me tenir les côtes, me bidonner devant le potentiel comique monstrueux du maquillage. On se prend tellement au sérieux. Il existe tellement d'expertes et de tendances, pour nos putains d'ongles de ses doigts de pied.

Je me marre et pourtant, mes ongles de pied sont rouges.

J'en viens à considérer le maquillage comme une tâche domestique, au même niveau que l'aspirateur ou la lessive, sauf qu'au lieu de recommencer je pars tous les jours avec un handicap supplémentaire. Vraiment, si le temps vaut de l'argent, alors les hommes sont les bibelots les plus chers du monde. Et les séduire est un boulot beaucoup plus répétitif, ruineux et épuisant qu'on ne le chante sur MTV.

— Des tromperies, des complots, des insultes...

Pourtant je ne suis pas folle. Morten peut jubiler, les signes extérieurs de docilité peuvent s'accumuler: à l'intérieur je reste sale et malpolie. Les fards absurdes cachent des tatouages de guerre, des agressions publicitaires, des stratégies marketing. Il m'aimera. Je l'aurai.

Et je peux d'autant moins me plaindre que je ne suis pas hors système: je l'entretiens, je le parasite, j'en bouffe.

— Nous sommes tout simplement dans une ère de transparence internationale où il s'agit pour les citoyens de refaire leur apprentissage civique. Bonne journée.

« Embrasse-moi » – la vocifération du rouge à lèvres. Les couleurs arrachent l'attention, les bijoux capturent le regard, j'agite frénétiquement des carottes à mec. Quand j'exécute correctement le boulot, Morten finit fasciné, lapin en pleins phares, pétrifié, je peux obtenir ce que je veux – son corps et son âme, cédés et recédés chaque soir. Je vends ce même corps et cette même âme devant le miroir en ce moment même : chacun son tour. Bien sûr qu'il y a une justice. Mon offrande matinale se paye. Avec des intérêts.

De toute façon je ne peux pas claquer la porte de la féminité. Les sexpertes grosses, vieilles, moches ou tout simplement peu soignées, ça n'existe pas, on les disqualifie, on les soupçonne ne ne pas savoir – comme si moi, je savais. Les enjeux sont trop élevés : je devrais renoncer à l'argent, au pouvoir, à la reconnaissance sociale – à tout sauf à mon identité. Je suis peut-être lâche mais je veux mon salaire, et pour le toucher, il faut que Jean-Marc veuille me baiser. Lui et les autres.

Dans le miroir, la petite nana qui parle de sexe sait qu'à quarante ans elle deviendra obscène. C'est bientôt. Mon métier flotte en suspens comme si j'étais strip-teaseuse ou sportive – je ne peux capitaliser sur aucun avenir, ma seule chance consiste à savoir que tout va s'écrouler. Peut-être ferai-je un beau mariage avant la fin du monde.

Dans ces conditions, une part de moi voudrait acheter une ferme dans la montagne et vivre enfin comme un ours, musclée, poilue et libre. Une autre part admire les filles qui arrivent à remplir correctement leur devoir de beauté, et qui le font avec légèreté et grâce, qui y trouvent du sens – oui, parfois je me dis que les championnes du recourbe-cils ont tout compris, que ce sont elles, les nanas intelligentes. Je me dis qu'il est beaucoup plus intéressant d'être ravissante, de ravir les autres, que de vouloir sauver le monde ou travailler – plus intéressant d'un point de vue financier, plus intéressant d'un point de vue humain. Je suis persuadée que leur vie est plus drôle que la mienne.

Et puis il y a une certaine jouissance dans la conformité : remporter la mise sociale qui te rend, enfin, invisible. Petite, mince, normalement coiffée et normalement maquillée – le confort de ne plus exister dans le regard des autres, de vivre pour soi. Je paye mon impôt à la société, j'achète en temps le droit de passer à autre chose.

Évidemment, si des extra-terrestres me regardaient en ce moment, eux ou des personnes venues d'un futur éclairé, ils hallucineraient : pendant la crise financière et la crise climatique, la moitié des humains se mettait de l'eye-liner.

Mais voilà, j'ai besoin de me travestir chaque matin. Par peur d'être rejetée, de perdre mon travail. Par peur de souffrir et par peur que Morten recommence à m'attaquer.

Je voudrais juste qu'on ne me blesse pas, moi, et dehors c'est la guerre. Avant même de réussir à conquérir les hommes, avant la chasse, il y a le corps-piège, le corps-bunker, l'obligatoire muraille défensive contre le délit de faciès comme sport international. Je serai la vieille un jour. En attendant j'essaie de ne pas être la grosse, la moche, la tordue, la fille tellement sympa mais bloquée par le plafond de peau – bloquée juste avant d'apercevoir la vue.

Voilà pourquoi ce matin comme tous les matins j'étouffe ma peau, je change de tête, je rentre dans le rôle. J'enfile le costume de petit poney mignon pour y forger une armure. Je me réapproprie les grimages ridicules, les accoutrements inconfortables, les pitreries féminines, pour en faire des armes de défense et d'attaque. On se bat avec ce qu'on a. Mais qu'on ne me demande pas de trouver normal que chaque matin de ma vie, je doive métamorphoser mon visage.

C'est ma peau qu'on m'arrache. Et pire, on me demande d'être mon propre bourreau.

On peut laisser faire pas mal de choses quand on se persuade d'occuper le camp des fortes. On peut même entretenir une faiblesse de façade. Quelque chose en moi hurle que je reste chasseuse, pas victime, mais il faut vraiment scruter tant l'apparence de soumission est convaincante. Sous les yeux sévères de Morten, sous leur constante attention, je décide de me mettre encore plus en danger. Il y a quoi, de l'autre côté de mon ego ? De l'autre côté des constructions de la féminité ? Je me dis que ce serait intéressant de pouvoir se contempler en creux, de voir ce qui reste quand il ne reste rien. Alors voilà, Morten creuse. Avec talent et agressivité. Je me demande s'il aime ça, s'il est dans la perversion. Je ne sais pas.

J'aurais voulu flotter, amoureuse en permanence, mais je commence à réaliser que non, pas avec lui. Entre nous ce ne sera pas un temps plein. J'existerai dans les trous du planning.

On s'use, surtout moi. Ça fait six mois que nous nous infligeons l'un l'autre : à peine le temps de le former comme amant. Partir maintenant ferait de cette expérience danoise un très mauvais investissement qualité-temps.

Je suis trop fière pour le quitter. À un moment je reste uniquement par fierté, pour lui prouver que oui, je peux être la meilleure.

Pour réparer les dégâts Morten nous fait passer les tests psychologiques DISC et Master Person Analysis. Le DISC : vingt-cinq groupes de mots à classer pour déterminer un profil mental parmi quinze types de personnes, toutes formidables. C'est trois de plus que dans un horoscope et douze de plus qu'après le Jugement dernier. On sent que la société progresse.

Je réponds aux questions en me fondant sur mon comportement récent parce qu'à l'échelle des deux dernières années ce serait déjà foutu. Comment afficher une quelconque unité quand il faut changer pour plaire à chaque nouvel amant ? Je clique quand même. L'oracle saura peut-être mieux que moi.

En trois minutes je suis officiellement définie. C'est bien, d'être définie. Cadrée.

En attendant que Morten termine je passe en revue les profils psychologiques possibles, qui pourraient tous me correspondre, quinze possibilités également flatteuses : *investigator, inspirational, persuader, objective thinker*... Je repense aux horoscopes, à la façon dont n'importe qui peut se reconnaître dans n'importe quelle description zodiacale.

Alors que je parcours ma fiche de résultat, profil *result-oriented*, je remarque une note de bas de page :

il s'agit d'un test de recrutement. Je relève la tête vers Morten :

— Ah mais maintenant tu me traites carrément comme une employée ?

— Du calme, je réponds aux questions, moi aussi.

— On n'est *pas* une entreprise.

— Mais je me sers du DISC depuis des années pour mes recrutements ! On va pouvoir mieux se comprendre, mieux combiner nos atouts. Je ne suis pas un monstre, j'essaie juste de trouver une solution, OK ? Pour qu'on aille mieux ensemble.

— Un logiciel va nous dire ça, sans doute.

— Fais-moi confiance.

Putain, jamais. Je lui jette un regard transparent.

Il tourne mon ordinateur dans sa direction et fait défiler les quinze pages d'analyse automatique : selon le DISC je suis l'opposé d'une femme au foyer, je suis même une parfaite salope. Morten a une excuse pour me quitter maintenant – la panique grimpe. Mais en scrutant son visage je constate que pour lui, mes caractéristiques sont des gemmes. Je le sens au relâchement de ses muscles, à sa mâchoire enfin décrispée. Il avait tellement peur de sortir avec une perdante.

— Alors, je suis embauchée ? Réembauchée ? Virée ?

— Il n'y en a pas beaucoup, des filles comme toi.

— Des filles qui transpirent.

Il sourit et me cajole.

— Ne sois pas bête, c'est oublié, tout ça.

Non. Ma mémoire est mauvaise mais cette agression je vais la trimballer, physiquement je la perçois : un poids. J'ai voulu l'ancrage : je le paye.

Le pire c'est que mon amour grossit pendant que je maigris, tout gonflé de haine qu'il est, haine de Morten parfois, haine de moi-même et de ma tension artérielle et de mon acné le plus souvent, sans oublier la région de mes fesses trop grosses et de mon front bizarre, mon putain d'amour tout saturé de honte. Ce sont de gros sentiments, qui prennent beaucoup d'espace, ils font de la rétention d'eau, de la rétention de larmes et ils naviguent au bord de l'explosion de vengeance.

On reste comme ça quelques semaines, sur la ligne sinusoïdale qui trépigne entre l'espoir d'un truc formidable et la déception retournée dans la plaie. Je t'aime, ça ne fonctionne pas. Je t'aime, avec toi je me sens mal. Souvent je file à l'aéroport, pour le boulot ou en prétendant que le boulot m'appelle. Je me tiens en permanence sur la ligne de départ, ça rend le quotidien plus dramatique. Lui n'en peut plus que je menace de retourner à Berlin ou Paris. Avec de la chance je pars sur un bon souvenir et on se manque. Ma valise ne désemplit pas.

Je lui en veux de me priver de mon shoot alors que je l'ai mérité. C'est le moment où on est censés être heureux, béats, plongés l'un dans l'autre. Lui m'en veut aussi, il m'en veut en général, de n'être jamais assez et toujours trop.

Quand on ne peut plus se supporter, on part ensemble quelque part, pour inventer une vision et un discours en commun – impossible au quotidien, facile en vacances. On part en Israël pour la seconde fois en quelques mois, à San Francisco, en Suède, laissant derrière nous une traînée de cocktails parce que c'est aussi comme ça qu'on s'évite le mieux.

— Maaaaïa.

Quand il m'appelle par mon prénom c'est que quelque chose ne va pas. Il ne sait même pas le prononcer. Les a se muent en è. Mèyah : l'identité qui prend le large. Mais je m'en fous. Ce prénom, c'est celui que mes parents ont choisi. Il ne m'appartient pas. On peut me rebaptiser, Sophie, Alice, Jennifer, n'importe quoi.

— Mèyah, pourquoi tu n'as pas d'amis au Danemark ? Pourquoi tu n'essaies pas de mieux t'intégrer ?

Je souris à Morten, il pense que je suis assise face à lui mais je m'échappe encore : notre relation comme un jeu vidéo. Un casse-tête et un casse-briques. Trouver le chemin, détruire les défenses adverses, éviter de se prendre des tirs au passage. Morten matérialise le boss final, une belle modélisation 3D, une bonne intelligence artificielle, il incarne le défi absolu : aucune opinion politique en commun, une culture de l'effort contre une culture du plaisir, et comme seul enjeu, comment faire pour devenir celle qu'il aime ? Je me coule dans cette différence radicale. Il me fait voyager. À chaque chute de motivation je dépiaute ce que le jeu peut m'offrir : une vie toute neuve, la renaissance sous un regard jeune.

Quand il dit Mèyah, quand il trouve encore quelque chose à me reprocher, des broutilles, quand il refuse de me prendre dans ma globalité, alors je recommence le même niveau comme dans un jeu vidéo : je cède pour gagner, je fais la poupée, rien n'a d'importance puisque l'heure tourne et que je suis patiente. J'accepte l'angoisse de courte durée. N'importe qui en fait autant. On regarde des films d'horreur, on prend les transports en commun.

Je le laisse, Morten, me cueillir, m'arracher les feuilles, m'imposer des tuteurs, me poser dans un vase. Il m'altère de deux manières, joliment complémentaires : parce qu'en tant qu'homme il exige une féminité destructrice d'identité, parce qu'en tant qu'entrepreneur il produit des identités virtuelles. Il me traite comme une de ses applications : il me met à jour, il m'*upgrade*, il veut qu'on se rende mutuellement meilleurs, les libéraux ont réponse à tout et ne questionnent rien – encore moins le sacré. Je me demande pourquoi j'accepte de lâcher prise sur mon humanité. Sans doute parce que vivre comme un produit rend les choses moins épouvantables. On s'habitue à mettre les choses à la poubelle, les fruits à peine abîmés, les ordinateurs un peu lents, les fringues passées de mode, les documents aussi, l'information surtout, le geste « mettre à la corbeille » répété cent fois par jour. Forcément j'ai moins peur de l'abandon, maintenant, puisque je ne suis, globalement, qu'un gros steak, bio, élevé moitié en plein air moitié devant l'ordinateur, production française. En bon steak je laisse à Morten le packaging, le branding, le monitoring. Je garde seulement la date de péremption – le marché laisse un peu à désirer, côté recyclage. Bizarre que les capitalistes, même les plus dogmatiques, tiennent l'amour en dehors de l'obsolescence programmée, en dehors aussi du marché – c'est bien, la peur occupe encore un tout petit espace.

Je perds sur tous les tableaux, curieuse de la suite. Une sorte de vitalité animale me fait coller à cette relation : la certitude qu'il commence à m'aimer. À chaque vexation Morten me donne les armes pour le battre. Les armes pour le conquérir.

C'est un jeu vidéo donc on peut perdre des vies. À commencer par la sienne. Je modifie avec un soin d'orfèvre tous les petits détails qui me rattachaient à mes anciens avatars. C'est sur les habitudes que je perds le plus, par exemple en arrêtant de parler ma langue. Je perds tout. Sans aucun regret pour ce qui paraissait aller de soi et qui n'est jamais allé de moi. Il y a la fascination pour ce que je trouverai une fois qu'il m'aura vraiment mise en pièces : qu'y a-t-il au fond ? Jamais je ne me suis approchée de si près. Jamais on ne m'avait usée à ce point.

De temps en temps je proteste par solidité, pour lui donner du grain à moudre. Mais en vérité, cette transformation me découvre à moi-même.

Chasseuse : sous tous les voiles il reste ça. Le désir. Le corps des hommes. Leur sueur. Et je me répète, chasseuse, chasseuse, chasseuse. Je suis forte parce qu'on m'a appris qu'il faudrait l'être, mais est-ce réellement ce que je veux ? Ils valent quoi, mes principes, face au déferlement d'hormones ? Les drogués n'ont pas de fierté.

Je tombe amoureuse pour mettre les voiles : je ne vais pas rester accrochée à moi-même par principe. La femme que je deviens, elle me plaît autant que la précédente. Pratiquement elle offre des avantages : meilleure santé physique, financière, pour le reste on repassera bien sûr mais j'ai réalisé la prophétie. Je suis Mèyah.

Au bout d'un moment ça ne fait plus mal. Ou du moins ce qui fait mal, c'est ce qui m'appartient en propre. Ce qui reste à corriger. Avec Morten je me sens comme quand j'étais gamine et que je ne comprenais pas. J'avance dans la terreur quotidienne, en attente du prochain « *feed-back* » – mais lentement, lentement, les bouquets de fleurs et les attentions remplacent les tirs de barrage. Des récompenses et des escalades amoureuses. Des tisonniers plutôt que des pics à glace.

Quand il sort de sa douche tout fumant et musclé, je voudrais tomber à genoux. Qu'il me baptise.

Ma copine Caro sort avec un homme adorable : ni ambitieux ni gracieux, mais qui la traite comme une princesse. Elle y trouve son compte. Pour son anniversaire, il lui a offert une croisière de trois semaines : il lui a offert du temps.

Quand ils sont ensemble, désassortis d'une manière sournoisement harmonieuse, j'envisage la possibilité de me tromper. Sur tout. Mais j'ai beau retourner ma situation sous tous les angles, je ne vois pas l'intérêt d'être traitée comme une princesse par un serviteur. La chasse n'existe qu'entre égaux, sinon elle se réduit à l'application d'un privilège.

Avec un mec moyen je crèverais de frustration. Allez, j'aurai tout le temps de devenir moyennement heureuse à soixante-dix ans, et pour les malheurs immédiats, au moins Caro sait écouter. Elle a résolu mes problèmes de tension – massage cardiaque sous forme de conversations.

La bonne humeur est revenue. Quelques paroles, quelques ultimes concessions et beaucoup de tulipes pour me convaincre que ça ira, ça tiendra. Mes émotions les plus négatives ont rejoint, sous verre, mes ex dans le musée. Le malheur je connais mal et j'oublie vite.

J'ai retroussé mes manches et mis les mains dans des poches de résistance : le crash, je l'aurai.

Nue devant le miroir je m'offre une jouissance anticipée, celle de la dévoration à venir de Morten. Le sexe a commencé à s'affiner quand il a accepté de débander un peu – un moment de grâce dans la mollesse, propice aux croisements et aux interjections. Jusqu'ici je l'avais épargné.

La première loi de l'univers masculin c'est qu'on ne sera jamais assez viril. On ne peut donc pas leur dire la vérité ou même envisager la Grande Conversation Sexuelle. On ne peut jamais. Parler sérieusement à un homme de ses capacités orgasmiques, c'est comme révéler à un gamin que le Père Noël n'existe pas. On a tous grandi avec les mêmes contes de fées et les mêmes films hollywoodiens : on s'est construits, sexuellement, sur l'idée que les hommes sont censés savoir mieux que nous.

Les femmes ont les épaules larges, et face à des choix impossibles, elles font la seule chose sensée : partir en courant. Moi la première. Alexander, Morten, les autres avant, ils surestimaient tellement leur pénis que je ne pouvais pas faire la moindre remarque. Je ne prends pas la responsabilité de casser des garçons en douze morceaux, je peux vivre avec des amants juste satisfaisants. Leur amour-propre vaut plus que des orgasmes que je pourrais me donner toute seule. Alors je ne dis rien.

Devant le miroir je vérifie l'absence de poils, j'efface les bavures. Amincie je ressemble à une ado : « Qu'est-ce que je vais te faire, petite salope ? », avait murmuré l'ami de mon père qui a tenté de me violer quand j'avais quinze ans. Qu'est-ce que je vais lui faire, à Morten ?

Je sais utiliser le sexe comme une arme. Par destination, par contamination, par rétention. Je ne me prive pas de ces munitions-là quand je veux quelque chose.

Une goutte de parfum dans le nombril, une autre odeur derrière les genoux, une autre encore au creux des coudes, je me tiens prête à aborder Morten comme le territoire radicalement nouveau qu'il est – enfin ! Aborder, déborder, saborder. Mes parfums sont des sabotages.

On comprend mieux les hommes quand on les a enculés. On comprend même leur chevalerie, parce que se *mettre dedans* demande un sens omnipotent des responsabilités, parce qu'on peut faire mal, parce qu'on possède à l'envers – dans la pénétration les femmes possèdent toujours les hommes et tant pis pour les clichés – sauf si vous considérez *sérieusement* que le contenu peut posséder le contenant.

L'enculer, donc. Est-ce que Morten me laisserait faire ? Je dois me préparer à ça. Prendre le dessus, sortir de la passivité-confort, l'horizontalité dans laquelle on se vautre par habitude et parce qu'on ne sait pas comment être une femme autrement. La réceptivité chère aux psys, elle arrange beaucoup de monde : les hommes dominants en pole position, les femmes autorisées à ne pas se taper une troisième journée de travail après le boulot et les tâches domestiques.

Je bouge mon bassin, gauche-droite, je fais craquer mes phalanges, gauche-droite, stress et extension, je ne suis pas souple mais plus flexible tu meurs. Je me tiens au courant des derniers bazookas à la mode, des derniers chars d'assaut fantasmatiques. Certains hommes ont horreur de la masturbation, d'autres détestait la fellation, j'ai connu des adeptes de la culotte en coton autant que du string à dentelles – des vétilles. J'ai aussi connu des hommes qui voulaient que je les écrase sous mes talons.

Évidemment je l'ai fait.

Entre mes cuisses, sous la soie bleutée de ma culotte, je glisse quelques gouttes de lubrifiant. Je dirai à Morten que je l'ai fantasmé toute la journée. Je lui dirai que je mouille et je mettrai sa main là-dessous, il aura sa preuve, il se sentira tellement, tellement attirant, il m'aimera parce qu'une femme trempée gagne des points.

J'ai utilisé la même stratégie avec les trente derniers hommes de ma vie, aucun n'a jamais deviné. Au royaume humide il faut clairement devenir fluide, recomposer sa sexualité. Un de mes amants clamait sur tous les toits : une femme doit être princesse en public et pute au lit. Quand je repense à cette plaisanterie – c'était quand, la dernière fois qu'un homme a raconté la moindre chose intéressante sur le sexe sans se planquer derrière son sens de l'humour ? Quand je repense à ce mépris, je me dis qu'il est plus que temps de transformer les mecs en putes, eux aussi. Qu'on rigole.

Morten rentre dégoulinant de pluie, paré pour ma surprise, et me trouve, dans le salon, en sursis dans ma nuisette.

— Chéri ? Je t'ai attendu toute la journée.

Deux heures en réalité mais ça reste une dosette de vie. Lui n'interrompt même pas son mouvement, il lâche son sac, enlève son K-Way en même temps que son T-shirt, son pantalon en même temps que son slip, il n'hésite jamais, pas de complexe. Mon guerrier, mon soldat chiant et perfectionniste, il est prêt à la lutte des corps, aux draps tachés et au choc des volontés.

On verra maintenant qui se laissera faire. Aux femmes on apprend à finir vaincues. Mais les hommes adorent perdre.

Un soir de juin je rentre du Fitness World et la bouteille de champagne m'attend, ouverte, sur la table. Morten sourit – une franche ribambelle de dents qu'habituellement il réserve à ses amis.

— Que s'est-il passé ? je demande en attrapant une coupe.

Je descends le champagne sans réfléchir, après deux heures de step mes neurones se limitent à reconnaître la gauche de la droite, je meurs de soif, je pourrais boire de l'acétone.

— C'est fait, dit Morten. Première exit.

J'apprends ça en *jogging sale*, goodbye glamour. J'accuse le coup, mon ventre se contracte, je ne pensais pas qu'il réussirait si rapidement.

— Comment ça ? Avec RainAngel ou Mangrove ?
— Avec les nouveaux investisseurs, ils ont trouvé un revendeur. Pas vraiment la procédure classique mais le préaccord est signé : dans quelques mois, le temps que la paperasse fasse son chemin, je serai millionnaire.

— Wow.
— Grâce à ta robe rouge.
— Et à la femme qui était dedans.

J'hésite entre la satisfaction d'avoir misé sur la bonne personne et en même temps, cette impression d'un monde qui s'effondre. Trois millions d'euros : pas mal pour une boîte créée il y a six mois. Je me rappelle qu'à Oslo il y passait ses nuits – je prenais les matinées. Rien n'a changé, vraiment, les routines norvégiennes nous ont suivies au Danemark.

— Je vais tout réinvestir, évidemment.

Évidemment. Il ne va pas se satisfaire de quelques millions, pour lui cette réussite ne peut se concevoir que comme un premier échelon. Vers quoi ? Jusqu'où ? Au bureau les garçons ne connaissent aucune limite, des gamins dans une bonbonnière, et ce sont les gens comme moi qui terminent bouffés. Salariés, simples employés, pas assez braves pour « prendre des risques ». La gloire danoise de la flex-sécurité : à n'importe quel moment renvoyés. Morten n'a même pas posté de statut sur Facebook pour annoncer la nouvelle. Je me dis : ce mec est un robot.

Pendant que mes yeux scintillent, il fait couler le champagne dans les coupes. À gros bouillons.

— J'ai rencontré la nouvelle copine de Mads, tu sais ? Mads de Norvège.
— Hmmm ?

— Tu savais qu'il était avec Nathalie, jusqu'au mois dernier ? Cette pute l'a plaqué. Mais bon, il a trouvé mieux.

Pute. Je souris. Tout le monde veut sa pute, nous sommes des signes extérieurs de richesse, le club des salopes poursuit son travail d'infiltration du milieu des start-up. Je préfère contourner le conflit :

— Je pensais que tu détestais Mads. Depuis quand vous vous parlez ?

— Je ne l'ai jamais détesté. Je trouve juste que je suis meilleur que lui.

Doute : nom masculin, inconnu au vocabulaire de Morten. J'aime cette énergie. Elle me porte. Je me demande à quel âge il commencera à douter, à faire partie de la communauté des humains – les gens qui n'ont pas réponse à tout.

— Et donc, cette nouvelle copine ?

— Une entrepreneuse, et franchement, une classe hallucinante. Il faut toujours qu'il se tape les meilleures.

Je grimace, dos tourné, Morten descend son verre et je trouve que nous buvons trop.

— Tu avais essayé de coucher avec Mads, avant moi, non ?

C'est l'histoire d'une femme qui vit à l'ère de l'information et qui pense quand même filouter le système. Je souris de toutes mes dents, chat du Cheshire :

— C'est lui qui m'a fait un plan drague foireux. Il ne s'est rien passé.

— Il aurait pu se passer des choses, si j'ai tout compris. Mais peu importe. On n'était pas ensemble.

— Oh, mais tu m'avais déjà tapé dans l'œil.

Je minaude, appuyée contre le meuble de la cuisine.

— Et donc, reprend Morten, Mads est passé aujourd'hui avec la remplaçante de Nathalie.

— Qui est géniale.

— Elle crée des systèmes de paiement par téléphonie mobile au Kenya, tu vois, elle aide les paysans locaux.

— Et tu voudrais te lancer dans l'humanitaire ?

— Non. Enfin si. Mais cette fille... elle a vraiment la classe. Tu devrais la voir et lui demander où elle s'habille, elle s'y connaît vachement en mode.

— Si je la rencontrais, peut-être que je préférerais parler du développement subsaharien.

Parce que j'ai autre chose à foutre de ma vie que m'occuper de tissus.

— J'aimerais bien que tu t'inspires un peu d'elle, dit Morten.

— Des chiffons et de la charité. C'est une première dame, qu'il te faut.

— Arrête de tout prendre de travers, j'essaie juste de trouver des solutions.

— À quel problème, Morten ? C'est moi, le problème ?

Il joue avec son verre, les yeux rivés aux subtiles variations de couleur, sûr de son droit, pas du tout dérangé.

— Morten, si tu veux que je parte, ce serait plus rapide de me le dire.

— Mais pas du tout, je voudrais juste...

— Qu'après huit mille concessions je devienne, carrément, une autre personne. Non mais tu t'entends ? Pourquoi tu restes avec moi ? Prends une gamine malléable, qu'est-ce que tu fais avec une femme plus âgée ?

— J'aime cette femme plus âgée.

— Manifestement non. Tu ne peux pas vouloir une femme forte, qui t'emballe en Norvège sans que tu lèves le petit doigt, et demander que je passe trois heures par jour à avoir la classe. On a soit la force soit la classe. J'ai un boulot, moi. J'ai une vie.

Il regarde par la fenêtre. L'hôtel Euroglobe ?

— Je voudrais des enfants, dit-il. Maintenant que j'ai signé tu pourrais tomber enceinte.

Son obsession nous poursuit en filigrane : il vient d'une famille nombreuse, il veut quatre enfants. Un soir devant ses amis, un peu bourré, il a promis qu'il me paierait une nouvelle paire de seins – après le massacre.

Je suis une étape à cocher sur son parcours, mon ventre, un département à annexer.

— Ce serait bien, non ? dit-il. Quand la relation fonctionne, l'étape logique c'est les enfants.

J'en reste abasourdie : que dans son esprit, en toute sincérité, ce couple puisse se reproduire. Que les enfants soient une extension de la réussite financière. Je manque de flanquer sur la table *mon* étape logique – la fuite.

— On pourrait peut-être en reparler dans un an. Planifier les entreprises, formidable. Mais pas les grossesses.

— Mais on doit commencer vite, Mèyah. Sinon tu seras trop vieille.

Et voilà. La plaie, le couteau. À la guerre des nerfs les hommes nous auront toujours, leur seul avantage consiste à pouvoir attendre. Presque indéfiniment. Je connais des couples qui emménagent ensemble pour économiser un loyer, il faudrait que je materne pour économiser des ovules. On ne sort pas de l'économie. La crise replie : je devrais faire attention à mon capital santé, mon capital jeunesse, éviter le soleil et l'alcool, voir loin mais jamais voir venir. Au moins sur Internet le temps n'existe pas.

Lui vogue ailleurs, cerveau euphorisé par le succès :

— Dans ma famille, tous les prénoms commencent par un M. Le tien aussi. Je ne sais pas si je compte perpétuer la tradition, mais j'ai pensé à Milo.

Il n'envisage même pas qu'un enfant puisse naître de sexe féminin.

— Morten…
— Allez ! J'essaie de faire marcher cette relation.
— Ce n'est pas vraiment le meilleur moyen.

Il se renverse un peu sur sa chaise, un geste que je commence à connaître par cœur. La tempête, toute proche.

— J'aimerais bien savoir ce que tu veux, dit-il. J'ai rebâti une pièce entière pour qu'on puisse vivre confortablement à deux. Je réfléchis à la manière d'articuler une vie de famille sur la base de notre différence d'âge. Je m'investis pour notre futur, et toi, à part me regarder faire et zoner sur Facebook, tu ne sers pas à grand-chose. Tu gardes ton appartement à Berlin. Je ne sais pas si on peut continuer comme ça.

Ce que je craignais pour dans quelques semaines a déjà commencé : son arrogance explose avant même que l'argent ne vienne s'échouer sur son compte en banque. Sauf qu'aujourd'hui je suis prête.

J'ai beau céder à ses exigences 99 % du temps, il me reste de quoi répondre à ça, des mots enfouis, gardés en réserve, un stock pour les moments de crise.

— Et tu crois quoi, Morten ? Que tu vas gagner le prix du meilleur petit ami de ma vie ?
— Je crois que je me débrouille pas mal, oui.

Face à la dureté et à la confiance, être plus dure et plus confiante. Si possible plus injuste. Rendre les coups, se muer en foyer de résistance : brûlante.

— D'accord, alors je vais t'expliquer ce que c'est, un petit ami. C'est quelqu'un qui écoute quand je parle, qui ne pense pas systématiquement que j'ai tort, qui ne marche pas dix mètres devant moi dans la rue, qui dit bonjour le matin, qui répond à mes sourires et qui ne dit pas que je suis grosse ou que je pue. Qui m'accepte.

— Un hypocrite. Tu veux un hypocrite.

— Je veux un mec qui ne pense même pas à tout ça. Est-ce que je pense à tes défauts, moi ? Est-ce que je t'ai demandé une seule concession ? Jamais. Je m'en fous, de tes grandes démonstrations d'amour, parce que tu rates toutes les petites. Toutes.

— J'essaie de construire.

— Il t'a fallu des mois pour m'appeler ta copine, pour m'aimer aussi avec les mots, pour me présenter à tes amis – tu voudrais que je m'intègre, mais tu auras tout fait pour que je reste isolée. Tu viens de gagner vingt millions de couronnes, et ça change quoi ? On ira dîner dans des restaurants encore plus prestigieux ? J'aurai plus de paires de talons aiguilles ?

Cette fois la guerre des tranchées a commencé. Ou plutôt elle se montre au grand jour : elle a commencé au premier regard. Je joue ma carte préférée, je me lève, je m'étire :

— Je ne vais pas rester.

— Attends, on peut réfléchir.

— J'espère bien. Justement je vais te donner de l'espace. Pour réfléchir.

— Je ne veux pas d'espace !

— Et bah tu vas en prendre quand même. L'appartement sera tellement plus confortable pour une seule personne.

Dix minutes plus tard je suis à l'Euroglobe, de l'autre côté de la rue. Ma chambre ne donne pas sur l'appartement de Morten : de toute façon je sais exactement dans quel fauteuil il s'est installé, à observer le mur comme s'il voulait le marteau-piquer du regard. Avec un peu de bol il réfléchit pour de bon. Mais connaissant son ego, j'imagine plutôt la millième liste de mes défauts se dérouler dans son crâne, défauts parmi lesquels : ingrate, arrogante, chieuse, Française, incapable de reconnaître son génie, infoutue d'accepter le moindre feed-back de couple.

Dans l'urgence j'ai attrapé le strict minimum, qui tient à peine dans l'espace de la chambre. L'hôtel correspond à mes attentes, à mes fantasmes. Un verre à moutarde dans la salle d'eau. Un tapis sur lequel je ne marcherais pas pieds nus. Un couvre-lit marron à vingt mètres du lit moelleux de Morten – mais au moins je peux fermer la fenêtre.

Posée sur ma valise, j'essaie de résoudre la dissonance cognitive d'une relation qui se solde mal. Vite, très vite, j'imagine comment écrire cette histoire-ci : la trentenaire pathétique qui se tape un vingtenaire et qui ne surmonte pas le foutoir culturel ? La fille qui perd du temps avec un mec trop compliqué ? La sexperte qui ne sait pas gérer la complexité ? Pour enjoliver le passé, pour m'en tirer la tête haute, je prétends : quand je me sens jetable, alors je préfère me jeter moi-même. Mouais. C'est pas mal, ça. Je peux vivre, avec cette histoire-là.

Armes dont on dispose pour faire pression en temps de guerre : les larmes, les soupirs, la menace, l'insulte, le chantage affectif, la dépression nerveuse, la culpabilisation, l'infidélité, l'indifférence, l'éloignement, le sourire, la gaieté, la chevalerie, le besoin de protection, l'infantilisation, l'angoisse de mourir seul, la peur de ne pas trouver mieux, la lassitude.

La rupture.

Lima. Une falaise interminable posée sur la côte péruvienne, dix millions d'habitants entassés au milieu du désert dans des favelas et des immeubles ternes. Encore cabossée par mon départ de Copenhague, je rejoins un groupe d'amis – des locaux, des Français, des Danois, un Hollandais, une Espagnole, tous en fuite pour différentes raisons. Tous en manque de soleil, un peu déçus par le ciel obstinément gris, une bouillie de nuages plaquée sur le paysage.

J'ai commencé à me sentir mieux dès l'aéroport, grâce aux coups de fil franco-belges et complices, j'ai distinctement senti le comblement du manque, les petites douleurs quotidiennes en cours de cicatrisation. Le fil chirurgical, devenu amical, sous la peau.

Mon billet pour le bout du monde planté entre mes genoux, je me suis endormie devant la porte C25 avec une tranquillité presque oubliée. Pensée fluctuante, entre attaches multiples et détachements sélectifs – tous ces gens de passage avec lesquels il ne se passera rien, tous ces avions qui se croisent, des millions d'interactions manquées, des lieux où on se laisse être seuls. C'est la gloire des périodes d'attente – ces moments qui évitent de vivre, en perpétuelle transition, injoignable, désolée, je suis sur la route. Sur mon siège toujours identique, le dernier au fond à droite, déconnectée, je suis autorisée à oublier Facebook, à ne pas chercher en permanence comment rendre ma vie tellement fun.

Les vêtements s'empilent dans ma valise, inadaptés, trop chauds pour le printemps sud-américain. Mais tout est remplaçable.

Nous avons loué un appartement à quatre, près de la côte, décidés à appliquer la recette miracle des technomades : *work hard, play hard* – la première règle de la communauté veut qu'on parle en anglais, c'est la langue d'Internet et puis ça fait tellement classe.

Pour la première partie du programme, pas de problème, le mauvais temps nous retient devant nos ordinateurs et l'appartement, glacial, mate notre enthousiasme – des murs recouverts d'une tapisserie brune que personne n'ose toucher, des meubles en plastique qui manquent de s'écrouler sous le poids des portables, alors on se concentre sur les clics – on s'ignore. Le premier jour j'ai voulu bronzer, du temps perdu.

Pour la partie divertissement du voyage, on a quelques contacts, un taxi loué pour la nuit, on décide de se retrouver dans un centre commercial faisant office de station balnéaire, à une heure au sud de la ville.

Premières vodkas avalées vite, entre deux énormes enseignes, des marques internationales plaquées sur des bâtiments plats en tôle, des top-modèles de quatre, huit, douze mètres qui me regardent avec arrogance. Je porte une jupe trop courte. Etre une femme consiste à avoir froid. On reprend des shots. On se met dans l'ambiance, c'est-à-dire qu'on rentre en nous-mêmes : les premières inhibitions tombent comme des soldats morts.

Je n'ai pas oublié Morten. Loin de là. Je suis partie donc j'emporte l'avantage stratégique, mais je suis surtout partie déçue, avec l'impression d'une quinte royale gâchée, de cocaïne balancée dans les chiottes. Mais Morten ne changera rien à mes vacances. Ce soir je picole en mode célibataire – un mode on/off, réellement : un interrupteur – l'amour interrompt tout, c'est finalement très binaire, je donne tout ou rien, 0 ou 1, mon amour est numérique, calibré pour les relations digitales. Il y a des personnes qui peuvent aimer à moitié. Je me demande ce qu'elles prennent d'autre, pour décoller. Ou si elles ne décollent jamais.

Je ne suis pas sortie en mode célibataire depuis des années. À force de sauter de relation en relation, à force de maîtriser mes plans B, j'ai quasiment oublié le frisson des possibles grands ouverts. C'est une forme de vulnérabilité. La porte aux emmerdeurs est grande ouverte, mais j'ai besoin de ça.

À mesure que les amis d'amis s'ajoutent à notre groupe, les mecs se passent le message : cette fille, là, elle n'a personne. J'ignore gentiment les propositions. Pas maintenant. Quand on possède un vagin ce n'est pas la reproduction qu'il faudrait apprendre à l'école mais l'esquive de conversation. Avec un examen au bac : citez trente manières élégantes de vous débarrasser d'un prétendant.

Je ne compte pas me débarrasser de mon célibat comme d'une peste, au contraire, je veux faire durer le jeu, voir où ils en sont, les mecs, de leurs stratégies. À force de lire, pour le boulot, des manuels de virtuoses de la drague, je sens les approches et je reconnais les ouvertures à dix kilomètres. Les mécaniques sociales, les violences de groupe, les efforts subtils pour reprendre le leadership et devenir le centre de l'attention : toutes les manières qu'on a de s'entretuer dès qu'il s'agit d'avoir une chance de baiser. Une certaine simplicité triomphe : le conformisme physique est exigé, l'anticonformisme spirituel est encouragé dans la limite des stocks disponibles. L'inverse équivaut au suicide social.

Ce soir en tant que femme je remplis le contrat qui veut que si tu viens seule, alors tu dois, à tout prix, être également disponible. La règle est stricte, la sanction immédiate : je ne peux pas rester cinq secondes seule à une fête sans qu'un homme m'aborde, je ne peux pas le retenir cinq secondes quand il sait que je suis en couple – une fuite systématique qui me rappelle à quoi je sers. Pas question de discuter alors qu'on pourrait scorer. Pas question d'envisager que je puisse avoir du poids dans le réseau.

Cette nuit les choses sont possibles, je me transforme en Nathalie, sans la robe dorée mais avec les dents de louve qui rayent le plancher. Cette nuit j'entasserai des corps sur le corps de Morten. Aucune vengeance, juste de la survie, le besoin d'échapper à son emprise. Je suis venue, aussi, pour tenter de me réincarner après son travail de sape – mais me réincarner comment ? Je me demande à quoi je pourrais ressembler cette fois-ci, loin des identités meurtrières, loin des définitions codes-au-cul et cordes-au-cou : quel maquillage, quelle personnalité, quel avenir. Quels hommes évidemment.

Alors voilà : retour en boîte de nuit. À Lima on n'y laisse pas entrer les pauvres, on n'y laisse même pas forcément entrer les personnes à peau sombre. On ne peut passer que cooptés, touristes et gosses de riches, parlant anglais ou espagnol, souvent ne parlant pas du tout.

Les Péruviens et les expatriés alignés le long du bar échangent des plaisanteries et des shots d'alcool viril, ils sont venus pour la viande, vraiment, pour la qualité de l'étal : vous reprendrez bien un jarret de femme ? Ils soupèsent du regard les seins, ils reconnaissent au premier coup d'œil les bons cheptels, les culs de qualité, le ratio graisse-muscle, ils savent quels sont les bons morceaux, ils en discutent sans se cacher. Cette petite élite – mâle, bourge, hétéro et presque blanche – occupe le terrain avec assez d'argent et de détermination pour alcooliser toutes les femmes de la soirée. De toute façon il faut quasiment s'asseoir sur leurs genoux pour commander.

Le club, à dominante violette, ressemble à tous les clubs, on pourrait même le voir comme un concept : l'incarnation éternelle de ce club planétaire, on serait à Juan-les-Pins ou Tombouctou que ce serait la même histoire, la même odeur de bière tiède, sauf que nous essayons tous très fort de nous convaincre que nous sommes au Pérou. Les barmaids jouent leur rôle de barmaids alors qu'elles aimeraient dormir, les clients jouent leur rôle de clients alors qu'ils voudraient baiser, je joue le rôle de cible potentielle alors que c'est moi qui sors chasser. On s'observe en douce, vérifiant l'hétérogénéité quasi parfaite du lieu, contrôlant les forces en présence, se coulant naturellement dans les hiérarchies indispensables – est-ce que ce type a l'air plus musclé que les autres, est-ce que je suis plus mince que les autres, est-ce que mes pompes ont l'usure adéquate. Chacun tient sa place et crée son royaume. Sous la musique assourdissante qui nous rend si polis et silencieux, on sent qu'il suffirait de pas grand-chose pour qu'on commence à s'arracher la jugulaire à pleines dents. Après tout, on est venus pour ça.

Action. J'aime les deadlines sous pression, je décide que le premier coup prendra trois minutes. Au Danemark j'ai appris à me donner des objectifs quantifiables : je suis venue pour appliquer des principes de productivité, pour faire chauffer le turn-over, pour maximiser mes actifs.

— Salut, je peux m'asseoir ?

Ma cible se retourne, surprise, roulant des fesses sur le tabouret inconfortable. Je suis arrivée par-derrière parce que cette approche déstabilise – les virtuoses de la drague recommandent d'éviter. Je tords une colonne vertébrale. C'est le préambule, un préliminaire qui marque les hiérarchies – ce soir les hommes seront travaillés en courbes, je compte bien leur scier les branches, leur imprimer ce mouvement si féminin de déhanchement : diviser pour mieux régner, commencer donc par couper la personne en deux. J'ai la haine et je ne sais même pas pourquoi.

Le garçon est péruvien, aussi mignon que d'autres mecs mignons, de toute façon comment choisir dans un supermarché ? Il doit y avoir deux cents types à examiner, donc le premier homme à peu près décent et n'affichant pas une attitude de psychopathe fait l'affaire. Simple hasard. Comme pour Mads, Morten ou Boris : une histoire de sexe ou d'amour demeure avant tout une affaire géographique, parce que trop de choix annihile la possibilité de choisir.

Il porte un jean et un polo noir comme la moitié des mecs de la salle. De mon côté, j'ai opté pour un chemisier rouge parce que le chemisier donne une allure féminine *mais pas trop*. Un T-shirt ferait gamine, le décolleté agresse. Je replonge dans la féminité ni-ni, et merci de ne pas dépasser. Des yeux pas trop gros ni trop petits, des lèvres pas pulpeuses parce que ça fait salope, mais pas minces parce que ça fait mal baisée. Si tu es blonde, veille à n'être pas trop blonde. Si tu es intelligente, garde un profil pas vraiment bas mais moyen.

Elle est chiante, la féminité, mais j'ai la morphologie taillée pour ce sport : un visage banal qui n'effraie personne et ne rebute personne. La fille baisable par excellence.

J'ai choisi un chemisier rouge parce que le rouge évoque les organes génitaux gonflés de sang. C'est scientifique.

— Quoi ? demande le Péruvien rendu à moitié sourd par les basses.
— Je peux m'asseoir ?

Je me plante sur le siège de gauche avant qu'il réponde. La barmaid m'offre un clin d'œil, elle porte un débardeur aux couleurs du club, pourpre, bien étroit. De grosses lampes industrielles pendent du plafond jusqu'au-dessus de nos têtes, quelques poutres métalliques contrastent sur les tentures pseudo-romaines. L'orgie à portée de marketing, l'idée du sexe qui permet d'échapper au sexe lui-même.

D'un coup d'œil circulaire je vérifie la proximité de mon groupe d'amis – en femme responsable je ne débranche jamais totalement la mère intérieure qui rappelle que le viol se tapit à trois secondes des situations les plus anodines. Puis je commence à dérouler un *game* classique :

— J'attends ce mec depuis cinquante minutes, désolée, je suis stressée. Besoin de parler. Tu me dis, si ça te dérange.

Cette ouverture permet de s'esquiver à n'importe quel moment. Elle montre que je suis quelqu'un de désirable : je me valide avec un homme imaginaire. Je m'annonce un peu instable, un peu dangereuse peut-être. Je contrebalancerai ensuite.

— Ça ne me dérange pas du tout, dit le Péruvien.
— OK. Tu attends quelqu'un, toi aussi ?
— J'attends mon verre.

À partir de maintenant le type devient une toile. Je sors mes pinceaux et commence par afficher une vulnérabilité de façade, je rigole à sa repartie, je me laisse presque tomber sur son épaule et dans ce mouvement je remarque un tatouage, une panthère qui se prépare à bondir sur son bras. Parfait, ça me donne une accroche supplémentaire. Je fais la fille bourrée donc accessible :

— Un verre ? Moi j'ai déjà pas mal commencé. Tu m'en payes un ?

À partir du moment où une personne accepte de mettre dix euros pour continuer une conversation, c'est gagné. Mais ses yeux, presque engloutis par d'énormes sourcils, scrutent quelque chose derrière moi.

— Ce sont tes amis, qui nous regardent, là ?

Je m'aperçois que mes potes font des grimaces dans mon dos, il fallait s'y attendre, j'assure le spectacle, ils applaudissent. Mais finalement, ça m'aide à convaincre ma cible que je ne suis pas trop bien pour lui.

— Euh, je ne les connais pas très bien, en fait.
— Tu bois quoi ?
— Le plus cher.
— D'accord. C'est important, ce mec avec qui tu as rendez-vous ?

Il me reste seulement deux minutes. Le type est malléable, chewing-gum prémâché, carte bleue calée entre deux doigts. Je peins en lignes claires, facilement décryptables. Mon style exige la violence parce que la subtilité ne sert à rien – pour moi la trajectoire doit jaillir d'un bloc, évidente et simple, mais je prends en compte, bien sûr, l'aspect esthétique. Parce que c'est de la beauté, que je crée. La toile toute seule n'a aucun intérêt. Ce mec, je suis en train de le transformer en œuvre d'art, et il me laisse faire, il ne se rend compte de rien. Je révèle sur sa personnalité, à coups de dissolvant, les blessures cachées – la blessure systématique c'est l'insécurité. Il n'y a rien de plus simple que d'exploiter le gouffre sans fond de la virilité jamais suffisante : l'envie du pénis, apparemment, c'est surtout quelque chose qu'on ressent quand on a un pénis.

Je réponds d'un air distrait :

— Ce mec ? Ouais, super important.
— Faut pas trop se mettre la pression, tu sais.
— T'as sans doute raison.
— Quand un truc doit arriver, il arrive.

Dommage qu'il n'applique pas cette brillante lucidité au moment présent. Cette fois je le regarde fixement :

— Je ne suis pas d'accord. S'il suffit d'attendre ce qui doit arriver, c'est de la passivité. Tu es ce genre de mec ?

Hop, une erreur à rattraper.

— Moi ? Non, non, je suis plutôt du genre à prendre les devants.
— Ah bon.
— Je voulais juste dire que ça peut être compliqué, les histoires de timing.
— Je comprends ça. Mais parfois il faut accepter de n'être pas prête. Savoir se laisser surprendre par les impromptus.

Ce n'est plus une ouverture, c'est le premier jour des soldes. Lui prend un air inspiré, il a de grosses lèvres un peu boudinées – ça ne va pas trop aux mecs, les lèvres.

— Voilà. J'avais une ex, il y a quelques années, elle a voulu qu'on emménage ensemble au bout de seulement quatre mois. J'étais encore étudiant à San Marcos, je ne me sentais pas prêt. Mais finalement ça a été une expérience géniale.

Je le sens posé dans la discussion, décrispé, on a atteint sa zone de confort. Il a montré sa disponibilité, sa fiabilité, il estime que ça suffit. Mauvais. Si je le laisse raconter sa vie, il va la jouer petit bras et attendre deux plombes avant de me payer un verre. Les mecs qui veulent prendre le temps de te découvrir, c'est les pires.

— Ah parce que t'es hétéro ? Je lui pose la question en buvant dans son verre.

Il bafouille, se rattrape comme il peut. Maintenant et déjà, j'ai gagné : il a quelque chose à me prouver, et pire, il s'agit de son hétérosexualité. Je pourrais ressembler à un porte-avions qu'il insisterait pour me baiser quand même – une baise éducative, destinée non pas à se satisfaire mais à réviser l'ordre du monde. Je fais la fille adorable :

— Oh, pardon. Je ne voulais pas te...
— Non mais je ne le prends pas mal, je suis quelqu'un de vachement ouvert.
— C'est juste ton tatouage.
— J'avais 19 ans.

Il me coupe la parole, j'ai réussi à lui faire presser le rythme, bon signe. Il me reste une minute. Ma ligne est claire et ma couleur, rouge. Je peins toujours les mecs en rouge parce que c'est la couleur de l'humiliation. Menés en bateau de A à Z, consentants, cocufiés avant le premier contact. Je gazouille :

— T'as pas besoin de te justifier.
— Si, si. Il est naze, ce tatouage, je sais. Je devrais le faire recouvrir. En même temps, c'est un souvenir... une période de ma vie, quoi.

Je souris comme la panthère sur son bras.

— Bah non, garde-le, ton tatouage. C'est mignon.
— Vraiment ?

— Oui. Tu assumes.

En drague de combat, on détruit l'estime de l'autre pour lui scier sa chaise émotionnelle.

— Je m'appelle Pedro. Hétéro. J'aime les femmes.

Et tu vas me le payer.

— Élise. Enchantée.

Je ne sais pas pourquoi j'ai choisi ce prénom. Peut-être parce qu'il sonne doux.

— Tu as dit que tu voulais boire quoi ?
— Un Cosmo, s'il te plaît.

Une boisson de fille, pas trop agressive.

— Je reviens tout de suite.
— Je ne bouge pas.

Quand il reviendra je serai partie. Trois minutes et pas une seconde de plus.

Le club, immense, ne manque pas de recoins. Une fois installée de l'autre côté de la piste de danse, entre deux canapés rouge et or, je commence sérieusement mon shopping. C'est-à-dire qu'à partir de maintenant je ne fais rien. Je laisse venir, ne pratiquant qu'une sélection passive – le choix des femmes limité au premier choix des hommes, on ne peut sélectionner que parmi la petite fraction qui aura croisé votre regard. J'ai déjà approché une fois, je ne peux plus me permettre de repartir à l'assaut – même si personne ne me connaît certaines informations vont vite, et les groupes de mecs adorent tirer des conclusions hâtives.

On pourrait croire que parce que je veux plusieurs hommes, je veux aussi n'importe lequel.

Adossée au mur je souris : le modèle de la femme désirée et respectée, il y a presque une contradiction dans les termes, c'est la belle mystérieuse. Pour me donner une contenance je traîne sur Facebook et les applications de virtuoses de la drague, qui confirment : rester secrète et rester chaste. De loin, avec des grosses lunettes, la posture énigmatique peut paraître classe.

Ce serait oublier un tout petit détail : une femme mystérieuse, c'est avant tout une femme qui ferme sa gueule. Qui s'autocensure, qui se complaît dans l'évitement, qui n'embêtera personne avec ses désirs. Tu poses ton quart de fesse sur un bout de chaise en attendant un verre ou un compliment, tu laisses les autres décider pour toi. Quand l'homme désire et que la femme dispose – comme s'il fallait choisir –, c'est qu'on s'est fait confisquer pas seulement nos désirs mais nos tripes.

Je repense à Morten, rebelle, bordel, ce mec avait quand même des avantages. Il valait mieux que ces lézards qui prétendent aimer les petites choses mignonnes, les femmes-enfants et les copines-plaies, il était plus intéressant que ces moitiés de mecs tremblants, terrorisés au point de construire leur force sur la faiblesse supposée des femmes.

Où sont les mâles alpha ce soir, pour assurer un peu de fun ? Où sont les autres Morten, débarrassés des illusions pygmalionnes, conquérants et secs ? Ceux qui aiment les filles faciles, mais qui aiment faire semblant de résister ?

Je suis une chasseuse et les mecs qui ont peur ne m'intéressent pas.

Je suis une chasseuse parce que je veux qu'on m'accepte. Je rêve d'être validée, revalidée, survalidée, jusqu'à la validation ultime – la demande en mariage.

Je suis une chasseuse parce que je ne peux pas rester proie : je ne suis pas cette « fille qu'on peut convaincre » en insistant encore juste un tout petit peu, en m'offrant encore un verre de plus. Bien calée dans les statistiques, j'ai échappé à trois tentatives de viol. Une vie normale. Vivement la prochaine.

Je suis une chasseuse parce que quoi qu'ils racontent, les hommes ne veulent pas qu'on les désire, parce que notre désir les insulte et les terrifie. Ce soir comme à Berlin la disponibilité sexuelle est marquée par le port d'un polo ou d'une chemise. La plupart des gars ne dansent même pas, ça aussi ça les terrorise, ils auraient peur de ne pas tout contrôler.

Je suis une chasseuse pour prouver que l'érotisme n'appartient pas aux femmes. À intervalles réguliers j'écris sur la nouvelle séduction masculine, histoire de la voir triompher avant ma ménopause, mais les réd' chefs me rient au nez : l'homme futur ? Allez, ça n'intéresse que les gays, ou les femmes, autant dire personne.

Je suis une chasseuse parce que les modèles de femmes préfabriquées laissent le terrain grand ouvert : pieds en dedans, jambes croisées, mains écrasant la taille, poitrine tassée pour ne pas voler trop d'air aux hommes. Merci aux éthérées, aux petites fées, aux filles sans opinion, aux compliquées, aux modasses, aux défenseuses de l'éternel féminin, à celles qui analysent les fringues des politiciennes, à celles qui rigolent aux blagues sur les nanas parce que ha ha on est vraiment toutes les mêmes, merci à celles qui trouvent que si tu te fais violer c'est quand même un tout petit peu de ta faute. Grâce à elles et à leur acceptation des hommes-boulets, les chasseuses récupèrent les mecs corrects.

Je suis une chasseuse parce que je suis en colère – une fureur qui ne convient pas aux princesses. Tu peux protester mais gentiment, sans faire de bruit, d'ailleurs on ne peut même plus appeler ça de la protestation tellement on s'excuse, pardon de te déranger mais tu voudrais bien taper moins fort ? Franchement ça va, on n'est pas trop chiantes comme opprimées : pendant que les descendants d'esclaves s'organisent pour demander des excuses et des réparations, les femmes sont toujours en train de baisser les yeux quand elles demandent l'égalité. Je connais bien la vue, quand on baisse les yeux : sur ses pieds mal assurés, sur ses jambes pour vérifier comme on est soigneusement épilée.

J'aime chasser parce que malgré tout ce que le système fait subir aux femmes, j'aime les hommes. Beaucoup trop. Peut-être que je les aime pour ne pas les détester, comme ultime mécanisme de défense. Peut-être qu'aimer les mecs est l'élégante hypocrisie qui excuse mon féminisme.

J'aime chasser parce qu'à part pour quelques aventuriers de la modernité, les hommes veulent que les femmes soient séduisantes, mais pas séductrices, tout en exigeant, eux, d'être aimés pour leur personnalité. Alors pour les chasseuses, les grandes amoureuses, il faut serrer les dents et partir au feu. Il faut se noyer dans des séminaires d'entrepreneurs et flirter dans des clubs de fitness. Tant pis pour ceux qui nous accusent de faire trembler la société, ceux qui nous menacent de « conséquences ». Je chasse depuis que j'ai quinze ans. Il n'y a pas de « conséquences » ni de monstres sous le lit des pucelles. Il y a des opportunités qu'on prend et c'est tout.

Je suis une chasseuse parce que la meilleure défense c'est l'attaque.

Les mecs sont drôles, à draguer. Tu peux y aller n'importe comment, ça marche toujours, ils ne sont pas bégueules : aux plus délicats je demande s'ils sont gays, aux plus ambitieux je rappelle qu'ils pourraient mieux faire, aux plus bourrins je demande s'ils ont quelque chose à prouver, aux plus riches j'offre des verres, aux plus galants je tiens la porte, aux grandes gueules je soupire, aux intellos je cite des auteurs qui n'existent pas, aux très beaux je dénie le droit d'avoir une âme, aux timides je m'enfuis. À tous j'affirme qu'ils ne sont pas assez bien pour moi, non, vraiment, ça ne va pas être possible. Je leur balance les *negs* de Morten : il faut bien que quelqu'un paye. Les violents ont été violés, les guerres s'enfantent, je suis un simple maillon de la chaîne de destruction amoureuse. Je reproduis comme une enfant battue.

Parfois je grimpe directement sur les genoux de mes cibles, je m'amuse à prendre les devants quand eux ne le font pas : je sais qu'ils culpabiliseront de s'être laissé culbuter par une fille de la moitié de leur poids. Parfois aussi je les flatte, pour maintenir une disharmonie.

Alexander, mon Allemand, je l'avais attrapé en lui faisant croire que j'avais besoin de me sentir protégée. L'épisode me fait toujours rire : bon sang, ça avait tellement bien marché, il suffisait de mettre mes gros sabots dans ses gros biceps – et les hommes, côté muscles, ils sont toujours menacés, on peut littéralement leur infliger n'importe quoi. Ç'avait été l'emballage le plus facile du monde. Je n'ai aucun scrupule à jouer le cinéma de la vulnérabilité en octave majeur : il faut bien leur apprendre, quelque part je leur rends service. Ce n'est pas moi qui les piège, c'est leur idée de la virilité. À Alexander j'avais demandé, pendant notre premier rendez-vous :

— Alors tu vas m'embrasser, ou jamais ?

Une phrase qui fonctionne très bien. Une phrase que j'avais répétée à mes trois conquêtes précédentes : menacer un homme de n'être pas assez actif c'est le détonateur parfait, à la limite de l'insulte.

Ma robe rouge était tombée comme une flaque dans son canapé crème. C'est un beau souvenir.

Je souffle, reprends un verre pour qu'on ne puisse pas m'en offrir.

J'aime le côté serial-séduction. Puisque les hommes sont censés avoir envie tout le temps, alors pourquoi ne pas les prendre et les jeter ? Puisque pour eux ça ne change rien ? J'ai assez lu que le désir masculin était un désir de bête, un soulagement à obtenir, les hommes jouent de ça, ils aiment entretenir le mythe. Du coup, aussitôt qu'un prétendant part, je recommence avec un autre. Puis un autre. Puis un autre. Incapable de me lasser. Je confirme et confirme encore ma séduction, même et surtout gratuite. Pour chaque regard donné je me détourne. C'est la règle.

La situation idéale, vraiment, si je pouvais réaliser mon fantasme le plus égoïste, ce serait de sécuriser TOUS les hommes, de pouvoir TOUS les avoir, n'importe quand n'importe comment. Au doigt, à l'œil, d'un mouvement du menton. Ce n'est pas vrai que les hommes veulent posséder les femmes, quelques nuits ça ne compte pas : moi j'exige l'investissement absolu, je veux régner sur chacune des pensées, le verrouillage total. Si j'avais des muscles je ferais taliban. Peut-être que toutes les femmes partagent ce désir de possession totale, que si on nous laissait faire on s'entretuerait pour balancer les mecs à genoux – tous, tout le temps. Ils font des proies faciles, des moutons jetés tous de la même falaise, mais fondamentalement quand je me réveille le matin, c'est cette hégémonie de grande puissance que je veux. Le réalisme est hors jeu. J'ai assez d'énergie pour le monde entier. Tous les mecs, tout le temps.

À vrai dire non, pas tous. Il y a le désir des moches. J'ai beaucoup de mal à rester délicate, quand un moche m'approche c'est comme quand un mendiant touche la cape d'une reine : un sacrilège et une angoisse, la peine de mort, la salissure qui s'étend de l'un à l'autre. Qu'on me préserve des moches. Je rejoindrai leur camp bien assez tôt.

Je me permets d'être prédatrice ici, surveillée du coin de l'œil par mon groupe d'amis, parce que je n'oublie pas ce qui m'attend dehors. Il faut se tenir entre quatre murs sécurisés pour se permettre les joies de la non-sélection : parmi mes jouets certains sont agressifs, certains se montrent trop entreprenants, mais au moindre dérapage ils se feraient virer : je me venge par avance pour toutes les nuits, depuis mes quinze ans, passées à marcher en serrant les doigts autour d'une paire de clefs – pour être prête à frapper. L'inox qui laisse des traces violettes au creux des phalanges.

Ce soir pour une fois que le danger vient de moi.

Je vais leur briser les genoux et ils aimeront. Ne sommes-nous pas dans un lieu de débauche ? Dans un temple moderne dédié à Pan ? Ne rejouons-nous pas des rites sacrés ?

Je séduis, laisse tomber, séduis encore, change de lieu, en déplacement constant comme lors d'une guérilla. Je change de prénom, aussi, et d'occupation : étudiante, chauffeuse de bus, strip-teaseuse, chercheuse, chirurgienne, avocate, coiffeuse, vendeuse au McDo, comptable, marrante, sinistre, orpheline, héritière, n'importe qui, n'importe quoi.

De toute façon ils regardent mes seins.

Je cherche les failles avec un appétit de lionne et un plaisir organique : je vise les abats, directement les viscères. Je découpe les hésitations comme je ferais de fruits pas encore mûrs : il faut forcer la peau mais les hommes sont tendres, après une première couche de fierté on s'enfonce en eux comme dans du yaourt.

À un moment, et plusieurs heures se sont écoulées maintenant, j'arrête de jouer. Marre des tequilas. Vaporisée par l'alcool je réalise que j'ai presque approché Pedro à nouveau – les visages se ressemblent tous, des nez, des bouches, tout ça pour ça ? Je suis écœurée et ce n'est pas l'alcool.

D'un seul coup j'exige qu'on me laisse tranquille, je me retire de ma position disponible, je ne supporte plus les regards. L'interrupteur revient sur off.

Les hommes ne réalisent pas comme on s'épuise, en permanence sur le gril.

J'échoue sur le parking, les talons à la main, les pieds anthracite, à glander. La température me fait regretter mon pull mais je n'arrive pas à retrouver notre taxi. Je marche pour éviter qu'on ne prenne mon immobilité pour une invitation.

Il y a des mecs qui traînent avec un verre dans chaque main, qui attendent des femmes qui ne les rejoindront jamais parce qu'elles font comme moi – à peine rassurées sur leur pouvoir de séduction, déjà en train de commander le Bloody Mary suivant. Ils ne comprennent pas qu'on s'en fout, du verre, mais que les dominer, oui, et les dominer financièrement, oui, c'est ça qu'on veut. Pour une fois. Pour toutes les autres fois.

On entend la mer et les fêtards qui vomissent. Je me sens gavée, les pensées saturées de possibilités de baise, le soutien-gorge rempli de numéros de téléphone. Je ne veux pas de ces hommes-là et quelque part, ça me fait vraiment chier. J'aurais préféré baiser cette nuit, je regrette de n'en avoir pas eu envie.

Je pense à Morten qui a mis une hauteur absurde dans les rapports humains, je réalise qu'il faudra du temps avant d'accepter de revivre en petit format. La taille standard, les sentiments normaux, m'apparaissent comme une régression.

Je me sens attachée. Finalement.

Cette espèce d'enfoiré a mis un pied dans la porte. Je n'avais pas lu les petites lignes dans le contrat, les formulaires de désabonnement, apparemment une vraie galère. Nous ne sommes pas terminés. Il suffit de se frotter à la concurrence pour comprendre que je ne m'en tirerai pas comme ça, baiser ce soir ce serait consentir à la médiocrité. Une fois de plus je me retrouve fidèle par obligation.

À côté de Morten les autres hommes sont diminués, physiquement et charismatiquement : je ne peux pas me projeter ailleurs que dans cette histoire.

Et soudain je découvre ce qui reste quand on enlève la chair sur les os, quand on joue cent différents rôles en une soirée, quand on rencontre quelqu'un qui nous met à nue : rien.

Au bout du monde, au bout de moi-même, je ne trouve qu'une boule à facettes, mille facettes dont aucune ne m'appartient. Un miroir clinquant et vulgaire, qui se contente de reproduire les attentes des autres. Aucune révélation. Je pensais que Lima me montrerait ce qui m'appartient vraiment, ce à quoi je ne renoncerais pour aucun mec.

Rien.

J'attrape mon smartphone comme si c'était la dernière chose qui me reliait au monde. Je cherche des vieux textos de Morten : pourquoi j'ai voulu partir ? Pourquoi je ne suis pas restée avec lui ? J'aurais pu lui laisser la place – toute la place.

Et aussi, que s'est-il passé ces dix dernières années pour que je me perde à ce point ?

Je m'assois sur une borne du parking, béton granuleux en contact direct avec mes cuisses, je réfléchis, muscles hérissés par le froid, étudiante j'avais des passions, des convictions, je militais et je me bourrais la gueule avec de véritables êtres humains, on jouait au tarot, on se passait des coups de fil, je faisais partie d'un groupe et pas d'un réseau. Entre-temps il y a eu Internet. Et le travail. Voilà ce qui m'a changée. Le free-lance permanent, dont je suis autant le déchet qu'un résultat logique : nier sa personnalité comme seule solution pour survivre, le vide intérieur comme conséquence d'une profession dédiée au sourire et à la flexibilité. Souris ou crève. Je pourrais porter un masque de Mickey, ça soulagerait mes maxillaires. Par politesse j'ai cessé d'infliger aux autres ma complexité. Les bouts qui dépassent, je les coupe, pas seulement en apparence mais aussi intérieurement, comme un bonsaï je coupe mes branches pour pousser dans la bonne direction et devenir un joli petit buisson harmonieux. C'est une question d'économie.

Je me vois clairement, maintenant : la dépendance affective à mon entourage professionnel, pour gagner de quoi rester indépendante financièrement. Les courbettes. Les patrons qui sont toujours des amis. Adrienne et tous les autres. Les collaborateurs qui pourraient se barrer. Arnaud et tous les autres.

Free-lance, la sensation de liberté sans aucune liberté.

Il y a la concurrence de la chasse et celle du bureau, il y a le gang des salopes et la solidarité des précaires. Je ne suis jamais sortie de la précarité, je n'ai jamais quitté la jungle, je me suis vendue tous les jours de ma vie, comme travailleuse et forcément comme femme. Mais pourquoi je refuserais ? L'argent est la valeur supérieure, pourquoi ne me vendrais-je pas ?

Dans ces conditions une personnalité serait embêtante à gérer, elle m'empêcherait de rendre mes articles à l'heure, je ne pourrais plus être drôle sur commande. La personnalité : mal du siècle et mal du sexe. Je m'aperçois que j'y ai renoncé, progressivement.

Sans que personne ne me force.

Sur ce parking, avec autour de moi l'ordonnancement sage des publicités, j'accepte d'y renoncer pour toujours. Il reste quoi, en l'absence d'individualité propre ? Le confort et un jean à 149,90 euros. Morten vient de gagner vingt millions de couronnes. Voilà à quoi ressemble le confort.

En anglais, Morten se définit comme un *over-achiever*. Quelqu'un qui achève beaucoup de choses, ou du moins plus que la moyenne. Je confirme. Je me sens achevée, ou alors c'est la fatigue.

Le Danemark me manque, sa froideur rassurante, sa franchise-tronçonneuse qui m'a mise en pièces. Pendant quelques instants, sur ce parking, je me dis que je boufferais bien du foie de morue sur une tranche de pain noir.

Règles de vie des technomades :

— Ne jamais tomber malade.
— Acheter ses basiques en triple exemplaire.
— Trouver de nouveaux meilleurs amis en cinq minutes.
— Connaître son banquier.
— Faire tenir sa vie dans un bagage cabine.
— Ne pas avoir peur de la solitude.
— Être capable de dormir n'importe comment.
— Ne pas avoir besoin de savoir comment vont ses parents ou ses amis.
— Pouvoir trouver une connexion Internet dans le désert.
— Ne pas dire quand on rentre, parce qu'on ne rentrera pas nécessairement.

Quand je rentre après quatre semaines péruviennes Morten m'attend, les pages éco du *Weekendavisen* sur les genoux. Absolument pas surpris. Je pousse sa porte et il se contente de pointer du doigt, sur la table en bois du salon, des fleurs sauvages et deux jolies boîtes noires.

— Comment tu savais que je rentrais ?
— Tu as pris un aller-retour depuis Copenhague, il fallait bien que tu repasses.
— Sérieusement ?
— J'ai ton GoogleCalendar en partage et j'ai demandé à Boris de me donner accès à tes données. Tu sais, cette application que tu bêta-testes ? On a pu savoir à tout moment où tu te trouvais, quelles musiques tu écoutais, j'ai vu tes photos... Pas mal, ton escapade avec Pernille au Machu Picchu.

Je laisse tomber mon sac, même pas choquée. Trop transparente pour être choquée.

— Alors tu pensais à moi ?
— Tu as d'autres questions stupides ?
— Si tu savais.
— Évidemment que je pensais à toi.

Je souris. Chaleur, tasse de thé, catalogue Ikea. Dans les boîtes noires, un collier de perles et un bracelet d'argent simple comme une alliance : symbolique implacable qui prend à la gorge et qui enserre ma main droite – celle qui travaille. Symbolique parfaite, surtout de la part d'un garçon trop peu littéraire pour l'avoir fait exprès.

Notre histoire n'est tout simplement pas terminée, ce scénario que j'écris et réécris ondule entre nous : le choc culturel, la cougar, le Viking... ça pourrait être des accroches sur des magazines. Et c'est exactement le problème : ces stéréotypes, ces tropes, tellement de matériel pour des articles futurs et tellement d'articles passés qui donnent sens au chaos, mes chemins émotionnels sont balisés grâce à la rubrique psychologie, je baise en rubrique sexo, j'apprends à gérer mes sentiments dans les pages couple. Le tout, entrecoupé de shopping. Mon amour exprimé par un rouge à lèvres de marque, texture brillante, anti-âge, 38 euros.

À un moment cette histoire que je me raconte, l'histoire Morten-Maïa, est devenue le troisième membre de la relation. Notre construction vaut plus que la somme des parties, prisonniers de notre fiction nous raturons le script et échangeons, les cadeaux contre un baiser. Je ne sais pas qui gagne à ce troc.

— Tu vas m'embrasser ? demande Morten en quittant son gros fauteuil couleur sapin.
— Tu diras encore que je suis grosse ?
— Oui.

Je vois qu'il triomphe intérieurement et je voudrais me jeter à ses pieds – ne suis-je pas rentrée pour cette raison ? Je voudrais renoncer à tout, pour lui. Disparaître, pour lui.

On ne sait pas trop comment se retrouver, il y a une méfiance, une obsession cosmétique tourne en boucle dans mon cerveau : à quoi je ressemble, après quinze heures de vol ? J'aimerais penser à lui, je n'arrive à penser qu'à moi – qu'à mes cheveux. Romance, romance.

Gênée, je laisse ma valise proche de la porte.

— Pourquoi es-tu partie ? demande-t-il.
— C'était une erreur.
— Je voudrais comprendre.
— Est-ce qu'on avait vraiment besoin de parler de la taille du break familial alors qu'on n'a même pas passé une année ensemble ?
— Je voulais juste préparer le futur.
— Je suis prête pour ce qui se présente. Je ne calcule pas.

Je m'étais promis d'arrêter de mentir, je suis déjà en train de recommencer. Dans les films hollywoodiens les gens s'expliquent et se tombent sans les bras. Mais dans la vraie vie, on se dit « quelle salope » et on passe son chemin. J'ai peur de ça. De me faire dégager.

Pourtant cette fois je résiste. Marre de tout tenir secret, marre de cette image de fille idéale. Je suis épuisée par cette partie de poker qui ne s'arrête jamais. Alors je décide de faire confiance à Morten, peut-être que les hommes au XXIe siècle seraient prêts à accepter mon discours, ma libido, mes doutes, mes contradictions et mon envie régulière d'aller chasser sur d'autres prairies. Peut-être qu'il est temps de parler – je n'ai plus grand-chose à perdre, de toute façon.

— Tu ne repartiras plus, hein ? demande-t-il.

Morten est un homme, il a le droit de mettre ses tripes sur la table, de vouloir une histoire où on finit heureux. Si je demande la même chose on me traitera de réactionnaire. Il joue les princes nus, se jette lui-même en pâture sans la moindre hésitation – et moi je ne sais plus.

— Morten, je voudrais absolument des pralinés.

J'éclate de rire parce que ça représente un meilleur ratio temps-efficacité que de pleurer.

— Tu auras tous les pralinés que tu veux.
— Tes remarques sur moi...
— Plus jamais. Je suis désolé. Je me suis comporté comme un gamin, je t'ai blessée. Plus jamais je ne recommencerai. Je t'aime comme tu es.
— D'accord. Mais il faut que tu saches : j'ai beaucoup plus besoin de pralinés que d'enfants.

Même si pour lui je me sens, parfois, pendant quelques microsecondes, prête à essayer. Parce qu'il pourrait donner un sens à ma vie, réussir là où Internet échoue.

— Je croyais que tu voulais une famille.
— Je pensais que c'était ce que tu voulais entendre.
— Tu ne décides pas de ce que je veux entendre.
— Les mecs veulent...
— Ils veulent quoi ? Même si on était aussi stéréotypés que dans tes théories, moi, je serais différent. Tu l'as remarqué, quand même. Que tes plans ne s'appliquent pas à moi.

Il se penche vers moi, je souris de travers – si, mes plans s'appliquent à lui.

— Explique. Tout ce qui te passe par la tête. Je veux comprendre. Aide-moi juste à te comprendre. Qu'est-ce que tu veux ?
— Je déteste les enfants. Je déteste l'engagement. Je déteste ne pas prendre l'avion toutes les semaines. Tu peux comprendre ça ?
— Je peux comprendre n'importe quoi.
— Alors comprends que je voudrais changer d'avis. Changer de vie. Jusqu'à présent je me suis toujours barrée en courant, tous les mecs je les quitte, après deux ans je m'ennuie. Entre nous ça a déjà duré un peu. Mais je voudrais changer d'avis. Être emportée.
— Tu voudrais qu'un homme arrive et te sauve. Comme dans les films.

Je réalise que son regard a changé : il fait attention, il a cessé de me prendre de haut. En partant pendant aussi longtemps j'ai gagné son respect – ou du moins, sa crainte. Il fallait donc être forte. Plus forte.

— Je ne crois pas aux sauveurs, Morten.

— On verra bien. Dis, on se met en couple ? Sur Facebook ?

— Même si c'est seulement pour deux ans ?

— Même pour cinq minutes.

Maintenant c'est lui qui court – juste au moment où je suis prête à m'arrêter. Je mets ce moment en pause, je le photographie pour les moments creux et je savoure – sa détermination, sa soumission nouvelle. Il ne lâchera rien. Dans sa logique une relation sentimentale est un deal à emporter, il y met autant d'acharnement que pour la signature de ses contrats, et je pense un instant : s'il réussit sa première exit, il pourra peut-être réussir mon premier couple ?

Je regarde mon téléphone, la possibilité *in a relationship* jamais enclenchée.

Je regarde son téléphone. Le fond d'écran, une photo souriante de moi. J'attache le collier autour de mon cou.

Le lendemain nous repartons comme si le Pérou n'avait jamais existé. On a fait semblant de pouvoir vivre ensemble et ça n'a pas fonctionné. On a fait semblant de se quitter et ça n'a pas fonctionné non plus. En conséquence de quoi nous reprenons notre avancée comme si de rien n'était.

Pendant mon absence, il a installé un placard dans la cave.

En arrangeant les cintres je remarque que mes vêtements ne se déclinent plus qu'en trois couleurs : anthracite, crème, bleu sombre. Des couleurs de femme danoise, élégantes, tristes comme les blocs épais de nuages survolant Frederiksberg. Des couleurs parfaites, aussi, pour s'accorder avec le collier de perles. J'ai été multicolore : c'est sans doute une manière de me faire devenir madame.

Je porte autour de mon poignet, en permanence, le bracelet que Morten m'a offert. J'en voudrais encore plus – des symboles, des marques d'attachement, des fers d'esclave. Je sais bien qu'il faudrait hurler contre la société du contrôle mais quand on circule en permanence, toujours entre deux avions, alors on a envie d'avoir un morceau de métal autour du poignet. Parce que quelqu'un s'intéresse à nous. Au point de vouloir nous retenir.

Et moi pour retenir Morten, je deviens cette femme forte dont il a besoin : je m'habille, me coiffe, me comporte selon ses règles. Notre amour vaut ça. Je veux appartenir à quelqu'un. Ou quelque chose. N'importe quoi. Tout sauf le Pérou.

J'en ai marre de la liberté. J'ai vu ce que ça donnait.

Morten a obtenu l'argent de la vente de sa start-up. C'est un homme riche, maintenant, alors nous regardons ensemble les photos de cet appartement qui nous avait attirés il y a quelques mois : une double terrasse, une chambre en duplex, un immense salon haut de plafond, parcouru de poutres et d'angles géométriques. En découvrant un petit espace supplémentaire

Morten avait dit : la chambre d'enfant, et j'avais répondu : le bureau.

Vingt millions de couronnes danoises. À ce prix-là non seulement tu achètes la vérité, mais tu la modifies. À ce prix-là j'ai un utérus.

Vingt millions de couronnes et une *relationship* sur Facebook c'est le début de notre couple, pour de bon. Je n'ai pas besoin de cet argent mais l'ascension sociale est fun, le jeu en réseau le plus répandu du monde : on se crée un personnage, on avance, on se déclasse, on joue beaucoup contre nos parents. Je ne suis pas partie avec les meilleures cartes. Par exemple je n'ai jamais demandé à être femme – jamais je n'aurais choisi le handicap. Mais pour gagner je me suis servie de ce défaut – de chaque sourire, de chaque cambrure de pied, de types comme Jean-Marc. Les hommes espèrent qu'on ne se servira pas de notre physique : c'est-à-dire qu'en tant que femme je n'ai aucun avantage, eux ne lâchent aucun de leurs privilèges, et ils croient que je vais être fair-play. Mais allez mourir. Je jouerai réglo quand vous me rendrez la thune que je ne gagne pas sous prétexte que je pourrais éventuellement enfanter dans le futur, et aussi quand vous rembourserez les épilations, les teintures, les fringues, les talons, les tampons, le maquillage, tout ce que j'ai dépensé pour vous plaire et que mes gentils patrons ne me rendront jamais.

Avec Morten je joue tout, ça ne le dérange pas, il ne remarque pas comme je coule et me dissous. Il gomme mes soucis, efface la fatigue de me lever dans le même corps et la même vie tous les jours.

Il me décale, j'y trouve mon compte, un certain soulagement existentiel, un mot d'excuse pour arrêter de ne penser qu'à moi – quitte à ne plus du tout penser. Ma vie devient secondaire alors je parasite la sienne, parce que le spectacle rebondit, parfois drôle, parfois nul, mais c'est toujours mieux qu'être moi-même.

Morten déplace mon centre de gravité, devient une force d'occupation. Question de taille, injustice génétique. Un type pareil pèse tellement lourd, se place tellement naturellement au centre – ça va vite d'être rejetée en périphérie, pour la première fois bousculée au second plan. Jusqu'à présent j'avais toujours barricadé les issues autour de mon nombril.

Je rayonne sous le rouleau compresseur parce que je tiens un blog depuis dix ans, c'est-à-dire que je parle de moi depuis dix ans et qu'on me paye pour ça. En complément je réponds à des interviews, j'anime une page Facebook, un compte Twitter, j'entretiens ma toile d'amis. Résultat imparable, identique, obligatoire pour tous ceux qui atteignent leur décennie de vie en ligne : on a trop parlé, on s'ennuie de nous-mêmes, on voudrait qu'on nous coupe la parole, qu'on nous coupe la connexion. On s'est épuisés, littéralement, on a touché notre fond. Pour une femme c'est double peine : je suis tellement publique qu'en l'absence d'espace personnel, il n'existe plus de personnalité.

Je me réinitialise à intervalles réguliers. De temps en temps mon système plante. Morten me court-circuite, me botte en touche. Je compte bien le laisser faire.

Ce qui survivait de ma personnalité est resté au Pérou. Je ne pense plus que j'aie raison contre les autres, que mes expériences vaillent mieux, ou qu'elles aient une quelconque importance. Il n'y a rien que je radote qui n'ait pas déjà été pensé, rien que j'aie vécu qui n'ait pas déjà été vécu. La preuve sur Facebook et sur Wikipédia. On pourrait m'effacer et ça ne changerait rien. Alors je me laisse effacer, de bon gré, je valide une fois encore ce que la société attend des femmes : de la légèreté. Coupée de moi-même je m'allège et je grandis. Cette relation arrondit des angles auxquels je ne tiens pas. Je voyage à poil et Morten m'emmène loin.

J'attendais l'amour qui dépèce, je l'obtiens, jour après jour raclée jusqu'à l'os, pelée à en faire pleurer des oignons, épurée, rendue enfin pure. Je me laisse construire, un reflet dans son œil, la femme idéale qui se résume forcément à une femme d'intérieur, un rêve sorti des années 50 mais auquel les hommes ne savent pas renoncer : une *wonder woman* répartie sur quarante mètres carrés, la maternité comme horizon et dissolution. Le calcul se vaut : les chasseuses de mon genre hésitent entre le crack et la maternité, deux options parfaitement et également plausibles, deux idées de l'irréversible. À ma gauche un plaisir de mauvaise élève, à ma droite un plaisir de papier glacé. Balle au centre, impossible de choisir, impossible de résoudre une telle tension : je triche en me fondant dans le flux, entre plans B et avions, si j'arrête d'avancer peut-être que le monde ne me rattrapera pas, peut-être que j'arriverai à ne pas mourir.

Je crois de toutes mes forces à cette passion bizarre. Entre deux microtensions j'anticipe le rêve : des voyages à n'en plus finir, des hôtels de luxe, des robes de créateur, des coupes de champagne à l'apéritif, des désirs importés de la publicité – des images de femmes seules ou mal entourées, mais bien habillées.

L'homme idéal bande facilement et jouit vite : surtout pas l'inverse. Dommage qu'on ne parle jamais de la longévité sexuelle comme tue-l'amour, ça remettrait quelques idées en place. Nous n'avons pas la même idée de la performance : les hommes voudraient tenir, les femmes voudraient passer à autre chose.

J'aime la disponibilité du pénis de Morten mais pour des questions d'efficacité j'ai appris à me débarrasser du va-et-vient le plus rapidement possible : déjà qu'on baise quand il le demande, si en plus on baisait aussi longtemps qu'il l'espère, ce serait une catastrophe.

Je joue à m'améliorer à chaque relation sexuelle – le faire jouir plus vite, plus vite, plus vite. Pour m'endormir dans ses bras.

Le quotidien est surconnecté. Je me lève et comme toujours l'ordinateur vient en premier – je ne sais plus quand j'ai commencé, avant Internet j'arpentais déjà les forums Minitel, et avant encore, les salles d'arcade. Il y a toujours eu des écrans.

Le temps disparaît. Toutes les informations popupent au même moment, du flash urgent à l'œuvre de Victor Hugo. Sur les sites de prospective on joue à anticiper l'avenir, j'ai l'impression de toucher le futur, de tacler les ennuis présents. On approche l'algorithme parfait. Les commentaires noient tout. J'en oublierais de respirer. Entre une nonne contemplative et moi, aucune différence. Internet me maintient dans un souffle chaud, pas dérangeant, bien sous contrôle.

Je commence connectée et en quelques minutes j'ai complètement oublié mon nom – le vrai. J'ai même oublié si j'ai été quelqu'un.

San Francisco, Tel Aviv, Londres, Rome, Stockholm, Tokyo, le Luxembourg, on ne touche plus le sol, je ne me rappelle plus l'adresse de mon appartement, pourtant quelque part à Berlin mes affaires prennent la poussière. Des chaussures que je ne remettrai de toute façon jamais, des vêtements d'une classe moyenne à laquelle je n'appartiens plus.

Morten exige de descendre dans les hôtels les plus sophistiqués. Un jour je me surprends à grignoter seulement quelques morceaux de fruits alors qu'un gigantesque brunch nous est offert – moi qui me sentais toujours obligée de finir les restes.

C'est en observant une demi-tranche d'ananas au fond d'une assiette en porcelaine que je réalise la gravité de ma situation : je fréquente un homme qui a beaucoup trop d'argent. Mes fesses, moulées dans une robe suédoise, sont posées sur un fauteuil de designer. La tasse dans laquelle je bois mon thé vert – on se détoxifie beaucoup en haut des gratte-ciel – coûte certainement plus qu'une de mes piges pour la presse. Au-delà de la nappe de lin blanc, Central Park ou la baie de Hong Kong clignote et transpire. Je ne sais pas quel jour on est, ni véritablement quelle heure, je somnole devant mon iPhone en ignorant 99 % des e-mails.

À deux mètres se trouvent : neuf sortes de pain, des viennoiseries, des muffins, des cakes, des bonbons, un plateau de charcuterie, un plateau de fromages, une douzaine de plats chauds, un buffet à légumes pour les élégantes qui préfèrent la salade, du beurre de marque, quatre sortes de lait, quinze céréales, vingt confitures et préparations chocolatées, trente types de thé somptueusement emballés, et donc, des fruits bio. J'ai choisi l'ananas parce que le rapport sucre-graisse est tout à fait avantageux, et aussi parce qu'à force d'enchaîner les cocktails et les dîners chic, je dois faire attention.

Je vis le rêve consommateur, et je n'ai même pas eu besoin de montrer mes seins dans une émission de télé-réalité pour ça. Bon sang, je n'ai même pas dû céder aux avances d'un vieil adipeux ! Mon mec est là, face à moi, toujours aussi beau, à lire distraitement les news sur son iPhone.

Je repense, devant mon ananas, à ce mafieux qui m'avait draguée en Floride il y a deux ans – je m'étais éclipsée de l'hôtel pendant une des missions d'Alexander pour me promener à Tampa, une ville en carton joliment ensoleillée. Le type m'avait proposé de passer une ou deux années avec lui en échange d'une maison sur la côte et d'un crédit infini en sacs à main et talons aiguilles. Il m'avait offert de commencer tout de suite : on irait au *mall*, j'achèterais n'importe quoi, ensuite on sortirait. À l'époque j'avais considéré cette option, je serais vite libérée, le type avait été catégorique sur sa haine des femmes de plus de trente-cinq ans.

Aujourd'hui, j'ai sauté des deux pieds dans le confort.

En novembre Morten m'avait demandé si l'argent changerait quoi que ce soit et j'avais répondu non, non, pas du tout. Je savais que je mentais. Et j'avais raison, l'argent a tout changé, par exemple entre nous ça va beaucoup mieux. Sur quoi pourrait-on encore se battre, alors qu'on n'a même pas le quotidien à gérer ? Je n'ai pas tenu de couteau de cuisine, pas mis la table, depuis des semaines.

Puisque je peux tout avoir, alors c'est lui que je consomme et grignote. C'est lui, le buffet à volonté.

Je souffle, contemple autour de moi : des lacs indigo et des pierres noires, des aigles à portée de main, personne à des kilomètres, des torrents par milliers qu'on traverse d'une enjambée, et partout, énorme et écrasant, le dessin calligraphique des montagnes norvégiennes du Jotunheimen. Le nom signifie : la demeure des géants.

Morten grimpe avec l'aisance d'un mouflon, de temps en temps il s'arrête, enchanté par la forme d'un caillou ou la subtilité géométrique d'un amas de lichen, et je profite de la pause pour reprendre mon souffle ou rattraper mon retard. La situation me rappelle ce bouquin pour enfants : *Copain des Bois*. Encore une trajectoire inattendue, encore une ligne passé-présent : je pensais tomber amoureuse d'un entrepreneur mais au fond, Morten est le scout que je fantasmais à onze ans. Toujours prêt. Il dit :

— Allez, il faut qu'on atteigne le sommet avant dix-huit heures, sinon on devra monter la tente dans le noir.

— Je sais, tu l'as répété dix fois.

— C'est pas génial, la randonnée ?

Je ravale une salve de remarques acides : hé Morten, avait-on vraiment besoin de cette montagne alors qu'on pourrait partager une bouteille de gigondas dans un bar lounge et impersonnel ?

— Oui-oui.

— En plus ça va te mettre dans une super forme physique. Voilà qui change des palaces !

— J'étais plutôt contente, dans les palaces.

— Justement ! Dans la vie, il ne faut jamais être content.

J'admire la sécheresse et les formes scalpel du Jotunheimen sous le sac qui me transforme en gros escargot, non seulement quinze kilos de bouffe et de tente mais aussi le poids du Nord, la pesanteur de chaque os, de chaque organe, la lourdeur des poumons, le gras de mon foie et de mes intestins, tous ces trucs dégueulasses tassés sous la pochette-surprise de ma peau et que d'habitude je parviens à ignorer.

— Allez, encore un peu plus vite, dit Morten en galopant.

— Je fais de mon mieux.

— Bien sûr que non. Tu veux que je prenne ton sac ?

— Non.

L'amour, l'eau fraîche, nous pouvons partir comme maintenant, une semaine avec rien, une semaine sans douches et sans *feed-back*. Le seul problème, finalement, c'est l'entretien d'un mec bien. Subitement je dois me hisser à la hauteur alors que les demi-hauteurs me convenaient parfaitement. J'aurais pu rester à 30 %. J'aurais pu m'arranger avec la culpabilité des journées passées à peut-être relire une bande dessinée, zapper le sport, reprendre un carré de chocolat, puis deux, puis quatorze.

Je ne sais pas si pour Morten je déplacerais des montagnes, mais au moins, je les escalade.

Une vibration me réveille, cou cassé sur canapé cuir, ma main trouve immédiatement la bonne touche.

— Allô ?

— Hey, c'est Adrienne. Tu vas bien ? Tu repasses quand à Paris ? On ne va pas continuer à se bourrer la gueule sans toi, tu prends du retard sur ta cirrhose. Arnaud a trouvé une copine, tu rates un événement mondial.

— Ah bon.

— Sinon je suis enceinte.

— Quoi ??

— Non, je déconne. Mais pour Arnaud c'est vrai. Tu es où ? C'est quoi cette musique d'ascenseur toute pourrie ?

— Je suis... euh, je roupillais dans un espace business, là. Tu sais, les lounges pour voyageurs.

— Non, je ne sais pas.

— Parce que tu dépenses plus en pompes qu'en billets d'avion.

— Je dépense surtout pour t'appeler en international. Laisse-moi deviner. Hong Kong ?

— Euh... quelque part en partance vers l'Asie.

— Tu ne sais pas où tu es ?

Sur la tablette, en plus du thé vert et de mes deux téléphones portables, une accumulation de journaux et de magazines mis à disposition des voyageurs, des revues en français, anglais et arabe, *Time Out*, *Online Legal Business*, *Women International*, *Monocle*, *Intelligent Life*. La moquette dessine des arabesques répondant au jeu des fenêtres ajourées. Morten doit probablement passer un coup de fil, son sac est posé à mes pieds.

— Dubaï. Non, Abu Dhabi. En transit, cinq heures à tuer.

— Tu me fais flipper.

— Si tu savais comme les choses sont peu flippantes.

Je jette un coup d'œil dans l'immense pièce quasi déserte. Trois personnes dorment, assommées de *jet lag*, les chaussettes posées sur des coussins orientaux – des chaussettes de marque, repassées, pas reprisées par mamie. Le long des murs, entre deux palmiers, des buffets attendent qu'on les pille, saucisses au poulet, omelette arabe, œufs brouillés, melon, feta, pas terrible, j'ai connu mieux. Des stewards vérifient en permanence que nous ne manquons de rien, ils connaissent nos horaires de vol, ils nous réveilleront quand il sera temps d'embarquer. Je me retrouve bercée dans une existence simplifiée, enfantine : l'argent et l'amour sont venus, et ils ont écrasé tout le reste. Il n'y a plus de contexte. C'est bien.

— Tu ne m'as rien proposé depuis plusieurs mois, dit Adrienne. Je suis censée faire quoi, sans rubrique sexo ? Les magazines ne vont pas se vendre tout seuls et les lectrices se demandent toujours comment tailler des pipes.

— Ah non, pitié, pas le millième article sur la fellation.

— La fellation du moment ! La fellation 2012. Sans toi on ne saura pas.

— Personne ne veut savoir.

— Mes études de marché disent le contraire.

— Je suis occupée.

— Et moi j'appelle ça l'inverse de l'occupation. Écoute, je ne vais pas te lâcher, et tu sais pourquoi ? Parce que je t'apprécie et que tout n'est pas une question d'argent. Tu vas terminer femme-de, toute vide à l'intérieur.

Je maugrée un moment. Femme-de, et alors ? Je suis fille-de, employée-de, pote-de, qui décide qu'un statut vaut mieux qu'un autre ?

— On finira toutes femmes-de, je réponds. Mais puisque j'ai le choix entre femme-de baraque préfabriquée en banlieue et femme-de palace, je prends la solution Priscilla Chan.

— Qui ça ?

— Priscilla Chan. La femme de Marc Zuckerberg. Le créateur de Facebook.

— T'as un problème avec les préfabriqués de banlieue ?

— Oui. J'en viens.

Je me rappelle le RER C, le premier album de NTM, Villemoisson-sur-Orge et les maisonnettes construites à l'identique, les jardins dénués de haie, le centre commercial, les devises photocopiées, « souris à la vie, la vie te sourira » : tu ne pouvais pas échapper aux autres, tu ne pouvais même pas échapper aux retards de train. L'ascension sociale j'en comprends bien les ressorts. Arnaud : Versailles. Jérémie : Longjumeau. Samia : Marne-la-Vallée. Caro : Clichy. Gaël : quelque part en banlieue de Bruxelles. La rage des évadés, ça nous connaît.

Adrienne a grandi à Clermont-Ferrand et mâchonne un truc. Peut-être un stylo de promo pour les bandes dessinées d'Arnaud, peut-être un chewing-gum aux couleurs de la série de Caro. On la fait manger, elle nous nourrit, quelque chose en elle me rappelle Morten : le pouvoir et l'aisance en un temps record, les éjaculateurs précoces de la vie. Ces gens que j'aimerais rejoindre sur la voie rapide.

— Alors tu n'as plus besoin d'argent, dit-elle.
— On a toujours besoin d'argent.

Pour acheter la douceur ronde des motifs sous mes pieds. Pour les huit mètres de hauteur sous plafond des halls cinq étoiles. Pour les sourires du personnel travaillés en toute sincérité. Pour ces jolis uniformes écorce et cendre. Pour le champagne en vol, la première coupe et aussi la quatrième. Si on observe attentivement, on remarque que les angles de la pièce suivent une trajectoire subtile et courbe – rien ne doit perturber le respect dû à nos pupilles, les personnes riches ne veulent pas être perturbées, chaque infime attention soutient l'effort de guerre que nous vouons à l'argent. Et oui : j'ai besoin d'argent. Pour oublier le tunnel sous la gare d'Épinay-sur-Orge, les mecs qui m'arrachaient mon sac à dos, l'institutrice sadique qui collait du Scotch dans nos cheveux parce que les enfants ne disent rien, pour oublier les sandwichs à la tomate de l'université – les moins chers, ces sandwichs à la tomate sont une des raisons pour lesquelles l'absence d'angles de cette pièce constitue un enjeu crucial.

— Tu veux seulement de l'argent de poche, dit Adrienne. On se connaît depuis longtemps, maintenant, et tu deviens cette femme que tu ne voulais pas être. Dépendante.

— C'est pas vrai.

— Tu ne bossais pas pour moi uniquement pour la paye, si ?

Je me la représente dans son bureau vitré avec sa grosse bouche contrariée : ordinateur allumé avec Twitter tournant sur un Internet Explorer datant de la décennie dernière, des posters et des stickers recouvrant chaque microsurface disponible.

— On est amies, hein ? demande Adrienne.

— Ne sois pas bête.

Exactement la phrase que Morten sort pendant nos engueulades.

— Considère juste que je prends des vacances, ça arrive à tous tes pigistes.

— Tu n'es pas seulement une pigiste.

— Mais les amis aussi prennent des vacances.

Je visualise ses talons aiguilles flanqués sur la table encombrée de contrats et de budgets com'. De sa fenêtre on voit la Seine, large coulée marron à deux pas de la Grande Bibliothèque, parcourue de péniches paresseuses comme des étrons. Depuis combien de temps ne suis-je pas revenue à Paris ?

— On t'attend ici, soupire-t-elle. Si jamais tu trouves cinq minutes.

— Je les trouverai.

— Si tu les trouves, prends-en cinq autres pour les nouveautés lingerie. Je n'ai plus rien d'affriolant dans ma penderie et je me ferais bien envoyer des échantillons gratuits.

On se marre toutes les deux mais au moment de raccrocher elle dit :

— Bon, à la prochaine Priscilla.

Je me souviens de discussions de Morten avec ses amis investisseurs : à quel point doit-on se comporter comme un salaud pour avoir du succès ? Et un petit malaise traîne entre nous : comment les a-t-il obtenus, ses millions ? Je m'aperçois que je ne connais rien de son travail, à part des enfilades de chiffres et des *to-do lists*. Combien de petits Indiens pour l'*outsourcing* ? Combien de stagiaires ? Est-ce qu'il paye son assistant ?

Je repense à mon rapport avec les riches, à ces connards des bonnes écoles parisiennes qui m'ont refusée dans leurs établissements parce que je venais de banlieue et qu'ils auraient forcément, avec moi, des « problèmes ». On est tellement mal élevés, dans la classe moyenne.

J'ai grandi en haïssant les gens friqués, en me faisant rejeter par cette communauté, et je termine dans des palaces. Bel effort.

Morten s'endort toujours en me tournant le dos mais depuis quelques semaines il se réveille la tête sur mon épaule. Je me demande combien pèse ce crâne de Viking, les mecs sont tellement lourds, physiquement écrasants, comme avec le sperme, il faut qu'ils se répandent.

Je passe la main dans ses cheveux, il ronronne dans son sommeil. Chaque soir je me marre quand il ferme les yeux – trois secondes chrono plus tard il dort. Bienheureux les entrepreneurs, les *workaholics* qui ne se posent surtout pas de questions.

L'été danois dissipe ses derniers rayons et gonfle, au-dessus du lit, le drapeau américain de couleurs vives. Le vent claque les branches de la haie. Dans le salon j'ai peint une nouvelle copie de Mondrian, une composition primaire qui rappelle que l'ordre et l'harmonie peuvent exister.

Il y a quelques mois Morten proclamait sa hantise de dormir auprès de quelqu'un, puis il m'a acceptée – à condition que j'occupe une place minuscule, à moitié sur le plancher. Il ne supportait pas mon souffle qui chatouillait sa peau. Il détestait le bruit de ma respiration et mes agressions thermiques. Aujourd'hui la conquête du lit est terminée – une phase cruciale dans les balances de couple. J'en prends les deux tiers et parfois, au réveil, au lieu de se rendormir, il fixe mon visage. Pendant dix minutes. Puis il repousse d'encore dix minutes.

C'est comme ça que je m'aperçois que la lune de miel a commencé. Nous sommes, enfin, heureux ensemble.

La révélation arrive tard, neuf mois de crispations ont atténué le choc, on s'encastre à contretemps, j'ai intégré la méfiance juste quand lui tombe la garde.

On s'effleure parce qu'on ne sait pas encore si on s'est ratés ou trouvés.

Je me demande ce que cette histoire aurait donné s'il m'avait laissée l'aimer sans retenue dès le début. J'avais tellement plus à donner. Maintenant c'est lui qui me regarde avec tendresse, il répète tout le temps : *I love you to the moon and back again*.

Dors, Morten, broie mon épaule. Va savoir ce que tu trouveras au réveil.

Ici et maintenant. Mes nerfs et moi. Toucher, laisser faire, explorer, souffler. C'est encore un combat. Prendre le dessous ou perdre au-dessus, peu importe tant que la tension monte. Je vais chercher, je n'attends pas. Je veux faire l'amour comme on fait la guerre, en s'arrachant la peau, en y laissant sa carte bleue, en disant que d'accord on peut mourir. C'est à ce prix que j'habite enfin mon corps, que je passe à travers les impulsions électriques : oublier le temps, oublier le lieu, parfois oublier le partenaire. Un exercice d'intériorité absolue. Baiser Morten permet de me faire clouer au lit, au moins cinq minutes. Pendant lesquelles j'arrête de fuir.

Je pose la tête sur son corps étendu. J'écoute les battements de mon cœur. Tout va bien parce que tout pourrait aller tellement mal.

J'ai peur de me lasser comme avec les autres : la répétition, l'ennui, l'absence de trouble dans le genre, combien d'épiphanies sexuelles peut-on connaître dans sa vie ? Combien de fois peut-on découvrir qu'on aime être attachée ou que finalement, on préférerait switcher et passer dominante ? Seul un nouveau partenaire change réellement la donne.

Avec Morten je voudrais ouvrir de nouvelles possibilités mais ce n'est pas si facile : nos deux natures s'emboîtent, fin de la discussion, passe ton chemin, il faut mettre le cylindre dans le rond comme dans un jeu d'éveil, pourquoi aller chercher des choses compliquées ? Pourquoi contredire le pénis ?

Je réalise qu'entre chasseuse d'hommes et chasseuse d'orgasmes il faut choisir. Or je suis amoureuse. La tentation pointe d'abandonner, en plus de tout le reste, en plus de mon pays et de ma langue, ma sexualité : jouir de chaque dépouillement supplémentaire, jouir du mec content. Si on veut tout donner à un homme, pourquoi ne pas renoncer aussi à l'orgasme ?

Il faudrait arriver à jouir de ne pas jouir. Comme une ascète.

Mon nouveau statut social a transformé mes journées en marathons bizarres : des marathons de plaisir. Je pratique le shopping avec un enthousiasme de démente, je dépense des fortunes en meubles pour le futur appartement, je savoure le frisson quand je tends la carte de Morten aux automates – jamais je ne regarde les vendeurs dans les yeux, d'ailleurs à quoi servent toutes ces personnes, toutes ces intrusions ? Je voudrais que ces moments de dépense soient cachés, comme une masturbation.

À chaque nouveau canapé, à chaque nouvelle lampe architecturale, à chaque achat inutile, je ressens une décharge d'adrénaline. Plus la somme s'élève plus mes standards se décalent, je me demande, comment réagirai-je quand on achètera cash une maison ? Est-ce que ce sera comme une longue trace de coke ? L'argent est-il une substance ? Cette thune se dépose dans mes veines bien plus que dans mes poches.

Quand je ne dépense pas pour des objets, je dépense autrement. Des soins, des coiffeurs, des manucures, des traitements pour des maladies que je n'ai pas. Je considère mollement la chirurgie esthétique – quand on a tout changé, pourquoi ne pas franchir cette étape ? Dans le miroir je m'invente des vies alternatives, des faces remodelées. Je pourrais peut-être acheter le visage unique de ces stars hollywoodiennes aux nez comme des décalcomanies.

Tous les deux jours je me fais masser. Des expertes dispersent ma cellulite et mes hypothétiques tensions, leurs doigts roulent sur mes fesses et sur ma tête, dans cet ordre-là. Quand leurs mains s'attardent au milieu de mes cheveux je sens distinctement mon cerveau déroulé à plat, chaque pli patiemment lissé, chaque souci évacué, les lobes réunifiés et les névroses massacrées au passage. Est-ce que ça a de l'importance si je me réveille la nuit avec la trouille au ventre qu'on m'abandonne ? Si ma prof de latin m'humiliait ? Si mon grand-père avait ce problème de violence ? Bof.

99 % du monde travaille pour mon confort. Ces domestiques-là sont blancs et exponentiellement silencieux – j'achète leur absence de conversation, je paye le privilège de me sentir enfin hors d'atteinte.

Chez Morten je chéris l'énormité. Le fait qu'il soit trop grand, trop musclé, trop riche, pourvu de trop de cheveux et de trop de dents. Je m'y plonge avec une satisfaction boulimique d'yeux plus gros que le cœur, je me gave, j'ai pris le menu Grand Danois enrichi en fibre et en gras, je bouffe pour quatre, baise pour huit, reprends un triple hamburger de hareng avec supplément betteraves ; et plus étonnant encore, pour l'instant je ne vomis pas.

Nul besoin d'être mille pour commencer l'orgie, il suffit de choisir la bonne personne, celle qui peut joindre la quantité à la qualité.

Notre amour est un soda, il diffuse une acidité qui donne envie de rire pour rien – on s'aime absurdement, mais peut-être aussi qu'on boit trop.

Il reste des tensions, quelques portes bien balancées. Mais j'aime cette colère chez Morten, cette exaspération qui peut surgir n'importe quand et pour n'importe quoi. Des fois j'ai peur qu'il me frappe, un petit peu, j'ai peur et j'en savoure l'anticipation parce que ça me donnerait une excuse pour répliquer puissance mille, pour lui brûler son appartement, pour lui défoncer la tête en pleine nuit.

J'aime la violence contenue chez lui, je comprends la fierté des gens qui affichent leur 4 × 4 ou qui se baladent avec un rottweiler : mon mec est un rottweiler. Tout ça, toute cette force m'appartient, et je la domine, parfois solidement et parfois en équilibre qui menace de fondre, mais le fait est que Morten ne déborde pas – je le tiens. Chien méchant. N'obéit qu'à sa maîtresse. Chien adoré et choyé, brossé et nourri.

C'est moi qui porte le collier.

Il dit qu'on restera toujours ensemble.

Il ne supporte pas le moindre de mes doutes, même quand je pointe les différences perturbantes – ses potes toujours étudiants, leurs discussions business chiantes, le fait que personne dans son entourage n'ait ouvert un bouquin sans flingue sur la tempe. Il dit que ces doutes ne devraient même pas exister.

Il dit qu'on ne connaîtra personne d'autre, qu'on sera heureux, qu'en me choisissant il a pris la meilleure décision de sa vie. Il est pressé de s'engager, il croit à la liberté gagnée quand on est débarrassé de la grosse aventure – amoureuse.

On n'est pas d'accord mais je garde avec moi chacun des mots qu'il prononce quand il tombe à genoux : on s'aimera toujours, ce n'est même pas possible d'envisager le contraire, on créera un foyer parfait avec une terrasse et des oliviers et des gamins partout, on ira à New York ou Paris si je m'ennuie, il fera tout pour moi, absolument tout. Je ne serai plus jamais jamais jamais jamais jamais seule – et paradoxalement, même si j'ai cumulé environ trois minutes de célibat dans ma vie, autant dire rien du tout, cette idée me rassure parce qu'engager le futur c'est quand même quelque chose. Si Morten avait mon âge je me roulerais par terre de rire. Mais à moins de trente ans, les hommes, il faut absolument les prendre au sérieux : ils conquièrent le monde ou inventent Facebook.

Des quelques fous furieux qui m'ont vraiment aimée Morten est le seul à avoir porté cette assurance – assurance-vie, assurance-vulnérabilité, assurance-vieillesse. Je ne savais pas à quel point il m'importerait d'entendre ces mots-là. Je n'ai pas besoin de les croire mais je serai toujours reconnaissante qu'ils aient existé, que quelque part dans le monde les ondes sonores et le carbone ayant transporté ces paroles soient en train de se propager et de se transformer. Pour moi ces mots sont vivants. Pour moi ils restent, encore aujourd'hui, suspendus au-dessus de ma tête, penchés sur mon épaule. Ils lisent quand j'écris.

On n'avait jamais cru en moi avant Morten. Personne. Et sans doute à raison. Mais cette fois un homme me donne ma chance – son amour est une gemme sur laquelle je veille en dragon.

Preuve qu'il reste une parcelle de sacré quelque part : ses mots de dévotion n'ont pas terminé sur mon wall Facebook.

Et puis franchement, ç'aurait fait un peu mièvre de parler comme ça de mon retour sur investissement. Les copains se seraient moqués.

Depuis qu'on est très très amoureux, on n'a plus grand-chose à se dire. La guerre des silences a remplacé celle des scuds de reproches. Quand je veux parler à quelqu'un je laisse mon profil ouvert sur Facebook et régulièrement je change de confident : puisque je ne suis jamais là pour mes amis, je peux difficilement leur demander de jouer les écoute-cœurs.

La bonne nouvelle amoureuse c'est que je peux zapper l'épilation, ou du moins, je peux m'y consacrer par épisodes. Un jour sur trois, maximum. Il y a des choses qu'on ne comprend que quand on s'est arraché dix, cinquante, cent fois les poils du pubis. Des choses sur le pouvoir. Des choses sur un groupe de population qui accepte de se faire mal – une souffrance au quatrième degré – pour mériter l'attention d'un autre groupe de population.

Donc quand on arrête de s'épiler, c'est du sérieux. Sans doute le véritable moment *n* de l'amour.

Je pensais que Morten aurait plus de temps après son exit : il en a moins, il s'épuise à faire fructifier le magot. Quand il rentre, vers vingt-trois heures, la nourriture est prête, l'appartement rangé, les fleurs soigneusement entretenues, le vin décanté.

Tous les soirs il s'écroule, s'étend interminablement, je le masse, il s'endort. Le temps que nous partageons est un temps de sommeil. Nous sommes un couple en mode veille, un couple qui ne se consacre qu'à la recharge des batteries, c'est-à-dire qu'on est fonctionnels, le lendemain on est productifs.

Il n'y a plus d'effort. Je me sens comme une parfaite petite épouse, je m'impressionne par ma patience. La passion amoindrit mon égoïsme, je trouve sincèrement plaisir à me dévouer, à chouchouter, à cuisiner des plats absurdes et équilibrés.

D'autant que je n'ai pas grand-chose à foutre en ce moment.

Je suis devenue un oreiller et un distributeur de bouffe. Je savoure cette parenthèse de ma vie, celle où je fais « partenaire » : la personne posée à côté de la personne importante.

À ce rythme, je me donne deux mois maximum avant de déchirer mes vêtements en public et d'assassiner des enfants dans un centre commercial.

Les seuls moments où nous échangeons réellement sont des soirées de *networking* où, comme avant la vente, je suis chargée de distraire des capital-risqueurs toujours plus riches et toujours plus influents.

J'y applique la séduction glacée des femmes-de, des copines-de : donner envie sans y toucher, charmer dans la distance, un vrai boulot de geisha. Chaque matin un peu plus de maquillage, un brushing plus élaboré pour mes cheveux couleur carte Gold. Je deviens une création de *soap opera*, avec la joie gamine des travestissements réussis. Je rends service à l'homme que j'aime, n'est-ce pas formidable ?

Tout ça pose des questions, bien sûr. Certains businessmen affichent une réussite nettement supérieure à celle de Morten : une foule internationale parmi laquelle surnagent des types au pack tout inclus, beaux, sportifs, jeunes, ambitieux, arrogants, parfois drôles. Pour certains, vingt millions de couronnes constituent une somme négligeable, ils toucheront tellement plus en bonus.

Évidemment, leurs copines sont plus belles et plus sympas que moi. On a les exits qu'on mérite.

Les escapades ne me suffisent plus : à force de m'ennuyer je retourne au travail, chez StarDust. Boris augmente sa dose de sourires, sa petite blonde est partie habiter en Allemagne avec son copain, ses plans sentimentaux ont échoué alors il vient sonder le terrain de mon côté – ça se passe bien, avec Morten ?

Mauvais timing mais j'entrouvre une porte et pose la main, souvent, sur son épaule : puisque la séduction est un sport comme la musculation ou le football, alors je m'entretiens. Par devoir et par plaisir : malgré l'épanouissement dans le boulot de Morten, les voyages de Morten, les amis de Morten ou la famille de Morten, la séduction reste le seul moment où je peux exister à 100 % – avec ma part aguicheuse. Je suis si rarement au centre.

La chasse me manque mais il est trop tôt pour saccager ce couple parfait. Je n'ai besoin de rien sauf de prendre soin de Morten. Les jours d'enthousiasme je songe à me poser. Pour la première fois de ma vie.

Pour récupérer des moments complices j'accompagne Morten à l'escalade. Il m'a appris à nouer les cordes, vérifier les mousquetons, donner du mou, faire descendre en rappel, l'assurer si jamais il venait à tomber.

C'est-à-dire qu'il m'a appris à rester en bas, et lui grimpe, en toute confiance, à s'en arracher la pulpe des doigts.

Il suffirait de lâcher la corde. Même avec vingt témoins potentiels personne ne verrait rien : une débutante qui fait une erreur, un type confirmé qui se laisse assurer par une novice. À la rigueur, c'est lui qui serait accusé de négligence. Mon crime parfait ne nécessite aucune connaissance en empoisonnement ou en armes blanches, je suis contente qu'on ait commencé l'escalade si tard : il y a quelques mois, pendant les moments de découragement, j'aurais pu être tentée.

Le plus souvent nous réservons tout l'espace de grimpe, il suffit de payer pour avoir la paix, c'est une règle que je réapprends un peu mieux tous les jours. Nous arrivons tard, vers vingt heures, et les lumières à basse température illuminent lentement les murs couverts de prises multicolores. On partage une tasse de thé, une pomme.

Morten grimpe, une quinzaine de mètres. En extérieur, trente-cinq mètres. Je l'ai sur le bout des doigts. Il met et remet chaque fois sa vie entre mes mains, suspendu à mes nerfs et mes réflexes.

Il y a quelques jours, du haut de la piste numéro 6c, il a demandé si je m'ennuyais beaucoup.

— J'ai l'impression que Paris te manque.

— Pas au point de lâcher la corde, si ça peut te rassurer.

— Je suis rassuré.

— Ce n'est pas Paris. Ce sont plutôt les déplacements. Dans les palaces on ne se déplace pas, c'est toujours le même lieu avec la même moquette, et leur fromage n'est jamais bon.

Il m'adresse un sourire brillant, depuis tout là-haut :

— Un enfant ça déplace. Pourquoi on n'aurait pas un enfant ?

— Ça fait grossir.

— D'accord. Alors pourquoi on ne partirait pas ? Il suffirait de prendre un appartement quelque part. On aurait de l'excellent fromage et du plancher.

Je l'ai fait descendre, sans à-coups, comme une danseuse, et il a dit :

— Choisis un endroit avec du Wi-Fi et un décalage horaire favorable.

— N'importe où ?

— Oui.

— New York.

— New York c'est l'inverse de n'importe où. Mauvais décalage horaire.

— New York quand même.

C'est un loft de taille moyenne, au sud de Manhattan, pourvu d'une immense cuisine et d'un huitième de vue sur le Williamsburg Bridge. Les baies vitrées donnent vers l'est, un enchevêtrement d'immeubles sombres et de façades publicitaires. Le soleil vient lécher nos orteils chaque matin, le drapeau américain est resté à Copenhague parce que nous n'en avons plus besoin. Morten a atteint le centre du réseau et, collé à son téléphone, poursuit le travail. Il investit. Je me demande jusqu'où il investira. Il dessine des courbes à plus de 45°, des lignes soigneuses qui dépassent toujours à droite des graphiques. Pour ma part je réalise la prophétie : les trentenaires qui parlent de cul et de couple terminent forcément ici, dans cette ville aux atmosphères asexuées. Un muffin sans gluten dans la main droite, un *latte* dans la main gauche. Il me manque juste le placard à chaussures de quinze mètres carrés.

Nos vêtements font de la résistance, ils traînent dans nos valises, les cintres nous impressionnent, ils sursignifient. Nous ne pouvons pas encore y croire, mais qui peut croire à New York ? J'avais eu la même impression, au carré, à Tokyo. Peut-être que New York est l'évitement de Tokyo.

Au lieu de prendre possession des lieux, nous laissons les lieux prendre possession de nous. Ni Wall Street ni les perspectives dramatiques, mais au contraire les rues toutes simples, les lampes, les passages piétons, les panneaux de signalisation, les mégots, les animaux morts près des caniveaux, les volets roulants, la poussière dans l'encadrement des fenêtres, les taches de peinture par terre, les emballages en papier gras, les traces de friture, les membranes des feuilles écrasées.

Le vent a disparu. On se serre l'un contre l'autre, souvent, les mains nouées dans le sommeil, soudés dans notre mue post-européenne. L'argent isole. Troisième expatriation : mes racines maigrissent, je marche sur la pointe des pieds pour mieux m'incliner vers l'avant.

Chaque matin je passe devant un cinéma aux allures de bordel, les comédies romantiques affichent sans complexe les mêmes codes qu'à Berlin : toujours des typos rouges, toujours des femmes trop belles pour des hommes trop vieux, toujours le mépris du social, salauds de pauvres, personne ne les aimera jamais.

Je ne me révolte plus, j'ai retourné ma veste. Je considère leurs promesses avec sérénité : ma vie comme dans un film, Bridget Jones, *Sex and the City*, et voguent les clichés. Je me suis conformée.

Et ça en valait la peine.

Je me décongèle, doucement, sous les klaxons des taxis et les dernières bouffées de l'été. Je lâche prise, je passe l'éponge sur les crises d'angoisse et les doutes, j'oublie le sang dans les tomates et le couteau à poisson, j'ignore les amis laissés à Paris et les régimes, je barre rageusement mes pieds nus sur le parking péruvien.

Je suis là où il faut être, selon le script. Psychogéographiquement tout va bien. L'énergie de la ville me porte, c'est comme être assise sur un gros chat déterminé, tout ronronne. J'apprécie les accélérations et les décélérations constantes des passants, la course des autres me repose, je suis sereine ici, à New York on peut se poser sur un banc et voir.

Demander plus, ce serait abusé.

La vraie réussite ne consiste pas à s'asseoir sous des lustres en cristal, ni à se moucher dans des nappes aussi lourdes que des écrans quinze pouces. Elle consiste encore moins à pouvoir payer des additions aux allures de multiplication : le pied de nez social ultime, c'est d'être jeune. Régulièrement avec Morten nous dînons dans des clubs chic, la moyenne d'âge des clients se situe entre celle de nos parents et celle de nos grands-parents. Ces gens ont eu de l'argent trop tard.

Nous prenons soin de nous afficher comme des nouveaux riches : la seule catégorie de riches qui mérite son confort.

En toute arrogance nous faisons semblant d'ignorer que nous sommes allés vite. En toute complaisance j'oublie que Morten est sur la voie rapide – et moi installée à ses côtés. Siège passager. Strapontin. J'ai peur qu'effrayer les vieux ne soit pas l'issue, et que les taxis jaunes ne deviennent transparents. L'exotisme tel que vu à la télévision, ça me fera peut-être trois semaines. J'ai peur de m'ennuyer. Alors quoi ?

La réussite, mais après ? New York, mais après ? Je suis incapable de mettre mes robes sur les cintres.

Le bonheur domestique : dîner en se racontant ce qu'on a lu sur les sites d'information continue, télécharger un film sur iTunes, se demander mutuellement comment s'est passée notre journée selon nos tweets et statuts Facebook du jour, brancher l'alarme de notre iPhone, synchroniser nos GoogleCalendars, répondre aux invitations d'événements, *updater* sa *to-do list* pour le lendemain, modérer les commentaires de mon blog, vérifier une dernière fois ses e-mails, oublier de faire l'amour.

Éteindre la lumière. Si on pouvait éteindre cette lumière en ligne, ce serait vraiment génial.

Pour m'occuper physiquement et pour vivre le cliché jusqu'au bout, je me suis mise au yoga – à vrai dire pour faire plaisir à Morten, qui pense que les vraies femmes font du yoga. Les vraies femmes, vraiment ? La vraie moi ? Mais qui pourrait l'affirmer ? Je réalise que j'ai perdu le contact avec mes amis depuis une éternité. Je ne saurais pas quoi leur dire. Salut, ça va, toi ? Écoute, je n'en ai aucune idée, j'ai rencontré ce mec danois, je suis partie au Pérou, aux douze coins du monde, je suis repartie aux États-Unis, et apparemment j'ai disparu. Mais ça va, merci.

Sous verre la robe irradie. Ivoire. Une coupe simple à motifs crème. Des nœuds empèsent la perruque, un énorme bouquet de fleurs de frangipanier noue les mains du mannequin – en se penchant on peut apercevoir la discrète installation de fil de pêche. Il faut que ça tienne. Et pour que ça tienne, on aura toujours besoin d'artifices.

Le bras de Morten pèse sur mes épaules, malgré ça je me sens légère. Nous avons travaillé toute la journée sous un interminable orage, les trottoirs brillent. Vers dix-sept heures, finalement, le temps a laissé place à un crépuscule rose néon, très plastique.

Morten montre la robe, le bonheur sous vitrine. Je lui donne un coup de coude :

— Blanche, vraiment ?
— C'est beau, le blanc.
— La seule couleur suffisamment minimaliste pour être tolérée par un Danois.
— Tu es en train d'éviter cette conversation.
— J'évite seulement les symboles de pureté.
— Tu ne devrais pas. La pureté ça peut aussi être un commencement.

Je nous sens basculer mais je refuse tranquillement d'y croire. Je m'absorbe dans le détail des coutures, je cherche à comprendre pourquoi Morten préfère ce modèle plutôt qu'un autre – une robe de mariée, ça reste une robe de mariée. Avec ou sans bretelles. Avec ou sans dentelles. Toute cette blancheur écrase la femme en dessous, c'est obligatoire, les photos d'épousailles semblent toujours cramées, des scènes de guerre, des reportages entre deux tranchées de concessions, dans le meilleur cas on meurt ensemble comme dans un film d'aventures – j'ai mal, ne me laisse pas, ou plutôt si, pars, avance, oublie, non, jamais, on restera ensemble, on brûlera vifs ensemble.

Derrière moi la ville basse tension, ses toits plats, ses dégradés, New York pataugeant dans la moiteur, un marécage urbain. Devant moi le silence et le mariage. Une vendeuse nous fait un signe de la main depuis l'intérieur de la boutique, mais nous ne bougeons pas. L'image de grosses carpes dans un bassin bleu électrique me traverse.

Morten ne mettra pas un genou à terre devant moi – ni devant personne. Il se contente d'attraper ma main.

Je repense à notre dernière nuit en Norvège, avant la possibilité du couple. Il m'avait attachée au lit avec des cordes d'escalade. Aujourd'hui il m'attache autrement. L'amour, l'argent, la mobilité – c'est ce que je voulais, non ? Pourtant c'était bien, la Norvège. L'effet de surprise, le champ des possibles, l'idée qu'en quelques jours je puisse prendre un râteau, perdre mon petit ami, trouver un amant et repartir sans rien posséder. Morten dit souvent que je devrais soigner ma phobie de la possession. Il dit que je suis trop vieille pour être locataire.

À mon doigt, il glisse un anneau. Contact lisse et chaud.

Sans rien dire je regarde ma main dans la sienne, je n'ai plus porté de bagues depuis mon adolescence, elle est belle, celle-ci, vraiment belle. Un simple cercle en or blanc, parsemé d'arabesques. Rien de trop voyant, pas d'énorme diamant qui impressionnera les copines, mais je connais assez Morten pour savoir qu'il aura documenté son choix.

Il n'a pas demandé. Il a pris. Je l'aime comme ça mais je le gronde comme un enfant :

— On se connaît encore tellement mal.

— On se connaît juste assez.

— Tu dis ça mais...

— Je ne te quitterai jamais. Je m'en fous que tu aies peur. J'ai du courage pour deux.

— Je n'ai pas peur. L'amour fait mal et j'y vais quand même – à chaque fois.

— Cette fois-ci c'est la bonne. On se mariera, à Copenhague, à notre retour, j'ai déjà commencé les démarches.

— Pardon ?

— J'ai imité ta signature. Et contacté tes parents pour les papiers.

Je le fixe avec admiration et consternation.

— Est-ce qu'il y a autre chose au sujet de mon futur que je devrais savoir ?

— On aura des enfants parce que même si tu n'en veux pas, ils te rendront heureuse. Je m'en fous que tu ne sois pas d'accord. Je te ferai changer d'avis. C'est trop tard de toute façon, tu as la bague. Mais tu peux choisir la date et la couleur des bristols.

Ses yeux brillent comme des boules de Noël, sa jeunesse est une pure terreur. Son inexpérience le protège, le blindage le plus efficace du monde – pour l'instant. Je me sens usée. Un million d'années sur mes épaules.

Ils font chier, les mecs plus jeunes. Dans quelques jours Morten aura vingt-sept ans. Je suis sa première relation longue, il n'a jamais vécu une seule descente de toute sa vie.

— Tu es complètement fou.

— On n'a pas toujours ce qu'on veut, de toute façon. Alors voilà le programme : on vieillira ensemble, on s'aimera peut-être moins que maintenant mais ça ne sera pas grave. Tu foireras mon café tous les matins.

— Morten, tu ne sais pas de quoi tu parles.

— Je m'en fous, que ce soit difficile. Je cuisine des plats difficiles. Je boucle des affaires difficiles au boulot tous les jours. J'arbitre des conflits, je lève des fonds, je paye des impôts, si c'était évident je mourrais d'ennui. Tu es ma première copine et j'ai parfaitement choisi, parce que je sais prendre des décisions. Les bonnes. Du premier coup.

— C'est moi qui t'ai choisi. C'est moi qui t'ai rappelé. C'est moi qui me suis incrustée.

— Parfait. À mon tour de prendre les devants.

Alors voilà, j'aurais fait mon possible pour me protéger contre le prince charmant, contre les contes de fées, et quoi ? Je me retrouve à New York en pleine conversation avec l'amour-toujours. On peut faire comme on veut, protéger son statut de mercenaire avec autant d'énergie qu'on peut, mais quand le prince débarque, quand il exige que son appartement devienne « notre » appartement, quand il prend sans demander, même les plus solides se sentent tanguer.

Ma claustrophobie gronde, mon doigt me démange. Je soutiens son regard turquoise.

— Tu n'as pas encore appris l'amour. Ceux qui prétendent réussir du premier coup n'ont jamais essayé une deuxième fois – c'est mieux la deuxième fois, et la troisième, et toutes les autres. Comme pour ta cuisine et tes conflits de boulot.

— On va apprendre ensemble. Tu resteras. Tu diras oui juste parce que le mariage est une aventure et parce que tu as peur de vieillir sans avoir connu ça. Allez, je te connais par cœur.

Il me fait rire et il m'effraie. C'est peut-être exactement ce dont j'ai besoin. Un mec qui soit là tout le temps, qui me dévore et qui me tacle, il faudrait me mettre entaule, m'attacher les rotules. Il faudrait un homme-baobab immense que je pourrais parasiter pendant une éternité, un homme assez fort pour prendre la décision à ma place, pour m'empêcher de dériver et de fuir encore. Quelqu'un qui me décharge de mes responsabilités. Un patron. Un coach. Un mari. J'ai toujours dit que je n'aurai pas d'enfants, mais lui en veut tellement, est-ce que deux volontés contraires ne s'annulent pas ? Il suffirait d'arrêter de réfléchir et d'oublier ma pilule pendant quelques semaines, ensuite ce serait trop tard, je serais enfin liée, je ne pourrais plus sauter dans un avion – ma solution à tout, mon échappatoire systématique. Morten pourrait me faire entrer dans la chaîne humaine – si j'acceptais de traîner un ventre, de traîner une famille. Mais j'ai tellement de mal, déjà, à me traîner moi-même. Et c'est tellement simple de prendre sa pilule.

La seule raison pour laquelle je conçois d'être enceinte, c'est qu'on me foute enfin la paix avec ça – pour qu'on s'occupe de moi, pour avoir des excuses, pour que ce soit derrière moi, pour tout sauf pour avoir un enfant.

— Morten, est-ce qu'on peut en discuter ?

— Ce n'était pas une question. Je te traînerai au temple et on se mariera.

— Alors ce sera la guerre.

Il me serre contre lui, bras-camisoles et sentiments-lierre. Absolument tous les hommes que je connais se seraient barrés depuis longtemps. Lui reste. On se ressemble : têtus comme des ânes.

Peut-être qu'il est temps de choisir mon bourreau, celui qui insiste, celui qui désire cette progéniture qui vous pousse dans la mort.

Je pense à tout ce que je veux accomplir avant de me trouver une demeure, une vraie, la dernière. Finalement il n'y a pas grand-chose, pour moi mourir c'est se fixer, se poser quelque part, arrêter de prendre des avions. Morten a des mains délicates et puissantes de poignardeur, il met ces mains sur les miennes comme pour protéger un chaton mais je sais bien ce qui se trame derrière. Voilà l'homme qui veut me tuer.

— D'accord pour la guerre, répond-il avec assurance. Tant qu'on la fait ensemble.

Mes parents ont raté la révolution sexuelle et je suis en train de massacrer la révolution sentimentale. Moi, Morten, toute notre génération. On ne peut pas renoncer à l'amour-toujours mais jamais on ne retournerait à la monogamie réelle. On ne peut pas renoncer à la possibilité du sexe-partout mais jamais on ne placerait nos plans cul avant la fidélité à nos coups de foudre. On ne peut ni avancer ni reculer. Coincés entre le quotidien et les rêves d'éternité, coincés entre ancienne et nouvelle économie, entre deux modèles qui ne marchent pas. Sans savoir quoi faire.

Je regarde la bague et je repense à ma frénésie péruvienne. Je ne pourrai pas chasser éternellement. Je craquerai, un jour – quand il sera temps de me retirer du marché, quand je serai trop vieille. Mais il me reste quelques bonnes années. Morten m'a rencontrée trop tôt. Peut-être que je me rangerai à quarante ans mais peut-être à soixante-dix. Peut-être quand je serai épuisée d'être trop tombée amoureuse.

— Maïa, épouse-moi.

Je déteste les contes de fées mais cette proposition ne se décline pas – c'est un impératif. À trente-trois ans tu prends ta chance, parce qu'il y a un loft à New York et par lassitude de toujours dire non. Mes fondations tremblent. Comme s'il y avait une infime possibilité. Comme si. De toute façon ça fera mal, alors pourquoi ne pas essayer ? De toute façon se marier n'est qu'une autre manière de s'échapper, alors pourquoi pas ? La relation ne convient plus, ne se suffit plus : on change l'orientation, on met des perspectives, se marier c'est juste une autre manière de rompre, une autre fuite.

— Épouse-moi.

Le prince de mon enfance apparaît, le roi du Danemark, l'inratable occasion. Évidemment l'homme propose : se faire demander en mariage comme aboutissement de la passivité féminine – Morten prend cette décision à ma place, une décision importante, administrative, une des rares choses qui ait des conséquences.

Et cette décision, que je l'accepte ou que je la refuse, je la subis et je pédale parce que j'ai une étape de retard. Je pensais être rapide : il me double au sprint.

Je chavire devant la robe ivoire, je comprends maintenant pourquoi il l'a choisie : des lacets et des nœuds. Des liens partout, minuscules et solides. Peut-être que ça pourrait marcher. Peut-être qu'en empilant suffisamment de nœuds, alors l'amour durera. Pour nous. Par miracle. Par la validation alchimique de l'or de l'alliance et de l'argent des comptes bancaires, par la mixture de l'encre et du papier. Une acceptation, une signature, en dépit des statistiques, des hormones, de la science et de mes propres recherches.

Je souris, ma main dans la sienne, parce que tout est chiant dans la vie sauf l'amour, sauf ce moment où je voudrais répondre oui. Le sexe, la nouveauté, les orgasmes, l'art : temps perdu. Je me réduis à un épiderme, c'est beaucoup, c'est trop, ça ne sera jamais assez.

Morten me regarde sans bouger du tout. Il attend que j'affronte mes contradictions et quelque chose en moi proteste contre cette tyrannie de la cohérence : je voudrais pouvoir disparaître avant de prendre position – vraiment, avant de commencer à occuper une position. Mon cœur bat plus vite qu'un hymne techno. Combien de bpm ? Combien de temps peut-on garder le silence ? En plus il voudrait se marier à l'église, dans un de ces temples protestants mal décorés qui essaiment

Copenhague – trois arches de brique, aucune dorure, elle est pourrie ta religion, elle manque d'angelots et de stuc, si je me marie j'aimerais au moins que ce soit de très mauvais goût.

Je pourrais céder. C'est facile de céder, on s'est emboîtés, je pourrais emboîter le pas. Lâche ou courageuse, je n'ai jamais su, j'avance sans boussole morale.

— Tu penses encore à ta règle des deux ans ? demande Morten.

— Oui, mais ce n'est pas le problème. Des conneries je peux en faire. Plein.

— Ce n'est pas la déclaration que tu attendais ?

— C'est exactement celle que j'attendais. Des fiançailles qui me prennent de vitesse, dans l'incertitude, avec encore tellement de surprises devant nous.

— On partira en voyage de noces à Beyrouth.

— Tu vois, tu es parfait.

— Alors c'est oui ?

Je laisse ma main dans la sienne.

— Tu sais que je partirai, Morten ? Tu le sais ?

— On ne va pas commencer à se marier pour le meilleur et pour six mois. Ce serait triste. Pour le reste, il suffit de t'enchaîner à la cave.

J'admire ses certitudes. Elles renforcent mes propres murailles. C'est marrant que des pensées aussi rigides puissent sortir de nos bouches, de nos cerveaux, tous ces organes flexibles et ronds.

— Regarde cette robe. Les femmes aiment les robes.
— Le plus beau jour de ma vie, c'est ça le plan ?
— Évidemment que c'est le plan. Est-ce que tu vas m'épouser ?

Mon silence devient incompréhensible. Morten attend. Il vient d'une famille fonctionnelle, immense et tentaculaire, où tout le monde s'entend bien. J'hésite, je regarde la robe et j'anticipe le reste – la cérémonie, le pasteur, faudra-t-il que je me fasse baptiser ? J'anticipe le buffet et les vins, les discours et les chants, la valse à apprendre, le moment où les hommes enlèvent le marié pour lui couper ses chaussettes, les baisers volés quand un des nouveaux époux quitte la table, les tintements de verre pour exiger une embrassade – toutes les traditions danoises que je connais par cœur.

— Épouse-moi, dit Morten.

Au moment de répondre j'entends un bip, je viens de recevoir un texto, c'est ma mère, elle n'a rien de particulier à me dire.

Quand je relève la tête de mon téléphone portable, les yeux encore engourdis de lumière bleue, le cerveau encore dissipé par les interruptions pixelisées, Morten me regarde avec consternation et peut-être une dose homéopathique de haine

– une dose placebo, stimulante pour peu qu'on y prête attention.

— Garde la bague et réfléchis.

Il s'éloigne dans les couleurs chaudes du soir.

Morten a maintenant colonisé les placards, il a posé quelques œuvres d'art au sol, le long des murs, dans des cadres noirs comme des araignées. En bon investisseur, il a investi les lieux.

Je ne reconnais rien de notre vie précédente. Et ça me convient, ce mouvement de déconstruction et de reconstruction. Je repense à Copenhague, aux bourrasques constantes, aux déplacements à vélo, aux matinées brumeuses, au *hyggeligt*. Un petit goût de crème amère qui reste en bouche, parmi d'autres souvenirs bien classés.

On n'emporte pas les lieux avec nous – je crois que c'est l'inverse, qu'on laisse des morceaux de soi à chaque endroit qui nous remue. À trente-trois ans, dont cinq à Berlin, trois à sillonner les routes de France, un au Danemark, et maintenant New York, je suis éparpillée jusqu'à l'inconciliable. Un morceau à Rome, un lambeau à Kiev, une ruine à Montréal, un fragment en haut du Jotunheimen, et maintenant peut-être le mariage. La stabilisation dans l'angle mort, la sédentarisation qui guette.

Morten m'écartèle sur le matelas, épinglée comme un papillon. Quand il fait l'amour c'est sérieux.

Le lit a doublé de taille depuis que nous avons quitté le Danemark, on pourrait y tenir à quatre, je soupçonne que c'est plus ou moins le plan – d'ailleurs, est-ce vraiment ma contraception que j'avale chaque matin ? Avec Morten on ne sait jamais.

Le loft est sombre, les stores recouvrent les lumières de la ville. Nous avons flanqué New York dehors pour mieux nous consacrer l'un à l'autre – tester comment ça ferait, de baiser mariés. Dans l'aveuglement total.

La comédie sexuelle a disparu en même temps que l'œil : nous nous appliquons, nerf contre nerf, graves. L'énergie qu'on met à se rentrer dedans me surprend, on se met en bouillie, personne ne gagne, c'est sans doute ce qui pouvait nous arriver de mieux : que personne ne gagne. Dans l'ombre je tente de discerner Morten – impossible.

Je pourrais être en train de baiser un autre. Des images mentales se superposent à cette possibilité – qui ? Alexander ? Boris ? Un des passants dans la rue ? Personne ne me fait envie.

Morten prend appui contre le mur, soudain sa main glisse, il enclenche l'interrupteur du bulbe qui nous surplombe.

Pleins phares, pur moment de lumière, qui nous prend tous les deux par surprise.

Normalement pendant l'amour il me regarde. Normalement il est penché sur moi, recueilli, réfléchi, à vérifier mes réactions, scrutant mes pupilles et contrôlant mon rythme cardiaque. Il met un point d'honneur à tortiller des fesses pour opérer des coups de billard, il tente, il crée, il se met en quatre pour me réunifier, c'est toujours un peu pathétique les mouvements d'un homme qui fornique – pathétique et émouvant.

Mais cette fois nous sommes à découvert. Mon visage levé vers le sien, yeux grands ouverts.

Et lui... la tête tournée vers l'extérieur, vers l'opacité des fenêtres, un mur de glace et d'étoffe, regard perdu et concentré. Ailleurs. Projeté vers un lieu où nous ne nous appartenons pas – le corps mécanique, la tendresse automatique, le devoir conjugal. Pénis sans âme, focus dans une direction vide.

Il se reprend immédiatement, me fait face, mais c'est trop tard. Nous savons maintenant qui nous sommes dans l'obscurité, nous savons aussi que nous n'aurions pas parié sur cette combinaison-là. Je demande :

— Tu peux rééteindre ?

Pendant les cours de yoga je cherche le *flow*, le moment où on s'oublie, quelquefois ça m'arrive, en dansant, mais combien de fois dans une année ? Sur le tapis noir je me rappelle surtout mon corps, il y a tellement de choses à inspecter, les autres pourraient remarquer mon bourrelet au ventre. Au yoga il y a toujours un trou dans ma chaussette ou une erreur d'éclairage.

Je me regarde faire. L'écran mental est omniprésent, il me poursuit jusque dans ma respiration : les effets d'une décennie d'autosurveillance en ligne ne se diluent pas, je reste sous contrôle, de moi, des autres, on pourrait m'envoyer au bout du monde que je n'échapperais à rien, je n'essaierais même pas. C'est peut-être ça, le *flow* : passer cinq heures devant des pages Web et se purger intégralement. Peut-être que l'ordinateur est une manière de faire du yoga, peut-être aussi que les zombies dans mon genre controns le yoga avec des lignes de code. Véritablement, nous ne sommes pas là. Je ne suis pas là. Ce corps que je travaille en force et en souplesse, ce n'est qu'un packaging charnel qui soutient ma personne *online*. Mais si je me marie, il faudra que je revienne. Dans le monde.

Je suis devenue aimable, éternellement aimable. Ce changement bouscule ma vie – quelqu'un affirme que même dans cinquante ans je serai géniale. Et pourtant je n'en parle à personne. Mes amis paraissent aussi lointains que des îles désertes. Mes parents posent des questions auxquelles je ne peux pas répondre.

Pour l'instant je suis très occupée à regarder la bague. C'est une bonne activité. Je pourrais passer quatorze ans à observer cette bague. C'est fou ce qu'on peut mettre dans une bague.

Je retiens de cette demande en mariage la satisfaction d'une compétition gagnée : le jeu social. Je n'ai pas contourné les obstacles, je n'ai pas dégommé les concurrentes, j'ai obtenu ce mec à la loyale ou presque – hé, sérieusement, quelle loyauté ?

Cinquante années de bonheur conjugal, d'accord. Mais qu'est-ce que je pourrais bien faire de tout ce temps ? Cinquante ans ça inclut forcément des choses moches, des accidents de vie, comme on dit gentiment. Je pense à cette grand-mère que j'aime et qui ne me reconnaît plus, comme elle est devenue minérale, comme Alzheimer l'a apaisée en lui prenant, progressivement, la raison, la famille et l'amour.

J'ai peur de ça. Que nos existences se remplissent de maladies, d'enfants, de tâches domestiques, de travail, de hamburgers, et qu'un jour l'amour se retrouve acculé, rétréci, desséché, brinquebalant, jusqu'à se faire reconduire à la frontière.

Octobre déjà. New York est une ville qui passe vite. À New York on meurt rapidement. J'ai déjeuné ce midi avec Mark, le capital-risqueur néerlandais, de passage pour un nouveau Seedcamp. Nous nous sommes donné rendez-vous sans Morten, autour d'une table en marbre et d'une chouette bouteille, nous avons picoré des olives en parlant de l'Europe et des choix qu'on fait par défaut – une discussion séductrice aux revers. Des yeux châtains, ça me manquait : parfois les couleurs claires c'est trop, les magazines ont pourri le bleu et le vert. En revanche le marron, d'accord, ça marche bien avec l'automne.

Quelques heures plus tard je le regarde dormir, Morten, mon prince, mon amour, mon bourreau, cheveux en vrac sur l'oreiller, et puis des muscles, des muscles, des muscles. La bouche entrouverte, une dent de travers.

Cette dent.

Soudain la bulle explose.

La bulle amoureuse : il suffit d'une fissure. Devant moi l'homme idéal se chiffonne comme un papier brûlé, je réprime un mouvement de recul, je me dis : non, pas maintenant, merde. Pas maintenant.

Un souvenir d'enfance émerge, si j'avais dépassé sur mon dessin alors je jetais le cahier en entier, dans une furie de perfection. C'est peut-être la raison pour laquelle j'aime les lignes contemporaines : des cases bien délimitées, des aplats parfaits, la corruption qui sera toujours entravée par des cadres. Dans la vraie vie on manque de garde-fous. L'image de Morten se fendille et immédiatement tout explose, tout y compris l'appartement, la randonnée en Norvège, les déjeuners chez les parents, les ovules, la photo de nous deux encadrée dans le salon, la *summer house*, les baignades dans la mer glaciale, les voyages, les lounges, l'année passée ensemble, les efforts consentis, le futur forcément radieux. Cette dent sectionne la possibilité de cinquante ans de bonheur.

Je suis surprise à chaque fois. Pourtant ça arrive à chaque fois.

Les stores se gonflent sous le vent nocturne.

Je reste à l'observer, à nous observer, nous et nos bulles mal compatibles : il aura fallu six mois à Morten pour maîtriser la bulle économique, huit mois pour accepter d'investir dans la bulle amoureuse. Il a pris un risque. Moi aussi : j'ai investi chaque particule de peau dans cette relation, mais j'ai investi trop tôt. Je le savais bien, que j'aurais dû faire une école de commerce. Je suis une sexperte pas très douée, une calculatrice qui maîtrise mal son algèbre.

Atterrissage de l'amour, entrée en matière des premiers défauts. Bien sûr j'avais remarqué l'immensité des différences entre nous, le caractère complexe de Morten, ses mutismes aberrants, son goût pour la mauvaise peinture, mais depuis le Pérou son obsession du contrôle s'était sérieusement calmée. Il finissait toujours par sourire ou enlever son T-shirt – non seulement j'avais pardonné mais j'avais oublié.

Sauf qu'il y a ce moment où je remarque : les erreurs de rasage, les cheveux gras, l'incapacité à se tenir droit, les jambes désarquées, les côtes trop saillantes, les poils mal dispersés sur la poitrine, uniquement des bagatelles mais qui s'accumulent comme des moutons de poussière sur la relation – et moi, quand je nettoie, j'anéantis. Étudiante j'étais sortie avec un Belge, pour mieux le plaquer, quelques mois plus tard, exaspérée, sans rien d'autre à lui reprocher que son accent, si adorable lors des débuts.

J'ai quitté des hommes pour un peu de bouée autour du ventre, pour des dents pas assez blanches, pour des patrimoines génétiques de travers, pour de mauvaises raisons. Je n'ai jamais pu surmonter ces déceptions. Je n'ai jamais pu gérer la descente. Ce n'est pas à ça que le jeu est censé ressembler. Ce n'est pas pour des imperfections que j'ai accepté de vivre au Danemark puis aux États-Unis, avec ces changements de climat qui ne s'arrêtent jamais et qui semblent avoir été conçus pour me tabasser personnellement.

Je prends en compte, aussi, l'effet miroir : si moi je remarque les défauts de l'autre, alors l'autre me verra telle que je suis. Avec mes carences, mon grand nez, ma paresse, le trentenariat qui s'accentue, les sourires qui mentent de plus en plus mal. Il y a la chose non dite qui mine notre couple, les six années de différence au moment où ça compte vraiment : Morten est en train de grandir, je suis en train de vieillir. Le temps n'est pas le même. J'ai la main droite en vrac, trop de temps passé sur l'ordinateur, la nuque coincée, des genoux jamais vraiment remis de courses droit dans le mur. Morten n'a aucune idée, encore, des passagers clandestins qui peuvent s'incruster dans un corps, des douleurs que je trimballe et que je tais parce qu'il ne doit pas savoir, parce qu'il doit me croire invulnérable. Il ignore que parfois je m'écroule une heure, en pleine journée, pour avoir la pêche au moment de le retrouver le soir. Il vomit quand il ne se maîtrise plus après quinze cocktails, je vomis quand c'est plus raisonnable pour avoir le teint frais.

Il n'a même pas commencé à cavaler après son corps, même pas anticipé les ajustements à venir – travestir ses pensées pour ne pas offrir un décalage que la société ne pardonne pas, adapter ses goûts à sa carte d'identité, tasser son mode de vie dans une série de dates. Ne pas être la trentenaire qui pense comme une ado, ne pas être l'octogénaire qui refuse de vieillir.

Pour l'instant j'accepte de vieillir et le résultat relève de la haute trahison.

Nous sommes victimes d'une double erreur de timing : âges incompatibles, sentiments décalés. Il m'aime encore, je me détache. Ce sera une amputation à vif. Ça lui apprendra à faire de la rétention de sentiments.

Mais ma décision n'est pas prise. Peut-être consentirai-je à cet énorme effort, celui que tout le monde semble heureux d'affronter. Peut-être essaierai-je de l'aimer au-delà de la date limite, peut-être subirai-je le supplice éternel de lui mentir tous les jours. Peut-être aurai-je la politesse de le prendre pour un con.

Alors je retourne dans la boutique sur Allen Street, cette fois je rentre, je m'installe dans l'univers blanc, ivoire, crème, crème brûlée et crème amère, je veux essayer cet attirail, des corsets et des jupons, des dispositifs qui mettent en valeur les seins et la taille, qui allongent les jambes et affinent le cou, des dispositifs de correction pour être parfaitement corrigée lors du grand jour.

J'essaie la robe qui plaît à Morten. Sur le portant elle semble simple, pas du genre à prendre toute la place, mais immédiatement je sens mes côtes qui s'enfoncent, mes organes qui se déplacent.

La vendeuse serre, serre, serre encore. Elle dit que je suis jolie, la boutique n'est pas assez luxueuse pour offrir l'honnêteté en plus de la soie.

J'accepte les lacets jusqu'au moment où je ne les accepte plus. Je noue les nœuds jusqu'au moment où je voudrais tout défaire. J'essaie aussi le voile, je comprends l'intérêt d'y voir moins clair, je m'émerveille, comme tout cela est bien pensé – un harnachement de canasson, œillères, sangles, mors et croupière, je visualise parfaitement Morten me monter, fier étalon, continuer sa vie de prince installé sur mon dos, de même qu'il regardait cette robe en s'appuyant sur mes épaules. La meilleure amie de l'homme. Mais pas moi.

Vraiment, pas moi.

Sur le chemin du retour j'appelle Mark :

— Voudrais-tu prendre un verre ? Nous boirons un excellent vin, parce qu'une journée sans vin est une journée perdue.
— Une journée sans jeune femme est aussi une journée perdue. Quand es-tu disponible ?
— Maintenant.
— Une urgence.
— Il faudra ne pas me draguer, s'il te plaît.
— Je promets d'à moitié suivre cette directive.

Une demi-heure plus tard nous sommes installés en terrasse, il s'habille toujours de l'exacte même manière, chemise à carreaux et pull pendouillant aux épaules, cheveux grisonnants un peu trop longs, jean un peu trop court, le succès incognito. Nous buvons une cuvée quelconque dont j'ai oublié le nom mais qui tachera mes lèvres. Il fait beau. Un soleil rasant, aux rayons souples, qui repose les yeux.

Je ne sais pas trop ce que je fais là, je me tiens en retrait, je ne sais pas comment faire. Y aller et ne pas y aller. Lui dire ou me taire à jamais. On bavarde dans le désordre, parce que ça me donne l'occasion d'observer ses dents.

— Alors comme ça tu te poses des questions ? demande-t-il.
— Oui.
— C'est plutôt une bonne chose, dans la vie.
— Hmmm.

Il est trop vieux pour moi, je scanne ses rides et ses écoulements de peau. Des jaunissements suspects. Des couleurs mal mélangées. Pourtant il n'a que quarante-six ans, c'est pas si terrible. Je me tasse sur ma chaise, je pose les mains sur mes genoux pour qu'il ne puisse pas les attraper, les hommes comme lui je les connais, ils sont du genre à attraper les mains et ensuite tout devient compliqué.

— C'est une jolie bague que tu planques sous cette table.

— Tu as remarqué ?

— C'est difficile de ne pas remarquer. Une demoiselle se pose des questions et elle cache ses mains.

Il sourit.

— Alors, tu vas accepter ?

— Je ne sais pas.

Le soir dissout nos visages dans l'ombre, nous laissons place aux parfums mêlés de douzaines de bouteilles ouvertes. Les phares, les lampes, les bougies des restaurants, tout s'allume au ralenti, c'est une beauté de carte postale, de fond d'écran, tellement léchée que je me surprends de la découvrir vraiment possible. Une beauté clinquante de film américain. Ce pays en fait trop.

— Normalement quand on prend la bague, on donne son accord. C'est le deal.

— Je n'ai pas pris la bague. Tu connais Morten.

— Tu sais que j'ai très envie de coucher avec toi.

— J'imagine que oui. Je sais. Mais j'aurais préféré qu'on n'en parle pas.

— Mais tu m'as appelé.

Je hausse les épaules. Il dit :

— Tu me donnes l'occasion de me venger de ce guet-apens sur les toits de Google. Tu donnes les armes pour te faire piéger.

— Je ne crois pas.

— C’est un grand classique, la nana qui se jette dans les bras d’un autre juste après une demande en mariage.
— Je me suis juré de ne pas coucher avec toi.

Il se lève, contourne la table. C’est une action fluide comme un attentat. Championnats du monde de lever de table, il gagne, j’ai le temps de prendre acte, ses lèvres sont sur les miennes. Voilà. Il m’embrasse en me tenant la tête entre ses mains, il me renverse en arrière, intensément, on mélange nos bouches, cette fois je reconnais : cabernet sauvignon. Notre baiser n’est pas un mauvais cru. Je voudrais me laisser faire mais je rends. Coup pour coup. Je plonge.

— Voilà, murmure-t-il à mon oreille. Tu n’as pas couché avec moi.
— J’avais aussi promis que tu ne m’embrasserais pas.
— Je ne suis pas responsable de tes promesses.

Ses mains courent sur mes hanches, remontent les os des côtes, il y a une compatibilité immédiate, une excitation, un truc qui fonctionne. Comme avec Morten. Ce n’est donc pas si spécial avec Morten.

Je repousse Mark, dégage ces doigts qui sont comme des insectes :

— Je ne vais pas coucher avec toi.
— Même pour tester ton couple ?
— Je ne fais pas les vieux.
— Pardon ?

— Tu as parfaitement entendu. Je ne fais pas les vieux.

Il me lâche comme une pestiférée. Voilà ce qui se passe quand je suis honnête, voilà pourquoi je n'ai jamais pu être honnête avec Morten. Les mots ça casse en deux.

Je veux y croire, pourtant. Et si tout était question de volonté ? Et si les autres femmes, celles qui se laissent ravir, dans tous les sens du terme – si elles avaient juste plus de couilles que moi ? Je me revendique chasseuse, mais elles sont des guerrières. Il faut ça pour pousser un Caddie avec trois mômes hurlant autour : une attention de ninja, un honneur de samouraï, le dévouement des Spartes. Ma bravoure ne vaut pas grand-chose comparée à la leur. Mais ont-elles choisi ? En connaissance de cause ? Il paraît que le mariage et les enfants prennent par surprise – dans ces conditions, le courage devient de l'inconscience.

Tout est tellement parfait, maintenant. Si je change ce sera moins bien, par exemple cette histoire de dent rend les choses objectivement moins bien mais ça va – ça passe encore. La dent reste secrète. Personne n'est au courant. Ce qui n'est pas sur Facebook n'existe pas – depuis combien de temps n'ai-je plus utilisé Facebook ? À l'intérieur je me débats mais à l'extérieur tout reste nickel, on pourrait me photographier pour une banque d'images : la blonde neutre.

Je reste à regarder les bagues. Les motifs incrustés dans l'or blanc, tellement purs, contrastent avec mes phalanges. Existe-t-il quelque chose de plus dégueulasse qu'un doigt ? En gros plan j'y découvre des avortons de poils, des tourbillons de replis, des tas d'irrégularités minuscules. Il y a quelque chose d'absurde dans ce chaos encadré par deux espaces purs : l'or et le vernis, la bague et la manucure. Des cache-misère.

Heureusement personne ne m'observera d'aussi près. De loin ça va. De loin je me nourris de salade, de shopping et de chardonnay : n'est-ce pas le rêve de toute femme ? Je suis un magazine. Je suis la page mode, la page voyages et aussi la page dédiée au shopping aspirationnel. J'occupe un loft aux touches discrètes de designer et au centre du monde, j'occupe l'idée de réussite et aussi celle de procuration.

Je suis fière du chemin parcouru. Attraper un type comme Morten, l'enchaîner, imaginer une vie commune avec portée de marmots, trouver un équilibre où tout semble possible. On pourrait être heureux, comme ça. Raisonnablement heureux. Jeunes, plutôt riches, la santé, de belles perspectives : *level completed*. Game over, presque.

J'ai rencontré Morten à Oslo, il y a un an exactement. C'est beaucoup, un an. Il a pris beaucoup de place, il aurait pu la prendre toute. Je pense à son abandon quand il s'endort, quand il vient poser sa tête sur mon épaule, quand je m'enroule autour de lui. Je pense à la couleur insaisissable de ses yeux, un peu trop vulgaire, un peu trop canon, à son look de surfeur australien, à son visage qui même après tout ce temps m'apparaît comme étranger, prévisible mais incompréhensible, trop d'ossature, trop de caractère, trop de dents. Un garçon jeune, beau, intelligent, exigeant, amoureux, sérieux, fidèle, bien engagé vers le succès, une perle hors culture. Le type avec lequel il faut rester. Celui dont les autres femmes rêvent. Si lui ne suffit pas, qui suffira ? Il a failli m'éjecter de moi-même, comment cette densité pourrait-elle être insuffisante ? Je n'ai jamais rencontré quelqu'un qui lui arrive à la cheville. Je l'ai admiré chaque jour, physiquement et intellectuellement, scotchée par son énergie, par les traînées de matière noire qu'il laissait sur son passage. Je lui ai voué un amour pragmatique, parce que les raisons d'aimer sont là.

Il est parfait pour moi. Parfait pour n'importe qui, et parfait pour la photo de mariage. Allez, il faut y aller maintenant. Avancer, se caser, quitter les avions, rejoindre les humains. Même dans les comédies romantiques ça finit par un mariage. Il faut grandir, maintenant, je suis trop vieille pour mes jeux de chasse.

Alors tandis que Morten dort à mes côtés, lourdes expirations soufflées au creux de ma gorge – littéralement il me prend à la gorge ; tandis qu'il rêve de chiffres illettrés je murmure :

— Morten... je crois que j'ai pris ma décision.

Et dans la nuit il répond :

— Tu sais que tu n'as jamais prononcé correctement mon prénom ?

Sa voix rayonne de clarté, même pas engourdie par le sommeil. Il m'attendait.

— Vraiment ? Comment on dit ?
— Mooo-den. Le *r* s'entend à peine.
— D'accord. Moi c'est Maïa, pas Mèyah. Sans lettres traînantes.

Je nous sens sourire sous cape, tous les deux, je le serre contre moi : quel talent on démontre pour se rater. Quelle esquive. Même pour les choses les plus évidentes il nous aura fallu une année entière : douze mois pour se présenter, on fait une belle brochette d'andouilles, et puis décidément de beaux handicapés du timing.

Je me dis : je n'ai pas le droit de partir, pas maintenant qu'on connaît nos prénoms, pas maintenant qu'on a échangé ces deux directs à l'âme.

La pièce sent le caoutchouc et la transpiration. 360° de miroirs. Au plafond, du contreplaqué parsemé de ces spots nucléaires qu'on trouve aussi dans les abattoirs et les maternités.

Je ferme les yeux. Allongée sur un matelas de l'épaisseur d'un cure-dents, je me concentre sur ma respiration. Le prof de yoga, chignon raëlien et musculature impeccable, surveille ses trente élèves – bien contentes, toutes, d'en finir avec les positions de chien. Le cours se termine dans trois minutes. Sur les cinquante-sept écoulées, je me suis ennuyée absolument chaque instant, j'ai rêvassé, j'ai voulu repartir avec une violence à m'en retourner les boyaux, je m'en fous, je décolle, merci mais ça va, respirer est un truc que je maîtrise plutôt pas mal depuis trente-trois ans.

Deux minutes. Encore deux minutes à être cette femme.

Je m'incruste dans le sol, il suffit de ne plus bouger, de devenir végétale, de rentrer dans le plancher, de laisser les araignées dessiner des fractales autour de moi. Je me dis que le yoga consiste essentiellement à apprendre à mourir. Pas d'intimité, l'amour-propre pillé, et cette putain de lumière pleine face.

Hier c'était le changement d'heure, le dimanche le plus long de ma vie. C'est là que j'ai réalisé que ce serait compliqué : une heure de plus, juste une heure, et cette relation tout entière me fauche les jambes. Pourtant ce n'est rien, une heure. 4 % de plus dans la journée.

J'ai cru crever de ces 4 % de Morten. Saturée, recouverte, raturée, rêvant d'escapades et d'évadées. Parce que le loft ne suffit pas. Parce que rien ne suffira jamais.

Sur le chemin du yoga j'ai croisé un terrain de basket : le sol couvert de hiéroglyphes sportifs, de capotes, de canettes, de peaux de bananes et de pailles, et au milieu, des gamins martyrisant leur balle comme ils iraient à la mine – des grands gamins, dix-sept ans peut-être, torse nu. Je suis restée à les regarder, pas eux mais leur torse, leur vitalité de faunes, les abdominaux graphiques de bêtes jouant dans la grande prairie du monde. Des faons et des cerfs. Des biceps et des clavicules. Un homme qui me plaît vraiment j'ai du mal à le regarder dans les yeux.

Rapidement j'ai classé les garçons par ordre de baisabilité – même troublée je maîtrise mon organisation. L'un d'entre eux a souri, menton rond, musculature pyramidale. Un instant je nous ai entrevus dans la réalité parallèle de son short prêt à se défaire, la promesse d'une longue glissade jusqu'au matin. Il aurait suffi d'un rien.

La chasseuse a ressurgi. En me coupant le souffle – ou plutôt, en me le rendant.

J'ai respiré pour la première fois depuis un an.

J'aurais voulu pouvoir écraser ce sentiment, sauter à pieds joints dessus.

J'ai tout, pourtant. J'ai New York, un rêve labellisé et partagé, un rêve conforme à la hiérarchie des rêves, le seul paradis universellement reconnu. J'ai l'homme cruel transformé en descente de lit, j'ai les mètres carrés et le fessier solide, j'ai l'infinité des loisirs et la sécurité. Les week-ends sur un voilier et les allers-retours en business class, la belle-famille adorable et une sexualité convenable. J'ai Morten, le genre d'homme qui ne trompe pas, qui ne vole pas, qui ne fera même pas de crise de la quarantaine.

J'ai regardé les gamins se passer leur balle : c'était Morten contre eux, Morten contre Mark, Morten contre le monde entier. Je me suis dit que je n'y arriverai jamais. Je suis quelqu'un de sensé. Je ne peux pas prendre cette décision-là.

Il y a un an, tout juste un an, une brunette partait rejoindre un club d'entrepreneurs en Norvège. Elle passait ses week-ends à jouer au paintball, de temps en temps elle s'amusait à tirer au 9 mm dans les salles de tir berlinoises. Elle massacrait son copain allemand aux jeux vidéo et dansait dans les supermarchés. Elle se serait pendue plutôt que d'aller en cours de yoga. Elle aurait su comme il est humiliant de porter un jogging.

Douze mois plus tard, une blonde recentre ses chakras. Elle fait attention à son poids, se maquille comme une dame, porte des couleurs suicidaires comme du beige ou du bleu marine. Son salaire a doublé. Les chroniques sexuelles laissent place, de plus en plus, à la rédaction de bandes dessinées pour enfants. Sa vie tient toujours dans une valise, sa famille s'éparpille, ses amis perdent consistance. Après le cours de yoga, elle va approvisionner le frigo à la coopérative bio, elle cuisinera des choux chinois, des blettes, des légumes ennuyeux, des cucurbitacées qui liraient Télérama si on les laissait faire.

Cette blonde, un ectoplasme de plus entre l'univers et moi, aussi fausse que mes avatars péruviens – l'étudiante, la chauffeuse de bus, la strip-teaseuse, la chercheuse, la chirurgienne... Je n'ai rien appris. Cette poupée blonde n'existe pas. La brune extravertie n'existait pas non plus. Et la rousse parisienne non plus. Je ne peux pas me formaliser de l'apparition, ou de la disparition, d'un nouveau personnage. Je constate juste qu'à la première dent de travers je tue mes avatars, comme dans un jeu vidéo. J'ai neuf vies, quatre-vingt-dix-neuf, dix mille, aucune qui m'appartienne – mais je ne connais personne qui se possède véritablement.

Je m'arrache comme on décolle un sticker. Il restera bien quelques traces mais l'opération prend deux secondes. Dessous il n'y a rien. J'ai été celle qu'ont voulue mes amants, mes patrons, mes éditeurs, mes professeurs, mes parents, il n'y a rien d'autre, rien à regretter, juste un mouvement à préserver, la mue comme mode de vie. Morten a voulu que je sois une blonde bonne à marier. J'ai voulu y croire. De toutes mes forces. J'ai refusé avec sauvagerie d'anticiper la chute, je ne me suis ni projetée ni protégée, j'ai tracé sans freins ni airbag. Une partie de moi devait bien savoir que j'allais le perdre, pourtant.

Devenir cette blonde aura été compliqué, douloureux, personne ne m'aura mise au pied du mur comme ça, je ne peux pas oublier comme mon ego a tangué, ce n'était pas toujours agréable, peut-être repartirai-je avec un supplément d'insécurité. Je ne suis plus aussi forte, pourtant je me sens invulnérable. Est-ce que je pourrai me servir de mon sourire cassé pour mes prochaines conquêtes ? Le complexe en sautoir, le doute en maquillage, la fêlure si charmante ? La fille qui cache ses fesses trop grosses ? Merci, Morten. Je vais choper tellement plus facilement maintenant, tu vois, même ta douleur je la retourne, je l'absorbe et je la range dans ma ceinture, en bonne chasseuse, le supplément d'âme deviendra un supplément d'armes.

J'aurais voulu, pourtant. Devenir normale.

Je gonfle mon ventre d'air. Un soupir – casse le moule, ma fille, t'en trouveras d'autres. Reste fluide. Ta respiration n'a pas changé, profonde, relaxée – normal puisque ton cœur est l'organe que tu contrôles le mieux. Il suffit d'inspirer ce qui passe et surtout, de bien recracher les os.

La classe se termine. Je souris au prof de yoga – hypocrite.

Dans les vestiaires j'enfile mes fringues, strictes et féminines. Mes articulations sont fatiguées. Collants, soutien-gorge, les mouvements s'enchaînent par automatisme parce que la vie de femme modèle est une répétition sans passage sur scène.

Je rentre à l'appartement en courant, je laisse les portes ouvertes, il est trop tard pour refermer, ça n'aurait aucun sens.

Je sors mes vêtements en vrac, je balance ma brosse à dents au milieu de ma confusion. J'attrape mes chargeurs en désordre, j'ai besoin d'enchevêtrements.

Morten est parfait et je trépigne devant ma valise ouverte : putain, qu'est-ce que je suis en train de faire, je le connais ce scénario, ce n'est même pas excitant ou amusant, pourquoi dois-je toujours faire ça, n'importe comment, sans rien expliquer ? Et surtout, pourquoi cette fois ? Alors que j'ai tout ?

Tout sauf la chasse, et je ne sais pas renoncer, l'espoir a toujours été ma blessure. Même avec un type parfait j'échoue, même avec le fantasme incarné, même en faisant tous les deux des efforts. Et puis merde, cette came danoise n'était pas si exceptionnelle que ça : Morten ne m'aura duré qu'un an. C'est moins qu'Alexander.

Il ne faut plus réfléchir, maintenant. La lumière commence à décliner, le même ciel dramatique tous les jours, nuages orange explosés sur le corridor des ruelles. Morten est sans doute en route, porté par le vent qui arrache les dernières feuilles des arbres.

En trois minutes ma valise est remplie : le temps de me concentrer sur ma respiration, de réaligner mes attentes.

Je laisse sur la table de la cuisine le téléphone avec lequel Morten peut tracer mes trajectoires. Le monde est vaste et bourré de cartes SIM.

Il comprendra. Il s'en remettra. Le désengagement est toujours possible, il m'a fréquentée un an, il devrait le savoir, après tout j'ai répété, combien – cinquante fois, cette partie de notre histoire ? Il disait : *I love you to the moon and back again*. Voilà, je pars prendre une fusée pour la Lune. Ou au moins un avion. Mais sans lui.

À la fin des guerres, quand les victoires se célèbrent, que les défaites sont consommées et que les survivants s'achèvent à coups de Campari dans leur loft new-yorkais, oh Morten, je suis tellement désolée, à la fin des guerres il ne reste que deux types de soldats : ceux qui sont contents de rentrer à la maison et ceux qui font du champ de bataille leur métier, qui signent pour repartir immédiatement, sans permission, parce qu'ils ne savent rien faire d'autre et aussi parce qu'ils aiment le sang.

La culture danoise a eu le temps de m'imprimer : conquérir pour le plaisir de la conquête, puis repartir. Ce n'est pas une question d'émancipation.

L'amour fait mal mais j'y retourne. À chaque fois. J'y crois comme en Dieu, j'y recrois à chaque expérience avec plus de persévérance et de cruauté, soldate de vocation – incapable de résister à l'appel du front. Mon monde est vaste et toujours en guerre, il y a d'autres hommes à mettre en pièces, d'autres cannibales à affronter, d'autres psychismes à vampiriser, d'autres sources à tarir. D'autres râteaux à supporter. Qui sera le prochain ? Je ne suis pas échangiste parce que personne n'est interchangeable, pas libertine, pas intéressée par moins que le grand saut. Qui prend la suite ? Quel stratège ? Je voudrais bien qu'on ne me foute pas la paix.

Je suis une soldate, j'aiguise mes ongles rouges. En permission, avant la prochaine guerre.

Le Livre de Poche s'engage pour
l'environnement en réduisant
l'empreinte carbone de ses livres.
Celle de cet exemplaire est de :
400 g éq. CO_2
Rendez-vous sur
www.livredepoche-durable.fr

Composition réalisée par INOVCOM

Imprimé en France par CPI
en octobre 2015
N° d'impression : 3013637
Dépôt légal 1re publication : novembre 2015
Édition 01
LIBRAIRIE GÉNÉRALE FRANÇAISE
31, rue de Fleurus - 75278 Paris Cedex 06

31/9477/6